COLLECTION FOLIO

Ingmar Bergman

Fanny et Alexandre

Traduit du suédois
par C.G. Bjurström
et Lucie Albertini

Gallimard

Titre original :

FANNY OCH ALEXANDER
En film för televisionen

Ingmar Bergman est né à Uppsala (Suède) en 1918, fils d'un pasteur luthérien à la morale rigide – qui deviendra bientôt le pasteur d'une importante paroisse de Stockholm – et d'une mère dominatrice. Enfant maladif, à l'imagination débordante, il tente très tôt d'échapper au carcan familial. Il se consacre alors au théâtre universitaire au cours des années 1937-1940 et est engagé par la SF (Svensk Filmindustri) pour remanier des scénarios. Il écrit son premier scénario, *Tourments*, qui est tourné en 1944 par Alf Sjöberg et réalise lui-même son premier film *Crise* en 1945. Directeur du Théâtre municipal de Helsingborg (1944-1945), puis metteur en scène aux théâtres de Göteborg (1946-1949), de Malmö (1953-1960) et finalement au Théâtre dramatique de Stockholm, il devient entre 1963 et 1966 le directeur de cette scène nationale, l'équivalent, en Suède, de la Comédie-Française en France.

Tout en travaillant au théâtre, il tourne ses films – de préférence en été – et ce seront, entre autres : *La Prison* (1948-1949), *Monika* (1952), *La Nuit des forains* (1953), *Sourires d'une nuit d'été* (1955) – qui remporte le Prix spécial du jury à Cannes en 1956 – *Le Septième Sceau* (1956), *Les Fraises sauvages* (1957), *Le Visage* (1958), *À travers le miroir* (1961), *Les Communiants* (1961-1962), *Le Silence* (1962), *Persona* (1965), *Cris et chuchotements* (1971), une série impressionnante de films portant son empreinte très personnelle et pratiquement tous écrits par lui. Son premier grand feuilleton pour la télévision, *Scènes de la vie conjugale* (1972) fascine la Suède entière ; une version cinématographique est faite en 1974 en même temps que Bergman tourne pour la télévision l'opéra de Mozart *La Flûte enchantée*, suivi de *Face à face* (1975).

À la suite d'un litige avec le fisc, inutilement monté en épingle par les autorités, Bergman quitte temporairement la Suède et s'installe à Munich où il tourne *L'Œuf du serpent* (1976) puis *De la vie des marionnettes* (1979-1980) et c'est en Norvège qu'il tourne *Sonate d'automne* (1977). De retour en Suède, il y tourne *Fanny et Alexandre* (1981-1982) qui sera, annonce-t-il, sa dernière création pour le grand écran. Il tournera cependant quelques œuvres pour la télévision, dont *Après la répétition* (1983) et un tout petit film consacré aux photos de sa mère, *Le Visage de Karin* (1986). Il continue ses mises en scène au théâtre.

Il publie en 1987 un essai autobiographique *Laterna magica*, suivi en 1990 par une analyse de ses films : *Images*. Il écrit enfin le roman-scénario *Les Meilleures Intentions*, consacré à l'histoire de ses parents ; ce n'est pas lui qui tourne ce feuilleton de télévision, mais le metteur en scène danois Bille August qui remportera, avec le film qui en est tiré, la Palme d'or du festival de Cannes 1992.

PERSONNAGES

Madame Héléna EKDAHL, née MANDELBAUM, veuve, ex-comédienne.

Oscar EKDAHL, son fils aîné, directeur de théâtre.
Émilie EKDAHL, sa femme, comédienne.
Leurs enfants : Amanda, douze ans,
Alexandre, dix ans,
Fanny, huit ans.

Carl EKDAHL, professeur, son deuxième fils.
Lydia EKDAHL, sa femme, d'origine allemande.

Gustav Adolf EKDAHL, restaurateur, homme d'affaires, son troisième fils.
Alma EKDAHL, sa femme.
Leurs enfants : Petra, dix-huit ans,
Jenny, huit ans.
Éva, sept ans, la fille d'un voisin.

Mademoiselle Vega, cuisinière chez Mme Héléna.

Mademoiselle Ester, femme de chambre chez Mme Héléna.
Alida et Lisen, cuisinières.
Siri et Berta, femmes de chambre.
Maj, bonne d'enfant chez Émilie et Oscar, boiteuse.

Isak JACOBI, juif, commerçant.
Ses neveux : Aron, vingt ans environ,
Ismael, seize ans environ.

Monseigneur Edvard VERGÉRUS, évêque luthérien.
Henriette VERGÉRUS, sa sœur.
Blenda VERGÉRUS, sa mère.
Elsa BERGIUS, sa tante.
Madame Malla TANDER, sa cuisinière (elle ressemble à un rat).
Karna, Selma et Justina, ses servantes.
Le jardinier.
Un cocher, ivrogne.
Pauline, douze ans, fantôme.
Esmeralda, dix ans, fantôme.
Un vieux pasteur.
Un commissaire de police.
Un pasteur corrompu.

Docteur Fürstenberg, médecin de la famille EKDAHL.
Le Colonel.
Le Recteur de l'Université.

Au Théâtre :
Monsieur Filip LANDAHL, soixante-treize ans, metteur en scène et comédien (père noble).

Mademoiselle Hanna SCHWARTZ, ingénue.
Monsieur Mikael BERGMAN, jeune comédien qui promet (il joue Hamlet).
Monsieur MORSING, tient le rôle du roi dans *Hamlet*.
Tomas GRAAL, tient le rôle du Duc dans *La Nuit des Rois*.
Johan ARMFELDT, joue Malvolio.
Grete HOLM, joue Marie.
Monsieur SALENIUS, joue Sir Tobie Belch.
Madame SINCLAIR, asthmatique, caissière.
Le Souffleur.
Le Chef comptable.
Madame Palmgren, employée de bureau.
Le Régisseur.

Prologue

1

Une rivière au courant assez vif, avec des petites cascades et des rapides, traverse la Ville. Le Château – un imposant tas de briques datant du Moyen Âge – s'élève sur une colline abrupte, c'est là que réside le gouverneur. La Cathédrale, monument d'une piété d'un autre temps, se dresse au milieu d'un monotone ensemble de maisons modestes, c'est là que tonne Monseigneur l'Évêque. La Ville s'enorgueillit également d'une Université, ployant sous les traditions, et d'un Théâtre où tous les soirs on joue la comédie. On se paie aussi le luxe d'un Hôtel tout neuf, plus ostentatoire qu'imposant, de deux petits tramways à cheval parcourant avec zèle la ville en différentes directions, d'une gare assez modeste, d'un quartier en pierres de taille pour les riches et les professeurs et d'un quartier de baraques en bois pour les petits artisans, les étudiants et les ouvriers. La rivière ne connaît pas de grandes navigations. Deux moulins transformant le blé de la riche plaine agricole en farine représentent l'Industrie. Il y a une tannerie à l'odeur pénétrante – une fabrique de chaussures s'y rattache. Un Parc ombragé et un Jardin Botanique renommé complètent l'image d'une aisance sans forfanterie, d'une satisfaction de soi solidement ancrée et d'une activité culturelle et scientifique quelque peu endormie. C'est un monde clos qui se soucie peu des orages et des signes des temps. Les pensées nouvelles et les idées révolutionnaires sont débattues dans des chambres d'étudiants qui sentent le pétrole. Le reste de la Ville vit sans se préoccuper du monde. Le journal local veille sur la sécurité et l'ordre, on y considère que c'est un devoir évident de ne pas inquiéter les six mille abonnés.

La Ville vit selon un rythme fixé une fois pour toutes. En hiver, elle vit normalement, au printemps, elle est prise d'une étrange ivresse, en été, elle dort paisiblement et se réveille en septembre quand les pluies d'automne arrivent sur la plaine et quand les étudiants font une bruyante entrée dans les salles de cours, les chambres meublées et les cafés. Le Théâtre commence alors sa saison, l'orchestre de l'Université accorde ses instruments, le chœur des étudiants s'éclaircit la gorge avec de la soupe au lard et du punch chaud, les écoliers avancent péniblement dans des rues recouvertes de feuilles mortes et ouatées par les brouillards matinaux, les professeurs montent en chaire et le très respectable bordel de la Ville reçoit à nouveau la visite des officiers de la garnison toute proche. Puis l'hiver arrive, la première neige tombe, le vent du nord est rude, les vieilles veuves de la Ville s'enrhument et meurent de pneumonie. Comme des scarabées alourdis par le froid, les étudiants à la gueule de bois traversent les congères pour retrouver la chaleur du poêle à charbon des restaurants et le petit coup de gnole qui vous remet en forme ; de temps en temps un traîneau passe dans les rues avec un bruit faussement enjoué de clochettes, le torrent mugit sourdement, l'eau noire tourbillonne inquiète entre les glaçons, c'est l'heure des suicides. On joue les grandes tragédies au théâtre et la fumée des poêles et des cuisinières à bois repose comme un brouillard sur les toits couverts de neige. Un jour, soudain, c'est le printemps, tout à coup le voici, invincible, enveloppé de fraîcheur et de lumière blanche. La Ville vit dans l'ivresse. On passe des examens, on soutient des thèses, les bals se succèdent, c'est une série ininterrompue d'enivrantes fêtes. Le prêteur sur gages a fort à faire, les pardessus sont remis au clou, on retire les habits. Les petites vieilles qui ont survécu à l'hiver agrémentent le cimetière ou le parc, c'est l'heure des mariages, des espoirs infinis. Dans les jardins de la Ville montent des bouffées d'arbres en fleurs et de lilas, les étudiantes portent des robes légères, presque tous les soirs la musique de la garnison donne des concerts, au Théâtre on joue l'inévitable comédie anglaise.

Puis, un jour, la Ville s'endort, elle entre dans un grand silence, même les petits torrents bruissent à peine. Les journées sont longues, les soirées paisibles. Les étudiants sont en vacances, les riches accrochent des draps devant leurs fenêtres, posent des housses sur leurs meubles, enveloppent leurs lustres de gaze et roulent leurs tapis d'Orient. On part dans sa villa au bord de la mer. Les moins fortunés retrouvent leurs petits jardins dans la plaine ou s'en vont chez de riches parents qui ont de grandes propriétés. L'horloge de la Cathédrale compte les quarts d'heure et les heures, la lumière du soleil flamboie sur des rues désertes. Sur les bancs blancs de l'Esplanade viennent s'asseoir les abandonnés et les solitaires. La Ville dort, immobile, étalée dans la chaleur blanche noyant la plaine.

Voici donc le rythme et la respiration de la Ville, la plupart de ses habitants trouvent que c'est une bonne ville, la meilleure que l'on puisse imaginer, on ne s'inquiète pas de l'avenir et on n'a aucune raison d'avoir honte du passé. Selon l'opinion générale, les Autorités gouvernent avec sagesse, le Roi protège les décisions des Autorités et veille sur la sécurité des habitants. Dieu, enfin, protège le Roi et dans quasiment chaque famille ayant un piano, on joue à quatre mains la valse de *La Veuve joyeuse.*

2

Le Théâtre a été construit au début du XIXe siècle. Il aura bientôt cent ans. Quelques riches bourgeois, amatcurs de promenades en forêt, de bains froids et de culture se sont regroupés pour payer le Temple.

Grandeur et décadence se sont succédé. Au début des années 1860, Oscar Ekdahl, un riche commerçant qui venait d'épouser une jeune et éminente comédienne de la Capitale a racheté les locaux. Homme sage et libéral, il laissa à sa femme le soin de diriger le théâtre, à condition qu'elle ne parût pas en scène. De leur union naquit un fils, qui reçut également le prénom d'Oscar. Contrairement à sa mère, il devint un assez médiocre comédien. Quand il épousa, en 1889, une jeune élève comédienne, sa mère se retira et confia au jeune couple la direction des activités. Elle devint veuve un an plus tard. Elle coupa alors en deux le grand appartement d'apparat qui donnait sur la Grande Place en faisant élever une cloison au milieu de la salle à manger. Le jeune couple s'installa dans la partie la plus ensoleillée de la maison. La jeune femme progressa vite dans son métier, elle devint en peu d'années une comédienne célèbre. Le mari, bien avisé, s'occupait avec compétence de l'administration du théâtre. On engagea une petite troupe, réduite, mais pleine de qualités. Le Théâtre florissait, on en parla jusque dans la Capitale. Oscar et Émilie jouissaient d'un bonheur discret, leur seul chagrin fut que pendant plus de dix ans, leur union resta sans héritiers. Puis trois enfants leur naquirent l'un après l'autre, Amanda, Alexandre et Fanny. Je parlerai de cela et d'autres choses plus loin.

Au moment où se déroule notre film, le théâtre est bien tenu, mais assez vieillot. On a introduit l'éclairage électrique sur la scène et dans la salle, mais c'est tout. Des nouveautés comme les spots, les rhéostats sont des possibilités encore inconnues. On se contente de vieilles rampes : rampe au sol, rampe de dessus et rampe sur les côtés, chargées d'ampoules chétives de diverses couleurs. La scène est encore faite de larges planches, pleines de nœuds, elle descend abruptement depuis le mur du fond jusque vers le trou du souffleur. Dans l'obscurité des cintres sont accrochés d'antiques forêts, des mers tempétueuses, des maisons basses de paysans, des salles de fêtes superbes et quelque terrifiant dragon dont on n'a pas le cœur de se défaire. Les loges des comédiens occupent deux étages de part et d'autre de la scène, celles des dames côté cour, celles des messieurs côté jardin. Le bureau du directeur et l'administration sont comprimés dans trois petites pièces à côté de l'entrée de la scène. Oscar Ekdahl préfère recevoir ses visiteurs dans sa loge privée, la seule qui ait l'eau courante et soit aménagée avec un relatif confort. Il y a deux sous-sols, l'un au-dessus de l'autre, sous le plancher de la scène. La vieille machinerie en bois qui ne sert plus pour les changements de décors, l'ouverture des trappes et autres fins mystérieuses dépérit là lentement. On conserve au premier sous-sol les costumes et les accessoires du théâtre sur des étagères dont on ne voit pas la fin. Le garde-meuble se trouve au second sous-sol. Tous les transports se font à l'aide d'un curieux monte-charge désuet que l'on fait fonctionner à la main. Il y a, dans un coin du second sous-sol, une lourde trappe en fer et une eau noire et tourbillonnante, apparemment sans fond, passe sous cette trappe. Un crime horrible et peut-être aussi un fantôme se trouvent rattachés à cette eau et à cette trappe. Deux fenêtres se découpent dans le mur du fond ; parfois, l'après-midi après la fin des répétitions, le chef machiniste ouvre les volets. La lumière du soleil entre en longs rayons minces et tranchants et la fine poussière de la scène virevolte dans le courant d'air. Comme l'arrière du théâtre donne sur un jardin avec des arbres pleins d'ombres, c'est très silencieux. Il arrive parfois qu'un oiseau se perde dans l'espace obscur de la scène ; apeuré, il monte en battant des ailes, pépiant sans cesse, vers le plancher à claire-voie du grenier et les poutres noircies. Lorsque l'oiseau se tait, le silence devient magique, on entrevoit des ombres irréelles, l'empreinte de profondes passions. Traversé par les lames du soleil, l'air poussiéreux s'épaissit de gestes suspendus et de voix qui depuis longtemps se sont tues.

Le rideau peint en trompe-l'œil représente des étoffes tombant en larges plis, alourdies par des rubans et des glands en or. L'envers est gris et rapiécé, traversé par de minces lattes en bois. On découvre, à la hauteur des yeux, un trou pour que les acteurs puissent observer et compter leur futur public sans être vus. À gauche, le régisseur a installé son petit coin avec des sonnettes et un tube acoustique ainsi que deux cordes, l'une pour faire entendre le vent qui siffle et l'autre le bruit du tonnerre. Un indissoluble parfum de poussière, de poêles à charbon qui fument et de rats morts flotte au-dessus de la scène.

La salle en forme de fer à cheval est très intime,

l'orchestre se compose de treize rangées de fauteuils recouvertes de peluche rouge et râpée, il y a deux balcons doucement arrondis et une galerie. Le premier balcon est partagé en loges avec chacune six chaises et chacune son entrée. Le deuxième balcon a d'étroits bancs en bois recouverts de tissu rouge. À la galerie, il n'y a que des places debout mais elles ne coûtent que vingt-cinq œre et on peut très bien apporter son siège, si on en a envie. À droite et à gauche s'ouvrent deux loges élégantes et spacieuses. L'une, réservée à la direction du théâtre et l'autre à la disposition du gouverneur, du maire ou du Roi, s'il prenait à ce dernier l'idée de visiter le Théâtre de la Ville, ce qui ne s'est encore jamais produit.

Le plafond de la salle est orné de peintures exécutées par un célèbre fils de la Ville. Considérées comme infiniment précieuses, ces peintures ont noirci. Elles représentent les dieux de l'Olympe, évoluant au milieu des nuages et acclamant une jeune Thalie qui a les traits doux et réguliers de Héléna Mandelbaum. C'est le premier hommage rendu par Oscar Ekdahl Premier à sa femme, il lui a coûté plusieurs milliers de thalers, ce qu'il a souvent fait remarquer avec fierté. Six lustres sont accrochés autour de cette divine représentation, ils donnent une lumière douce qui embellit la salle. Il existe une différence entre la scène et la salle. Ici, le ménage est fait, tout est bien tenu et propre. Derrière le rideau, c'est sale, poussiéreux et plutôt délabré. On a également pensé au bien-être des corps. On trouve le restaurant du Théâtre — avec vue sur la place — à la hauteur du premier balcon. Gustav Adolf Ekdahl, frère cadet d'Oscar, le dirige. Là, les mets sont si appétissants, les boissons si bien tempérées et les serviteurs si aimables, que bon nombre de visiteurs préfèrent l'édification matérielle de Gustav Adolf à celle plus spirituelle, de son frère. Il y règne parfois une telle gaieté qu'un élève du théâtre doit être envoyé à toute allure pour demander qu'on se modère, car ces réjouissances dérangent gravement un grand monologue ou une scène émouvante. De toute façon, les relations entre les deux frères sont très affectueuses.

Pour finir, un mot sur le public. Le Théâtre joue tous les soirs pendant huit mois (il est fermé le jour de Noël, le Vendredi Saint et le Dimanche de Pâques). On a une première toutes les quatre semaines, ce sont, en principe, les mêmes gens qui reviennent et voient les neuf spectacles. Ce public est fidèle, même s'il est un peu conservateur. Oscar Ekdahl se garde des expériences. On considère Strindberg et Ibsen avec la plus grande méfiance. On les joue donc rarement.

3

Lorsque Oscar Ekdahl Premier épousa Héléna Mandelbaum, il n'acheta pas que le Théâtre de la ville, mais aussi une belle maison en pierre de taille de l'autre côté de la place. La famille s'installa à l'étage supérieur qui fut aménagé avec tout le confort imaginable. Madame Héléna, maîtresse de maison fort entourée et admirée, sut rendre sa maison hospitalière. À la mort d'Oscar Premier, la veuve proposa de partager l'appartement en deux. On éleva alors une cloison au milieu de la spacieuse salle à manger. À l'ombre d'un grand poêle et d'une desserte ventrue, une porte pratiquement invisible existait dans cette cloison. Jamais, les grandes personnes n'utilisaient cette porte.

Oscar Ekdahl Deuxième et sa belle épouse Émilie s'installèrent, comme nous l'avons dit, dans la partie la plus ensoleillée de l'appartement, celle qui donnait sur le Parc municipal avec ses ormes ombreux, ses grasses pelouses, ses massifs de fleurs, ses fontaines et ses statues.

Au début, les relations entre le jeune couple, d'un côté de la porte dérobée, et la belle-mère, de l'autre, furent raisonnables, mais guère cordiales. Une des causes de ces relations mesurées était le renouvellement du mobilier. Les jeunes mariés, ayant fait un long voyage de noces en Europe centrale, avaient ouvert de grands yeux pour regarder tout autour d'eux avec une commune curiosité. Ils avaient ainsi découvert un nouveau style d'ameublement qui leur plut et qu'ils voulurent ramener chez eux. Oscar, homme sans prétentions et comédien modeste, savait néanmoins ce qu'il voulait et possédait le talent de le réaliser. À la grande horreur de sa mère, l'ancien mobilier fut relégué dans le magasin du théâtre et des peintres, des tapissiers, des plombiers et des électriciens envahirent les lieux. Des murs clairs, des rideaux légers, imprimés de motifs de fleurs et simplement drapés, une vaste salle de bains avec une chaudière pour l'eau chaude et des W.-C., voilà quel fut le résultat de leurs efforts. On mit des linoléums aux couleurs claires sur les vieux parquets à lessiver, on étala des tapis aux dessins amusants sur les vieux et sombres parquets qui craquaient. Ajoutons les meubles du plus pur modern'style, dessinés par un architecte spécialement appelé. La lumière pouvait ainsi jouer librement, le vieil appartement s'enivrait d'air et d'espace, on ne le reconnaissait plus. Héléna Ekdahl enregistra ces changements avec un silence poli. Elle flaira un sentiment de révolte attardée contre l'autorité parentale, ce qui était d'ailleurs exact. Elle en rendit sa bru responsable, mais n'en parla jamais. De son côté, Oscar essaya de convaincre sa mère de faire installer le chauffage central et de démonter les poêles qui étaient d'un autre temps. Il échoua. À sa grande surprise, il la vit fondre en larmes et de plus il apprit que toutes les apparences prouvaient qu'il ne l'aimait plus. Oscar ne put jamais comprendre quel était le lien entre le chauffage central et son amour pour sa mère, mais il laissa tomber l'affaire. Plus tard, cependant, on installa le téléphone et il fut possible, sans se rencontrer, de s'informer de l'état de santé de l'un ou de l'autre et de divers autres sujets. Il n'exista jamais aucune inimitié entre les deux foyers, sauf entre les cuisinières, deux grandes artistes et deux fortes personnalités. La cuisinière de madame Héléna était vieille, personne ne connaissait son âge véritable, elle était un héritage de la famille Ekdahl et elle ployait sous les connaissances et les traditions ; l'autre cuisinière était une robuste dame dans la force de l'âge, adepte des idées modernes concernant l'éducation et l'alimentation. Tant que les jeunes Ekdahl restèrent sans enfants, les deux rivales observèrent une neutralité morose, d'inspiration chrétienne, mais une fois que les bambins se mirent à circuler sans se gêner entre les deux cuisines, une rivalité acharnée s'alluma et se prolongea, jusqu'au jour anniversaire des douze ans d'Alexandre où la vieille mademoiselle Vega mourut inopinément, alors qu'elle était penchée au-dessus d'un gâteau à moitié achevé.

Au cours de l'automne 1898, Émilie Ekdahl partit en tournée à Helsingfors. Un an plus tard (après dix années de stérilité), elle accoucha d'une fille qui fut baptisée Amanda.

On engagea alors un jeune comédien plein de talent, au physique romantique. Le moment était venu de jouer *La Dame aux camélias* avec Émilie dans le rôle de la malheureuse courtisane et monsieur Palmlund dans celui du passionné Armand. Ce fut un des plus grands succès du théâtre et l'on donna la pièce quarante-six fois, ce qui était inhabituel. Le jeune comédien fut engagé dans un théâtre de la capitale, on prétendit que l'on avait vu Émilie les yeux rougis et les cheveux défaits. Elle donna le jour à un fils qui reçut le nom d'Alexandre. Il était malingre, on le baptisa en toute hâte à l'hôpital, mais il se remit tout doucement, grâce aux tendres soins de sa mère.

Fanny naissait un an plus tard, toute fraîche et toute rondelette, elle ressemblait beaucoup à l'archevêque qui venait de visiter le diocèse.

En ville, l'agrandissement rapide de la famille Ekdahl donna lieu à des commentaires. Les principaux intéressés paraissaient, eux, très heureux. Puisque aussi bien Oscar qu'Émilie étaient universellement aimés, les racontars se turent rapidement et l'on se réjouit, au contraire, de voir cette mère épanouie entourée de ses enfants heureux et bien élevés.

La grand-mère avait enregistré sans grande émotion la naissance d'Amanda. Par contre, ce fut avec un très vif intérêt qu'elle participa aux périlleux débuts d'Alexandre.

Ce fut également Alexandre qui dans un moment de présomption s'attaqua à la porte fermée entre les deux appartements. Un monde séduisant et un peu effrayant s'ouvrait devant lui. Certes, il était allé souvent rendre visite à sa grand-mère, mais ces visites avaient toujours été réglées par des rituels précis. Là, en ce dimanche matin ensoleillé et silencieux, il pouvait partir à la découverte. Grand-mère était à la messe avec mademoiselle Vega et mademoiselle Ester. L'appartement était vide. Le parquet craquait quand il avançait sur la pointe des pieds. L'énorme table de la salle à manger s'étendait au-dessus de lui, il s'assit et appuya son dos à l'un des pieds chantournés. Son tablier marron avec un liséré rouge avait une poche sur le devant. Un chat était brodé sur cette poche. Il plongea ses deux mains dedans, il se sentait ainsi plus assuré. D'ailleurs, il faisait froid.

Le jour hivernal se dressait, tranchant et glacial par-delà les doubles fenêtres avec leurs paravents décorés et leurs lourdes draperies. Les chaises, autour de la table et le long des murs étaient recouvertes de cuir de Cordoue qui dégageait une forte odeur. La desserte se dressait derrière lui, comme un château fort, les carafes de verre et les coupes de cristal brillaient doucement dans l'espace séparant ses deux tours. Un tableau était accroché sur le mur de gauche, il représentait des maisons blanches, rouges et jaunes qui jaillissaient d'une eau bleue, d'étranges bateaux glissaient sur cette eau. La pendule de la salle à manger atteignait presque le plafond décoré, elle parlait toute seule, d'une voix bourrue, repliée sur elle-même.

Là où il était assis, il pouvait voir le salon glauque. Des murs verts, des tapis, des meubles, des rideaux, tout était vert et verts aussi les palmiers dans leurs pots verts. Il devinait la dame nue et blanche, avec les bras coupés. Elle se penchait un peu en avant et regardait Alexandre d'un air méditatif. Il l'avait déjà vue de nombreuses fois, mais il n'avait jamais pu savoir s'il allait se décider à la regarder comme un tout petit peu vivante et donc dangereuse, mais aussi inexplicablement attrayante. Maintenant qu'il était seul, la dame aux bras coupés était décidément bien vivante, il l'éprouvait au creux de son ventre. Sur la commode rebondie aux poignées et aux pieds dorés, il y avait une lourde pendule dorée sous une cloche de verre. Un homme jouant de la flûte s'appuyait au cadran et une dame largement décolletée avec un grand chapeau et une large jupe courte était assise sur une petite pierre, tous deux étaient aussi en or. Quand la pendule sonnait douze heures, l'homme jouait sur sa flûte et la petite dame dansait. Grand-mère avait plusieurs fois montré le mécanisme, mais maintenant qu'il était seul, tout semblait différent. Alexandre ressentait de la pitié pour cet homme et cette dame enfermés sous une cloche de verre.

Ce dimanche matin, grand-mère s'est levée tard, le grand lit aux pignons hauts et ornés n'a pas été fait et les oreillers sentent bon, de la bonne odeur de son parfum de roses (il s'appelle « glycérine et eau de roses » et on l'achète tout simplement chez le pharmacien, mais cela Alexandre l'ignore). La pièce n'est pas très grande, les meubles n'ont pas changé depuis quarante ans, tout est pratiquement comme au jour des noces, en 1862, lorsque Oscar grimpa pour la première fois dans le lit conjugal où pendant plus de vingt ans, ils prirent du plaisir, pleurèrent, se disputèrent, se tinrent la main, discutèrent sagement du répertoire du théâtre, de l'avenir de leurs enfants, de l'humeur de la belle-mère et des malheurs des amis. Oscar Ekdahl Premier et sa femme Héléna, née Mandelbaum, formèrent ce qu'ils considéraient eux-mêmes comme un ménage heureux et leur fidélité mutuelle ne connut aucune entorse.

Un portrait de madame Héléna en Iphigénie est accroché sur le mur en face du lit, éclairé par le jour d'hiver. Une étrange lumière se dégage de ce tableau. Alexandre croit voir grand-mère bouger à l'intérieur de ce cadre, il l'entend presque parler, sa mère a joué le rôle et il connaît les paroles par cœur. Il se régale à regarder ses belles mains, ses douces lèvres, les seins lourds et fermes sous le vêtement transparent, l'éclat de la peau, les yeux graves de forme irrégulière, le front large et pur, les cheveux noirs et frisés. Que peut-on dire de plus sur cette chambre, sinon qu'elle est encombrée de tableaux, de photographies et d'objets aimés. Dans la chambre de grand-mère, il ne fait jamais tout à fait jour et la pièce est pratiquement impossible à nettoyer. Deux fois par an, on sort les meubles, on bat tapis et tapisseries, on lave le parquet, on polit chaque objet, mais au bout de quelques jours tout est aussi poussiéreux qu'avant et l'odeur du parfum qui se mêle à celle de bois vieillissant et de velours qui se décompose pèse lourdement sur la pièce oblongue où le jour baisse. Un canapé arrondi, recouvert d'un brocart rouge sombre, un peu usé, s'adosse au mur du fond. Il y a aussi une foule de coussins aux formes diverses, mais tous mous et dociles. Héléna Ekdahl se tient volontiers sur ce canapé, en compagnie de son petit-fils. Ils y restent assis, un coussin appuyé sur le ventre et parlent de la vie et de l'art, mais aussi de la mort et de la vie de l'au-delà.

Un long couloir, haut de plafond, traverse l'appartement, son éclairage aussi vague qu'insuffisant provient des pièces alentour et de vitres étroites au-dessus des portes de la cuisine et de la chambre de bonne. À l'endroit où tourne ce couloir, il y a la chambre secrète. La porte est percée de cinq trous, un peu au-dessus du sol, et les murs sont tapissés de tissu rouge, où quelques tableaux coloriés, encadrés et sous verre sont accrochés. Ils représentent des châteaux forts et de belles jeunes femmes dont les voiles ondulent au vent. Un trône, avec accoudoirs et dossier recouvert également de tissu rouge, avec des plaques de laiton sur les côtés et sur les coins, se dresse au centre de la pièce. On peut enlever le siège. Sous ce siège s'ouvre un trou noir, Alexandre pense, un abîme. Grand-mère passe là de longs moments à ahaner et à soupirer, plusieurs fois Alexandre lui a proposé de lui tenir compagnie pour la distraire, mais grand-mère a toujours refusé. Le père d'Alexandre dit que grand-mère souffre de constipation parce qu'elle est avare. Mademoiselle Vega ou mademoiselle Ester ne restent jamais longtemps sur le trône. Elles entrent en courant dans un bruissement de jupes et elles sortent avant qu'on ait eu le temps de compter jusqu'à dix.

Un imposant poêle de fonte répand son odeur particulière dans le couloir, une odeur un peu âcre de charbon en train de brûler, la fonte chaude sent aussi. Mademoiselle Vega prépare le dîner dans la cuisine, c'est une bonne soupe aux choux, bien nourrissante, l'odeur chaude et tangible se répand dans tout l'appartement et se mêle aux effluves très physiques arrivant de la chambre secrète dans le tournant du couloir. Pour une petite personne comme Alexandre, qui se promène le nez près du sol, les tapis répandent une odeur fraîche et forte de produits anti-mites dont ils s'imprègnent en été, quand ils sont roulés. Chaque vendredi, mademoiselle Ester et mademoiselle Vega cirent le vieux parquet avec de l'essence de térébenthine et de la cire, le parfum est étourdissant. Les planchers pleins de nœuds sentent le savon noir. Le linoléum est nettoyé avec un mélange malodorant de lait bleu et d'eau.

Les gens ont des odeurs différentes. Leurs vêtements ne sentent pas que le tissu, mais aussi la cuisine, la sueur, le tabac, le parfum. Leurs chaussures sentent le cuir, le cirage et la transpiration des pieds. Ils se promènent comme autant de symphonies d'odeurs : la poudre, le savon au goudron, l'urine, le sexe, la saleté, la pommade. Certains ont une odeur humaine, d'une façon générale, d'autres une odeur rassurante, d'autres encore, une odeur menaçante. Mademoiselle Ester porte une perruque qu'elle fait tenir sur son crâne chauve à l'aide d'une colle spéciale. Mademoiselle Ester tout entière sent la colle. Grand-mère sent les roses fanées. La mère d'Alexandre a une odeur sucrée comme la vanille, mais quand elle se met en colère, le duvet sur sa lèvre supérieure devient humide et répand une odeur âcre, à peine perceptible, qui semble dangereuse. La favorite d'Alexandre sur le plan des odeurs, c'est Maj, une jeune servante rousse et rondelette. Ce qu'il aime le plus au monde, c'est de rester couché sur son bras, dans son lit, le nez contre sa chemise en tissu grossier. Elle sent la sueur et d'autres bonnes choses. Ils sont conscients tous les deux que leur manège est sans doute interdit, mais personne ne l'a découvert et ils peuvent donc continuer comme deux petites bêtes aimables. La sœur aînée d'Alexandre sent le métal, c'est curieux, elle a exactement la même odeur que le récipient en étain sur la table de fumeur de la bibliothèque. Fanny sent la crème fraîche et le bébé, bien qu'elle ait déjà huit ans.

Si on se tient sous le lustre en cristal du salon, les pieds enfoncés dans l'immense feuillage du tapis, si on reste absolument immobile et si on retient sa respiration, on peut entendre le silence, il se compose de plusieurs choses : d'abord le bruissement du sang derrière le tympan, mais aussi les pendules qui font partout tic tac, toutes à la fois. Puis, le ronflement du feu dans le poêle, les volets noirs tremblent et cliquettent faiblement. On entend au loin un piano, c'est la fille du voisin qui fait des gammes, c'est à peine perceptible, mais ça vous enfonce quand même une pointe de chagrin dans le cœur, impossible de savoir *pourquoi*. Dans la bibliothèque, grand-mère est penchée sur ses comptes. Sa plume d'acier grince sur le papier. De la cuisine arrivent le bruit de la vaisselle et la voix de mademoiselle Vega, puis c'est le silence mais la porcelaine et l'argenterie remuent encore dans la bassine.

Le jour d'hiver s'obscurcit, un traîneau passe, un grelot sonne ; bruit des sabots du cheval sur la neige glacée, les patins du traîneau chuintent. Les pieds enfoncés dans le feuillage du tapis, Alexandre se demande, pourquoi ai-je tant de chagrin ? Pourquoi suis-je si triste ? Est-ce la Mort qui se tient immobile dans la demi-obscurité de l'entrée ? Est-ce sa respiration brève et sifflante que j'entends ? Vient-elle chercher grand-mère dans la bibliothèque qui est en train d'écrire dans son livre de comptes à couverture bleue ? Alexandre veut immédiatement la rejoindre pour pleurer sur ses genoux, mais il n'a pas le droit. S'il bouge, s'il remue ne serait-ce que le petit doigt, la Mort va se mettre en mouvement et arriver avant lui. Une lutte épuisante s'engage entre Alexandre et la Mort qui attend dans l'entrée. Soudain, mademoiselle Ester verse du charbon dans le poêle avec une pelle noire en fer, cela fait un bruit fort et libérateur, la terrible visiteuse est enfin partie.

Le crépuscule bleuit et s'approfondit derrière les épaisseurs de rideaux lourdement drapés. Grand-mère se lève, quitte son bureau, va chercher la lampe à pétrole. Son fils lui a offert une lampe électrique avec un pied en fer forgé et un abat-jour en porcelaine verte, mais grand-mère l'a remisée dans sa grande armoire et elle continue à se servir de la lampe à pétrole qui brillait autrefois sur le pupitre d'Oscar au Théâtre. Elle allume la flamme jaune qui dégage une odeur de pétrole et remet en place le verre et l'abat-jour. Les lampes à charbon clignotent dans l'entrée et dans la salle à manger. Il reste beaucoup de coins noirs pour les ombres. Il fait encore plus sombre. L'allumeur de réverbères passe avec son bâton, il pose avec précaution ses pieds sur la glace qui recouvre le trottoir. Voici qu'il allume le gaz. Les réverbères jettent des ombres au plafond du salon. Alexandre voit des montagnes et des océans, il croit apercevoir des monstres et des païens. Grand-mère tourne vers lui son visage, il ne distingue pas ses yeux, elle tend sa main et lui demande doucement s'il a envie de jouer aux cartes avant le dîner.

Je dois également dire quelques mots de la cour derrière la maison des Ekdahl. Une porte cochère s'ouvre dans la façade qui donne sur la rue, la nuit, on en ferme les lourds battants ajourés. Des cailloux pointus couvrent le sol, quand les chevaux et les voitures entrent dans la cour sous la voûte, cela fait un vacarme qui ébranle toute la maison. On a souvent parlé de macadamiser l'entrée, mais cela ne s'est pas fait. La cour est grande et de forme irrégulière. Un modeste immeuble de rapport de trois étages, qui forme un angle droit avec la grande maison sur la rue, l'encadre ainsi qu'une aile de remises, d'écuries et de buanderies et un mur aveugle. On entrevoit, par une ouverture, le Jardin municipal. Un grand marronnier pousse au milieu de la cour, le sol n'est que partiellement pavé, deux échafaudages pour battre les tapis s'y dressent comme des instruments de torture moyenâgeux, un puits couvert avec une pompe à main monte la garde devant l'écurie.

Madame Héléna se paie le luxe de posséder un cheval de selle, un cheval de trait, deux coupés noirs et brillants, un traîneau et un cocher en livrée ainsi qu'un garçon d'écurie qui est le fils de ce dernier. Ils habitent deux petites pièces au-dessus de l'écurie. La Daimler d'Oscar est garée dans une des remises. On ne s'en sert qu'en été. Oscar est un chauffeur passionné, mais peu sûr. Dans les deux buanderies il y a un incessant va-et-vient de mères en colère et de petits enfants pâles. La buée sort par les fenêtres entrebâillées, une bruyante conversation se poursuit sans fin. Une petite entreprise de transport a loué le reste de l'aile adjacente peinte en jaune et passablement délabrée. Trois frères d'un certain âge et quatre juments efflanquées font marcher le commerce. Les frères habitent avec une gouvernante noiraude au dernier étage de l'immeuble de rapport, juste sous les combles. La gouvernante a une réputation intéressante et six enfants, tous aussi maigres et pâles et perpétuellement enrhumés.

Au rez-de-chaussée, à droite de l'escalier de l'entrée, il y a une étrange boutique et un étrange boutiquier. C'est un homme dégingandé, à la démarche penchée, il a de grandes mains pâles, une longue barbe, des boucles autour des oreilles, des yeux noirs, un front étroit et blanc. Il porte un chapeau crasseux avec des bords ronds. Il s'appelle Isak Jacobi. Tous les jeudis, il dîne à la table de madame Héléna Ekdahl. Mademoiselle Ester dit que c'est un juif dégoûtant et elle raconte volontiers à Alexandre qu'Isak Jacobi tue les petits enfants pour boire leur sang. Alexandre ne croit pas ce que dit mademoiselle Ester, mais indéniablement ses récits rendent encore plus attrayant le personnage déjà mystérieux d'Isak. Sa boutique a sa magie. On entre par une petite porte vitrée et une sonnette tinte, Isak Jacobi est assis près du comptoir dans un fauteuil à bascule noir, il lit, en général, un livre aux caractères inconnus. Fanny et Alexandre fréquentent avec plaisir la boutique du juif. Amanda n'y entre jamais, elle prétend que ça sent mauvais et qu'il y a un cadavre pourri dans l'arrière-boutique. C'est en partie vrai. Isak Jacobi possède une momie, elle repose dans un coffre en verre, juste dans le coin précis où il a rassemblé ses biens les plus précieux. Fanny et Alexandre veulent toujours voir la momie, elle est terrible, le visage a été débarrassé de son masque d'or et de ses bandelettes, on peut voir les cheveux, les oreilles et les lèvres presque entièrement rongées, la bouche qui sourit et le long nez cassé. La boutique se prolonge à l'intérieur de la maison, il y a un bon nombre de pièces aux fenêtres sales partiellement obturées par des planches et couvertes de rideaux poussiéreux. Sur de longues étagères, de grandes tables, par terre ou bien accrochés au plafond : des milliers d'objets les plus divers. Personne n'a jamais entendu dire que le juif ait vendu quoi que ce soit dans sa boutique. Personne ne lui a jamais vu non plus acheter quelque chose. Tout cela est un mystère.

Hommes et bêtes animent la cour. Les moineaux se chamaillent dans le marronnier ou bien ils se régalent de crottin, d'innombrables gros matous mènent une confortable vie de farniente parmi les rats et les souris, les enfants et les chiens traînent sur le gravier et sur l'anémique pelouse mal entretenue. Le jardinier et le concierge boivent derrière les cabinets au bout de l'écurie, accompagnés par les commentaires acerbes des femmes dans la buanderie.

Les enfants Ekdahl ont reçu l'interdiction de jouer dans la cour. Sous la garde de la boiteuse, mais pimpante Maj, ils doivent se rendre en procession jusqu'au Parc municipal où des fréquentations comme il faut et des tas de sable socialement respectables sont à leur disposition.

Noël

1

Depuis le règne d'Oscar Ekdahl Premier, il est de tradition de présenter, la veille de Noël à une heure de l'après-midi, le *Jeu de la Joyeuse Naissance du Christ*. La même tradition veut que le Théâtre soit aussi comble en cette circonstance que la Cathédrale pour la messe du matin de Noël. Même l'Évêque Edvard Vergérus assiste à cette représentation en compagnie du Maire Falström, du Préfet Pansarstierna, du Recteur de l'Université Adam Boetius et de beaucoup d'autres éminents bourgeois accompagnés par toute leur maisonnée.

La représentation touche à sa fin. Marie, Joseph et l'enfant dorment dans leur cahute. On entend alors une musique céleste, la scène est inondée de lumière et un ange vêtu de blanc, entouré d'angelots de tailles diverses est lentement descendu des cintres. Depuis des années, c'est la première dame du théâtre, Émilie Ekdahl, qui se produit dans ce rôle important. Les angelots sont joués par ses enfants Amanda, Alexandre et Fanny et leur cousine Jenny. Lorsque les anges ont atterri sur un petit pont à la hauteur du toit de la cahute, Joseph se réveille : c'est Oscar Ekdahl, le directeur du Théâtre qui, avec modestie mais dignité, tient ce rôle. Cela aussi est une tradition et Oscar se sacrifie.

L'ANGE :

Ne crains rien, mon ami Joseph,
Ton Ange est toujours près de toi,
Même si tu ne le vois pas.
Il est là veillant sur ton sort.
Je t'apporte un message urgent
De ton Créateur, de ton Dieu :
Réveille Marie et l'enfant,
Vite emporte-les loin d'ici,
Hérode menace de mort
Chaque enfant mâle en ce pays.

JOSEPH :

Je retiens ce que tu me dis.
Je ferai ce que tu commandes.
Gloire à Dieu là-haut sur son trône
Qui mon fils unique protège.

Tous les acteurs entrent en scène. L'orchestre joue quelques mesures d'un choral de Noël. Émilie est entourée par les quatre enfants, elle se retourne en souriant vers le public.

ÉMILIE :

Ainsi se termine le jeu.
Le dénouement s'en trouve heureux.
Il est sauvé, le fils de Dieu,
Sauvé est notre Jésus-Christ.
De ce fait nous pouvons voir comme
Le Seigneur protège tout homme
Et toute femme et tout enfant.

La Vierge Marie, jouée par mademoiselle Hanna Schwartz, tend les mains comme pour les envelopper tous de ses bras. Ingénue de la troupe depuis trois ans, elle est très aimée, surtout par les messieurs d'un certain âge.

HANNA :

À tous les foyers nous souhaitons
Un riche et lumineux Noël !

Vient alors le tour du principal comédien de la troupe. C'est aussi le plus âgé. Monsieur Filip Landahl a soixante-treize ans. Il cache un papier dans sa main — c'est diantrement difficile de retenir de courtes répliques en vers.

FILIP :

Que pour hommes, femmes et tous les petits enfants
Les bougies de Noël brillent allégrement.

Alexandre Ekdahl, dix ans, s'avance. Pâle et maigre, il a une chevelure peu fournie, des yeux bleu sombre de myope et une large bouche qui grimace facilement un sourire gêné et tordu.

ALEXANDRE (se racle la gorge) :

Que dans la nuit ne demeure personne,
Joyeux Noël à tous, à tous les hommes !

Le rideau tombe. Vifs applaudissements qui ne se prolongent pas trop longtemps, car chacun doit rentrer fêter Noël à la maison. Après le dernier rappel, tout le monde se tourne vers la coulisse de droite. Gustav Adolf Ekdahl fait son entrée, il rayonne, affable et sanguin, quatre serveuses aux tenues bien amidonnées arrivent sur ses pas, elles portent des plateaux de friandises variées, viennent ensuite quatre serveurs, ils apportent des bols de punch chaud et de vin chaud. Alma Ekdahl (l'épouse de Gustav Adolf, une forte femme de haute taille) vient en dernier, elle est accompagnée de Petra, leur fille de dix-huit ans, une copie de sa joyeuse mère. Elles portent, à elles deux, une grande malle en cuir pleine de cadeaux de Noël pour les membres du personnel du Théâtre et leurs familles.

Tout le monde est maintenant réuni, les comédiens ont gardé leurs costumes, les machinistes sont en habit du dimanche, bien peignés, le visage légèrement rosi par ces prémices de fêtes, les couturières, les caissières, les perruquières et les graves messieurs de l'administration, c'est une réunion assez importante, il y a en tout trente-quatre grandes personnes et treize enfants. Tout le monde a un verre à la main, Oscar Ekdahl monte sur l'escalier qui mène à la cahute de Joseph et de Marie, on fait cercle autour de lui, le directeur du Théâtre va prononcer son discours de Noël, son père était dans les réunions un convive recherché et plein d'esprit, son discours constituait un des clous de la saison, le fils n'a pas son éloquence, mais tout le monde l'apprécie et il faut bien faire le discours traditionnel.

OSCAR : Mes chers amis, mes chers collaborateurs, ma chère famille ! Voici vingt-deux ans qu'ici même, je prononce mon discours, sans être aucunement doué pour ce genre d'exercice…

Il regarde autour de lui et sourit malicieusement, tout le monde lui rend sans peine son sourire puisqu'on estime qu'Oscar est un brave homme.

OSCAR (pensif) : … pour ce genre d'exercice. Mon seul talent, s'il faut parler de talent dans mon cas, c'est l'amour que je porte à ce petit monde vivant à l'abri des murs épais de notre maison. J'aime tous ceux qui travaillent dans ce microcosme. Dehors, il y a le Monde et il arrive parfois que le microcosme réussisse à refléter le grand Monde et nous permette de mieux le comprendre, il arrive aussi que nous donnions à ceux qui viennent ici, la possibilité d'oublier pour quelques instants ou quelques secondes…

Il regarde le verre qu'il tient entre ses deux mains. Il règne un silence parfait, la tempête de neige gémit faiblement dans la nuit des cintres. Quand il relève la tête, tout le monde remarque qu'Oscar Ekdahl est particulièrement pâle et qu'il a les yeux pleins de larmes.

OSCAR : … d'oublier pour quelques secondes le monde cruel, là au-dehors. Notre théâtre est petit — c'est un monde clos, bien ordonné, plein d'attentions et d'amour. Je ne sais pas pourquoi, je suis aujourd'hui tellement ému, je me sens solennel d'une façon tellement comique, je n'arrive pas à expliquer ce que je ressens. Je crois qu'il me faut abréger mon discours.

Il secoue la tête, il lève son verre et regarde tous ceux qui l'entourent.

OSCAR : Ma mère et moi, ma femme et mes enfants, tous nous vous souhaitons un Joyeux Noël. J'espère que nous nous retrouverons tous le lendemain de Noël, l'âme et le corps en pleine forme. Joyeux Noël !

GUSTAV ADOLF : Joyeux Noël, Oscar ! Joyeux Noël, Émilie !

Chacun trinque avec la famille Ekdahl et rentre chez soi.

2

Maintenant, on traverse la place sous une formidable tempête de neige qui semble venir de tous les quatre points cardinaux à la fois. Des congères se sont formées, trois traîneaux passent avec de joyeux convives se rendant à un dîner de Noël, ils tiennent à la main des flambeaux, les grelots tintent, de la fumée sort des naseaux des chevaux. La maison des Ekdahl, en face du Théâtre, brille de tous ses feux. Des arcs avec des bougies allumées ont été disposés dans toutes les fenêtres.

Chez Héléna Ekdahl, les préparatifs du grand dîner de Noël sont terminés. L'arbre de Noël est allumé, candélabres, lustres et appliques brillent. Des feux de bois ronflent dans les cheminées.

Madame Héléna a revêtu une robe de brocart rouge sombre, elle porte de lourds bijoux et ses décorations royales. Ses cheveux sont encore noirs et brillants avec des mèches grises, son teint blanc est éclatant, ses yeux bleu sombre encore aigus et clairs, ses mains souples sans rides et sans taches.

Elle se tient près de la fenêtre du balcon et regarde venir sa grande famille, ses fils, ses brus et ses petits-enfants, ils avancent en riant et en chahutant sous la tempête de neige qui souffle sur la place. Au Théâtre, les lumières s'éteignent une à une, bientôt il repose complètement dans le noir. Les lourds réverbères devant l'entrée principale se balancent au vent, les lampes vacillent et clignotent. Voici son grand fils, le professeur Carl Ekdahl, en compagnie de sa femme Lydia. Ils se querellent bruyamment dans l'entrée, mais le visage de Carl s'éclaircit quand il voit sa mère et il la salue de façon tonitruante. Grand et corpulent, il est presque chauve, mais il porte une grande barbe et des favoris. Sa femme, une Allemande grasse et empressée, n'a pas encore appris la langue de ce pays bien qu'elle soit ici depuis vingt ans. Elle a un teint frais, un buste volumineux et de grandes dents. Elle est toujours de bonne humeur, même quand elle se querelle. Carl et Lydia n'ont pas d'enfants, mais ils épanchent leur tendresse sur huit chats à l'origine prétendument noble. Ils ont les bras chargés de cadeaux, mademoiselle Ester s'en occupe et les dépose dans un grand panier à linge déjà plein à ras bord de paquets de toutes les couleurs.

Lydia salue sa belle-mère avec effusion, celle-ci lui rend son salut avec une retenue pleine d'amitié. Carl allume un cigare et prend un verre de cognac. Bien qu'il boive, le professeur est assez aimé de ses étudiants.

Voici Isak Jacobi. Il entre dans le salon des Ekdahl, rayonnant d'une joie solennelle, son habit du soir est impeccable, ses cheveux et sa barbe sortent des mains d'un coiffeur, ses sourcils noirs sont joliment relevés et de sa voix de basse aux intonations nasales, il complimente madame Héléna pour sa beauté. Il lui remet une petite rose en argent avec six rubis brillant à la place des épines de la tige.

Voici que l'escalier retentit d'un flot de rires et de plaisanteries, le flot monte, envahit la grande maison, la porte d'entrée s'ouvre et les enfants déferlent, ils ont fait la course dans les escaliers, ils sont hors d'haleine, tellement ils ont ri et tellement ils se sont dépêchés, à cause du temps glacial, du vin chaud et de la fièvre de Noël. Voilà donc Amanda, l'aînée, à l'automne, elle entrera dans la classe de danse du ballet de l'Opéra de la capitale, voilà Alexandre, dix ans, martyr de son imagination, à ses propres yeux du moins, et puis Fanny, petite, rose et résolue. Jenny est là aussi, une enfant passionnée mais discrète, secrètement amoureuse de sa cousine plus âgée qu'elle, Amanda.

Arrivent ensuite les grandes personnes : Émilie et Alma tendrement enlacées, les joues toutes rouges d'avoir traversé la place. Oscar avec la joyeuse et solide Petra à son bras, il écoute en souriant le compte rendu volubile de sa nièce qui parle d'un événement extraordinaire à l'école ménagère, une école dont elle suit l'enseignement depuis maintenant deux ans. Voici enfin Gustav Adolf, quelque peu éméché après tous les toasts portés au Théâtre. Il plaisante d'une façon osée avec la bonne d'enfants de la famille Ekdahl, la rondelette et pimpante Maj. Elle se défend en pouffant de rire. Siri et Berta, les soubrettes, ainsi que Alida et Lisen, les cuisinières, arrivent du deuxième étage par l'escalier de service. La bonne du professeur est retournée chez elle à Berlin pour les fêtes de Noël, tout le monde trouve cet arrangement excellent.

Maintenant, on salue Héléna Ekdahl : ses fils avec des baisemains pleins de courtoisie, ses brus avec des baisers sur la joue, légers comme des papillons, les enfants en la serrant dans leurs bras et en lui faisant de grosses bises sur la bouche. Les domestiques s'avancent enfin, avec des sourires polis et des révérences d'une ampleur exactement calculée. L'oncle Carl joue une valse au piano. Gustav Adolf passe en revue les plats dans la cuisine et Oscar informe sa mère du déroulement de l'après-midi et de la recette de la représentation.

Émilie et Alma traînent le lourd panier à cadeaux jusqu'à l'arbre de Noël. Isak Jacobi s'entretient bruyamment avec Jenny et Fanny qu'il a prises chacune sur un genou. Ayant perdu toute dignité, Alexandre et Amanda font des galipettes sur le tapis du salon. Mademoiselle Vega et mademoiselle Ester courent et s'empressent entre la cuisine et l'office, l'office et la cuisine, bien que tout soit prêt depuis des heures. Lydia baragouine avec Petra qui ne comprend rien à ce que lui dit sa tante, mais chaque fois que Lydia s'arrête pour reprendre son souffle, Petra lui répond n'importe quoi. Siri, Berta et Maj forment un groupe avec Alida et Lisen, elles chuchotent et pouffent de rire. Leur sujet de conversation est aussi agréable qu'inépuisable : le vif intérêt porté par Gustav Adolf aux jeunes femmes. Chacune peut y contribuer avec des récits plus ou moins véridiques concernant les agissements de monsieur Ekdahl, Maj et Lisen ont toutes les deux des expériences personnelles. Personne, cependant, ne s'en offusque ou juge inconvenant le comportement de Gustav Adolf. On estime, au contraire, que c'est un brave homme, un homme compétent qui a bien le droit de se divertir un peu. Jusqu'à sa femme qui oublie d'être jalouse.

Selon la tradition, le dîner de Noël a lieu dans la grande cuisine de madame Héléna, décorée de tapisseries, de Pères Noël, de napperons de Noël, de lanternes de Noël et de bougies faites à la maison. La même tradition veut que domestiques et maîtres dînent ensemble, chacun s'installe à sa guise autour de la table. Le dîner est présenté du premier au dernier plat sur la cuisinière et sur l'évier recouvert de nappes multicolores ou sur la longue desserte. Chacun se sert copieusement et selon la capacité de son estomac. Un choix abondant : harengs marinés de mille manières, saucisses, pâtés et terrines, viandes en daube, gratins, boulettes de viande, petites grillades, côtelettes de porc. Puis vient le rituel du pain trempé dans le jus d'un jambon fraîchement cuit. Pour apaiser l'estomac et le préparer à des efforts de longue haleine, on mange une suave et odorante purée. Puis arrivent le jambon et ses accompagnements, une fois terminés les commentaires sur ce jambon et les comparaisons avec les jambons des Noëls passés, on passe à la morue séchée, un plat que l'on juge bon pour la santé. Avec la morue on boit un bordeaux blanc qui donne envie d'un savoureux bourgogne et d'une croustillante perdrix des neiges que l'on vient juste de rôtir. À tout cela, s'ajoutent le riz au lait, la compote de fruits et la pièce montée. Tout le monde parle en même temps, personne n'écoute personne, de temps en temps un des trois frères Ekdahl se lève pour prononcer un discours en vers ou entonner une chanson.

On boit de l'aquavit, du madère, du punch et du

cognac. Chacun crie à tue-tête, seules mademoiselle Vega et mademoiselle Ester restent figées et silencieuses. Pour elles, la veille de Noël est le jour de l'année le plus pénible. Elles estiment inconvenant que les serviteurs soient ainsi mélangés aux maîtres. Durant plus de quarante ans, mademoiselle Vega et mademoiselle Ester ont été ainsi obligées de supporter ce repas indigne, que mademoiselle Vega a, de plus, préparé de ses propres mains.

Le professeur Carl Ekdahl fait un signe à Alexandre, il est tout rouge, il sue sang et eau, ses yeux bleus brillent et louchent légèrement derrière son pince-nez à monture d'or. À son tour, Alexandre fait un signe à Fanny et à Jenny qui sont un peu pompettes de limonade et de cette atmosphère de Noël. Le professeur se lève de table avec précaution, il s'excuse avec une révérence et disparaît dans le tournant du couloir. Alexandre, Fanny et Jenny le suivent sans que l'on fasse attention à eux. Ils suivent pas à pas l'oncle Carl avec la mine réjouie de quelqu'un qui s'attend à quelque chose d'extraordinaire. Les voici dans l'entrée, le professeur Ekdahl porte une bougie allumée dans chaque main, il les remet à Fanny et à Jenny. Il ouvre, sans faire de bruit, la porte du grand escalier plein d'échos, avec ses plafonds peints, ses amours réjouis, son tapis rouge et ses cuivres, ses murs de marbre et ses fenêtres décorées de mosaïques.

L'oncle Carl fait des gestes pour leur imposer silence et non sans une certaine timidité, il déboutonne ses bretelles et laisse glisser son pantalon et son caleçon. Les enfants pâlissent d'excitation.

Le professeur Ekdahl se penche légèrement en avant, il pose ses mains sur la balustrade et comprime son ventre. Comme par miracle, une série de notes graves que l'on croirait sorties d'un orgue, s'échappe des grasses fesses de l'oncle Carl. Et pour finir, un vibrant grondement de tonnerre. Fanny et Jenny approchent maintenant leurs bougies à quelques centimètres du derrière du professeur. La tension est au maximum. Un coup de canon éclate dans l'escalier des Ekdahl. Les flammes vacillent et s'éteignent.

3

Tandis que nous contemplons la belle image de ce réveillon dans la cuisine des Ekdahl, je voudrais parler de la manière dont ces familles se comportent entre elles. Ce qui d'abord saute aux yeux, c'est la tendre attention qu'on se témoigne. On se touche, on s'étreint, on s'empoigne, on se tape dans le dos, on se caresse, on s'enlace, on s'embrasse avec ravissement, on se donne de grosses bises mouillées, on se tient par la main, on se regarde dans les yeux, on s'ébouriffe les cheveux. On se querelle volontiers, et de façon dramatique, on pleure, on s'engueule et on se cherche des alliés, mais on se réconcilie tout aussi volontiers, en prononçant des serments solennels et en se couvrant de caresses, on est aussi sincère dans un cas que dans l'autre.

En dépit des principes d'éducation dominant à

cette époque, les enfants sont entraînés dans les caresses ekdahliennes, ils vivent comme dans une couveuse protectrice de tendresse corporelle. Même madame Héléna peut faire preuve d'une affection passionnée, surtout à l'égard de ses petits-enfants. Mais ses fils aussi et des amis proches peuvent profiter de l'amabilité sensuelle de la vieille dame. Elle demeure néanmoins réservée vis-à-vis de ses brus et elle observe volontiers une subtile graduation dans les preuves d'affection qu'elle prodigue.

On est très proche l'un de l'autre, on partage chagrins et joies, on se querelle et on s'aime. Le restaurant et le théâtre sont des débouchés naturels pour le besoin d'activité de la famille. On n'aime pas se séparer, même en été. Oscar Ekdahl Premier a construit quatre belles maisons pour l'été sur une presqu'île qui donne sur la baie et la mer. Là, sans faux cils, sans corset, dans des costumes de lin mal repassés, de larges chemises ondulant au vent et des chapeaux à larges bords, on jouit des plaisirs de la saison. La presqu'île et ses petits bois retentissent de cris et de rires, les drapeaux claquent au vent, un violon geint quelque part à travers une fenêtre ouverte, un râteau crisse sur le gravier de l'allée, un chien aboie, les Ekdahl passent l'été au Paradis.

Le réveillon est terminé. On danse maintenant une farandole, on chante, on tape des pieds, on transpire. Selon la tradition la danse est conduite par madame Héléna dont la coiffure est en train de se défaire, d'une main elle tient la main de Fanny, de l'autre elle attrape solidement ses vastes jupons et dévoile les plus élégantes chevilles qui soient au monde, vêtues de bas de soie aux motifs de fleurs et de papillons. Après Fanny, il y a Maj, la bonne d'enfant qui pouffe de rire et qui chante, puis Gustav Adolf, les joues luisantes de sueur. Profitant du chahut, il fait des propositions malhonnêtes à la jeune bonne. Après Gustav Adolf Ekdahl, voici une longue file d'enfants qui s'efforcent de faire le plus de bruit possible. Puis le professeur et sa femme et mademoiselle Ester et mademoiselle Vega et Alida et Berta et Siri et Lisen. Puis Oscar Ekdahl, un peu pâle, mais l'air joyeux quand même, et Émilie et Alma qui commente à voix haute, mais sans aigreur, les assiduités de son mari auprès de la jeune bonne. Puis, Isak Jacobi, résigné, il se soumet aux rites fatigants de la famille, et la grosse Petra qui ne chante pas car elle a trop mangé. La ronde traverse les deux appartements, les portes d'entrée et la porte dérobée sont grandes ouvertes, les planchers tremblent, la maison tremble et les lustres tintent. Pour finir, on s'écroule à bout de souffle et en riant sur le lit de madame Héléna, on transporte, avec mille précautions, l'arbre de Noël de la fenêtre en encorbellement jusqu'à la grande porte qui donne sur la salle à manger.

Oscar Ekdahl est allé chercher la Bible de la famille. Il s'assied sur le podium où se trouvait l'arbre de Noël. Une atmosphère solennelle envahit l'assistance. Oscar sort sa plume d'or et ouvre le grand livre. Maintenant on va lire l'évangile de Noël, mais il faut d'abord noter sur une des pages de garde, déjà couvertes par les notes des années précédentes (depuis 1869, année où Oscar Ekdahl Premier épousa la jeune comédienne Héléna Mandelbaum) les événements familiaux les plus importants.

Commence une discussion à voix basse pour savoir ce que l'on peut considérer comme important et comme moins important. Appuyée par Jenny, Fanny demande, par exemple, que l'on mentionne la mort du chat Ajax, c'est un événement important et triste. L'oncle Carl requiert discrètement au nom de la vieille tante Emma, décédée elle aussi, certains trouvent le décès de tante Emma plus important que celui du chat, d'autres sont de l'avis contraire. Oscar tranche la discussion en notant les deux.

4

Dans la chambre des enfants, c'est le chaos et l'excitation. Jenny passe traditionnellement la nuit de Noël chez ses cousins. Amanda qui depuis plus d'un an a sa propre chambre, a transporté son matelas et ses couvertures chez les autres enfants. On a rassemblé les cadeaux tout autour des lits pour qu'ils soient immédiatement accessibles le matin de Noël. Maintenant, on est en train de se battre à coups de polochons, Maj participe à la bataille, les enfants portent de longues chemises de nuit, sauf Alexandre dont la chemise à galons rouges au cou et aux poignets arrive à la hauteur de ses genoux. Chacun essaie de couvrir la voix des autres. Maj, qui est un peu éméchée, crie plus fort que tous. Un coussin crève, des petites plumes tombent comme de la neige. Amanda saute sur l'occasion pour exécuter la danse des flocons de neige et elle s'accompagne en chantant d'une voix de fausset. Jenny court entre la salle d'eau et la chambre des enfants poursuivie par Maj. Elle appelle au secours.

Émilie et Alma viennent souhaiter une bonne nuit. Toujours pouffant de rire et gênée, Maj essaie de ramasser les plumes avec une pelle et un balai, mais elle n'y parvient pas. On se met d'accord pour tout laisser comme ça cette nuit, Émilie allume une petite veilleuse à globe rose et elle la dépose derrière un petit triptyque transparent sur la haute commode blanche. On éteint la lumière électrique. La flamme vacille derrière les images sacrées : à gauche les trois rois mages suivent l'étoile, à droite les bergers et les anges leur annoncent la bonne nouvelle, au centre Marie avec l'enfant et Joseph dans l'étable, tout cela dessiné et peint avec le plus grand naturel et de nombreuses couleurs.

On ne peut pas dire que l'on soit religieux chez les Ekdahl si ce n'est d'une façon très conventionnelle, mais on fait la prière du soir avec les enfants, on va à la cathédrale quand l'évêque prêche et on a une représentation vague et générale d'un dieu bon mais lointain qui, à longue échéance du moins, arrange tout pour le mieux. La prière du soir est assez courte et stéréotypée, les enfants la lisent à haute voix et en chœur, ils sont à genoux au pied du lit, les mains jointes : Merci, mon Dieu pour cette journée, aide-moi à devenir une bonne fille (ou un bon garçon). Permets à l'Ange de demeurer chez moi toute la nuit. Mon Dieu, protège papa, maman, grand-père et grand-mère, protège-moi, protège mes frères et mes sœurs et mes cousins et mes oncles et mes tantes et mademoiselle Vega et mademoiselle Ester et Maj et Siri et Berta et Alida et Lisen et monsieur Isak et tous les hommes sur terre. Amen.

Une fois la prière du soir expédiée à toute allure, on se jette au lit, on se laisse embrasser par Émilie qui sent bon et par tante Alma qui sent le pain frais. Le baiser du soir et les embrassades forment un rituel long et compliqué qui se déroule avec un mélange de traditions et d'improvisations. Puis les deux mères s'éloignent, la main dans la main, en bavardant et en riant. On entend de la musique et des chants qui arrivent — mais assez faiblement — de l'appartement de grand-mère, c'est tante Lydia qui chante et papa Oscar qui l'accompagne au piano. Soudain c'est le silence dans la chambre des enfants, les réverbères dessinent de fins rayons de lumière au plafond, la veilleuse clignote derrière le transparent, les personnages deviennent presque vivants, c'est comme s'ils bougeaient et chuchotaient. Jenny a enfoncé son médius et son index dans sa bouche, Fanny presse contre sa joue sa vieille couverture usée de bébé, elle cligne des yeux en regardant le transparent, Alexandre est couché à plat ventre, ses mains sous son menton, il a, à ses côtés, un nounours brun et mal en point qui s'appelle Baloo, Maj lui a fait une fois un costume qui semble maintenir son corps dégingandé et amaigri, il lui manque une oreille et sa tête ne tient plus très bien. Amanda est assise sur son matelas, sa couverture sur les épaules, elle feuillette lentement un gros livre qu'elle vient de recevoir en cadeau. Il y a sur chaque page, une belle image coloriée qui représente un danseur ou une danseuse célèbre, le texte est en russe. Dans la pâle lumière de la veilleuse, ces images sont infiniment délicieuses et Amanda les aime avec violence et désir. Un coup de vent traverse la rue, la cheminée siffle doucement, les restes du feu de la soirée y rougeoient encore derrière les trous ronds des volets, on dirait des yeux rouges et clignotants tout au fond de ce coin noir. Les grands arbres du Parc municipal bruissent sous ce vent. Puis c'est le silence. Maintenant, ils chantent tous ensemble dans l'appartement de grand-mère. C'est beau, mais un peu triste :

Freut euch des Lebens
weil noch das Lämpchen glüht
pflücket die Rose eh' sie verblüht…

Soudain, la porte entrebâillée sur la chambre des parents s'ouvre, Maj fait irruption dans la pièce. Ses cheveux roux sont relevés en un grand chignon, elle est habillée d'une élégante robe du soir bleu clair, de bas de soie et de chaussures à talons hauts. Elle lève vers le plafond ses bras blancs et danse en boitant avec de petits sauts, elle est folle de joie.

MAJ : Regardez ce que j'ai reçu en cadeau ! Regardez ce que madame Ekdahl m'a donné ! Est-ce que je ne suis pas *follement* belle, belle ? Je ressemble à une dame, est-ce que je ne suis pas merveilleusement élégante ?

Elle tourne sur ses talons, rit et chuchote. Puis, elle éteint la lumière et vient embrasser Alexandre.

MAJ (chuchote) : Cette nuit, il ne pourra pas dormir dans le lit de Maj, parce que cette nuit Maj aura de la visite, il comprend, n'est-ce pas ? Maj ne peut pas avoir tout un tas d'hommes dans son lit, il le comprend bien ? Mais il sait qu'il est le chéri de Maj, ça, il le sait bien.

Alexandre accueille avec froideur les violents témoignages de tendresse de Maj, il se couche à plat ventre et tourne la tête contre le mur.

Maj constate en pouffant de rire la jalousie de son amoureux et sort sur la pointe des pieds.

De nouveau, le silence. Des voix et des rires parviennent de l'appartement de grand-mère, la grande pendule de la salle à manger sonne une longue série de coups, la Cathédrale et la Sainte-Trinité lui répondent aussitôt, en frappant encore plus de coups et en sonnant d'abord les quarts d'heure, puis les heures, l'espace résonne et chante, tantôt tout près, tantôt plus loin, selon le vent qui joue avec les bruits. Ensuite, tout redevient silencieux, étrangement silencieux.

Alexandre ne sait pas très bien, peut-être a-t-il dormi un moment, peut-être a-t-il dormi quand même, la maison est silencieuse, la rue est silencieuse, ses sœurs et Jenny ont l'air de dormir profondément et la porte de la chambre des parents est fermée.

Il sent que le moment est venu, il ne peut pas attendre à demain où il fera d'ailleurs clair et les conditions seront bien moins bonnes. Il sort de son lit avec précaution, il installe Baloo sur l'oreiller, il passe d'une enjambée par-dessus Amanda qui s'est endormie, son livre entre ses bras, la veilleuse luit faiblement derrière le transparent, les ombres se déplacent paresseusement sur les murs et le plafond. Alexandre peut voir distinctement la Lanterne magique sur la grande table blanche au milieu de la pièce. La tôle laquée se détache sur la commode blanche, le cuivre de l'objectif brille. Alexandre sent une douleur au creux de son estomac, il a froid, mais ce n'est pas parce qu'il fait froid dans la chambre, c'est à cause d'un frisson au fond de son thorax presque juste sous ses omoplates. Il pose les mains sur l'étrange appareil, haut et étroit qui se termine par une petite cheminée. Il ouvre une porte dans la boîte sous la cheminée et en sort une lampe à pétrole, il soulève le verre et frotte une allumette. La mèche brille maintenant d'une forte lumière qui flamboie, il fixe le verre et règle l'intensité de la lumière, il pousse la lampe dans le réceptacle et referme le volet, une bonne odeur de pétrole et de tôle chaude se répand immédiatement dans la pièce. Il tourne la lampe de façon à diriger le faisceau de lumière vers le mur, couvert d'un papier clair, il vise au-dessus de son lit. Le voilà, le cercle magique, il fait tourner une petite molette sur l'objectif, aussitôt les pourtours du cercle deviennent parfaitement nets. Les mains d'Alexandre tremblent d'excitation, il a envie de faire pipi et la nuque mouillée de sueur, son cœur bat si fort que toute la maison devrait être réveillée. À côté de la Lanterne Magique, il y a une boîte en bois recouverte de tissu bleu. Sur son couvercle, une image représente une famille assistant à une séance de Lanterne Magique. Tous portent des vêtements désuets et les hommes ont de petites nattes avec des nœuds. Le montreur est un personnage horrible avec des yeux globuleux, de grandes dents et un sourire libidineux sur des lèvres épaisses. À côté de lui, une grosse dame en manteau rouge tourne la manivelle d'un orgue de Barbarie. Le public est excité, on emporte un enfant en pleurs dans une autre pièce, la mère se retourne sur le seuil et jette un regard plein d'envie sur la mer démontée qui se dessine sur le mur.

Alexandre a ouvert le couvercle. Une longue file de plaques de verre se trouve dans la boîte, une vingtaine certainement. Il en extrait une avec précaution et l'introduit dans le châssis derrière l'objectif de la Lanterne. On voit aussitôt sur le mur, au-dessus du lit d'Alexandre, une salle avec des colonnes et de hautes fenêtres à travers lesquelles un clair de lune perçant tombe sur un lit blanc. Une jeune femme est gracieusement étendue sur ce lit.

ALEXANDRE (à voix basse, sur un ton chantant) : La voilà étendue, la belle fille, la pauvre Arabella, elle ne sait pas ce qui l'attend. Elle est seule, seule dans toute la maison. Oh ! Oh ! Sa mère est morte et son père se débauche en compagnie de malhonnêtes gens. Oh ! Oh ! Oh !

Le chantonnement d'Alexandre a réveillé Fanny. Elle s'est glissée hors de son lit et se tient tout près de lui, à la fois charmée et effrayée par la belle image et la voix sourde d'Alexandre.

La plaque de verre se compose de deux images combinées de façon à ce qu'on puisse les déplacer indépendamment l'une de l'autre. Alexandre maintient d'une main l'image de la fille endormie, tandis que de l'autre il pousse lentement l'image de derrière. Maintenant, c'est le miracle ! Un personnage transparent dans une longue robe blanche flotte sur les rayons de lune tenant à la main un bâton étincelant de la lumière même des étoiles, son visage est pâle, mais d'une beauté céleste.

ALEXANDRE : Qui donc vient là, quand l'horloge du château sonne minuit ? J'ai peur — oh ! — quel est cet horrible personnage qui, flottant sur les rayons de la lune, approche de mon lit ? Oh ! C'est ma mère défunte ! C'est l'esprit de ma mère ! Viens-tu…

Jenny s'est réveillée en hurlant de peur. Alexandre parvient à enlever la cheminée, à souffler la lampe à pétrole et à plonger au fond de son lit avant que la porte ne s'ouvre et qu'Émilie n'apparaisse en chemise de nuit, les cheveux répandus sur ses épaules, assez pareille à l'esprit de l'image lumineuse. Cela provoque de nouveaux hurlements. Amanda se réveille et grogne. Fanny et Alexandre ne bougent pas. Jenny tente d'expliquer en sanglotant qu'un fantôme est apparu sur le mur au-dessus du lit d'Alexandre. Émilie la prend dans ses bras et lui assure que les fantômes ça n'existe pas et qu'elle pourra dormir le reste de la nuit dans son lit. Elle soulève l'enfant qui continue à gémir et l'emporte dans sa chambre. La porte se referme, mais Alexandre entend encore sa mère qui parle avec son père, celui-ci répond en grommelant.

ÉMILIE : Ça sentait le pétrole dans la chambre des enfants.
OSCAR (endormi) : Le pétrole ?
ÉMILIE : Oui, ça sentait le pétrole.
OSCAR (au bout d'un moment) : Mais il n'y a pas de lampe à pétrole dans la chambre des enfants. (Un silence.) Je vais aller voir ce que c'est.

Ahanements et remue-ménage, le lit craque, Émilie parle doucement à Jenny qui s'est apparemment calmée. La porte s'ouvre et Oscar entre en chemise de nuit, pantoufles et robe de chambre verte, une longue robe de chambre très usée qui sent le tabac, il tient un verre de vin rouge à la main.

OSCAR : C'est vrai, ça sent le pétrole.

Il entre et referme la porte derrière lui.

OSCAR (chuchote) : Vous dormez, sales gosses ?

Aussitôt, Fanny et Alexandre se dressent sur leur séant. Ils pouffent de rire et attendent. Amanda se retourne dans son sommeil.

OSCAR : Qu'est-ce que vous fabriquez, au juste ?

Il fait le tour de la pièce et s'assied sur une petite chaise d'enfant, il avale une gorgée de vin et fait claquer sa langue. Il est un peu saoul et de bonne humeur. Tout à coup, il se lève et prend la chaise sur laquelle il était assis, de la main gauche il la soulève très haut et la montre aux spectateurs.

OSCAR : Voici une chaise, mais ce n'est pas n'importe quelle chaise. Certes, elle paraît être une banale chaise d'enfant en bois, assez usée et modeste, mais les apparences sont trompeuses. Voici en effet, la chaise du monde la plus précieuse, elle a appartenu à l'Empereur de Chine et par des voies mystérieuses, elle a échoué dans la chambre des enfants Ekdahl. Seulement, faites attention, mesdames et messieurs, s'il vous plaît, soyez très attentifs, ouvrez bien les yeux ! Peut-être voyez-vous la mystérieuse lueur qui se dégage de cette petite chaise ? Mais oui, c'est bien cela, elle est phosphorescente. Regardez comme elle brille dans la nuit. Et maintenant, mes enfants, je vous demande : *pourquoi cette chaise brille-t-elle dans la nuit ?* Eh bien, je vais vous le dire tout de suite, mais souvenez-vous que ceci est un secret et que celui qui le dévoile est voué à la mort ! Jurez-vous de vous taire ?

ALEXANDRE ET FANNY : Nous jurons de nous taire.
OSCAR : Pas si fort. Pas si fort. Maman peut nous entendre et alors, finie la représentation.

Oscar pose la petite chaise sur la table à côté de la Lanterne Magique et des autres cadeaux de Noël. Il passe la main dessus et avale une grande gorgée de vin rouge.

OSCAR : Voici la chaise la plus précieuse qui soit au monde. Elle a été fabriquée avec un métal qu'on ne trouve qu'à une profondeur de cinquante-neuf mille mètres sous terre et uniquement en Chine. Ce métal ressemble à des cristaux de diamant, mais il est infiniment plus fin, plus précieux et plus rare. La chaise a été fabriquée, il y a trois mille ans par le joaillier de l'empereur comme cadeau d'anniversaire pour l'impératrice, car elle était de très petite taille, pas plus grande que Fanny, mais c'était la plus belle femme du monde. Toute sa vie durant elle s'est assise sur cette chaise, deux serviteurs la suivaient partout où elle allait, portant la chaise. Quand on enterra l'impératrice, on l'enterra assise sur cette chaise. Elle est ainsi restée dans son caveau pendant deux mille ans et la chaise brillait dans la nuit et sa lumière traversait le petit corps de l'impératrice. Puis une bande de malfaiteurs est arrivée, ils se sont introduits dans le tombeau, ils ont fait tomber l'impératrice qui s'est aussitôt changée en poussière et ils ont emporté la chaise. Maintenant, elle est à vous ! La chaise la plus précieuse du monde est à vous, prenez-en bien soin, elle est très fragile, elle se casse facilement, son métal qui a vécu des milliards d'années à cinquante mille mètres sous terre s'est fatigué des hommes, cette chaise peut tomber en poussière tout comme l'impératrice, si vous n'en prenez pas bien soin. Touchez-la doucement, asseyez-vous dessus doucement, parlez-lui, soufflez-lui dessus au moins deux fois par jour.

Oscar fait une révérence, il porte un doigt à ses lèvres et se glisse doucement dans la penderie près du lit de Fanny. La chaise reste sur la table. Elle brille. Au bout d'un moment, le père réapparaît, il a tiré sa robe de chambre sur sa tête et s'est composé une mine de gredin. Il fait le tour de la pièce sur la pointe des pieds et regarde autour de lui, l'œil mauvais, finalement, il s'arrête devant la petite chaise sur la table.

OSCAR : Quelle petite chaise idiote ! Horriblement usée et ridicule ! Et laide, d'une rare laideur !

Il la prend dans sa main droite (il tient toujours son verre de vin qui est maintenant presque vide dans sa main gauche). Il fait semblant de se faire mal avec la chaise.

OSCAR : Houlala ! Houlala ! Bon Dieu ! Je crois que cette satanée chaise essaie de me mordre. Je vais lui faire payer ça !

Oscar commence à maltraiter la chaise. Il tente de séparer le dossier du siège. Il s'excite, de plus en plus furieux.

FANNY : Ne fais pas ça à la chaise !

Oscar s'arrête immédiatement, il est ravi, il regarde sa petite fille debout dans son lit, elle paraît fâchée. Il repose doucement la chaise par terre et s'assied sur le canapé, il tend la main pour prendre le verre de vin qu'il vide. La porte de la chambre s'ouvre.

ÉMILIE : Vous n'êtes pas un peu fous ? Il est déjà trois heures du matin et dans deux heures nous devons nous lever pour aller à la messe de Noël.

Elle essaie d'extraire Oscar de son canapé, mais il l'attire sur ses genoux, elle passe les bras autour de ses épaules et il lui donne un baiser près de l'oreille.

ALEXANDRE : Pourrons-nous jouer dans *Hamlet ?*

ÉMILIE : Je sais bien que vous en avez déjà parlé avec monsieur Landahl. Seulement dans cette affaire, c'est papa et moi qui décidons.

OSCAR : C'est maman qui décide.

ÉMILIE : Les représentations se termineront beaucoup trop tard pour des petits enfants qui doivent aller à l'école le lendemain matin.

FANNY : On pourrait jouer les pages au premier acte.

ÉMILIE : Si vous ne jouez pas au dernier acte, vous ne pouvez pas être du premier.

ALEXANDRE : De toute façon, ça ne peut pas être les mêmes pages au premier et au dernier acte, puisque trois ans au moins ont passé.

AMANDA : Je peux jouer un page au premier acte et une dame de la cour au dernier.

ALEXANDRE : Il n'y a pas de dames de la cour aussi petites que toi au Danemark.

AMANDA : On mariait les princesses à l'âge de douze ans, il pouvait donc y avoir aussi des dames de la cour qui étaient petites.

ÉMILIE : N'insistez pas ! Trois pages au premier acte, à condition que les devoirs soient faits et les leçons apprises et qu'après les scènes à la cour, vous rentriez directement à la maison. Et le lendemain matin, pas de gémissements !

Amanda, Fanny et Alexandre se déclarent satisfaits de cet accord, les parents les embrassent. Quand ils vont enfin quitter la chambre, Alexandre se dresse sur son lit.

ALEXANDRE :

Demain, puis demain, puis demain
Glisse à petits pas de jour en jour
Jusqu'à la dernière syllabe du registre du temps ;
Et tous nos hiers n'ont fait qu'éclairer
Pour des fous le chemin de la mort poudreuse.
Éteins-toi, éteins-toi, court flambeau !
La vie n'est qu'un fantôme errant,
Un pauvre comédien qui se pavane

Et s'agite durant son heure sur la scène
Et qu'ensuite on n'entend plus. C'est une histoire
Dite par un idiot, pleine de fracas et de furie
Et qui ne signifie rien…

Le public applaudit. La porte de la chambre se referme. Un moment de silence.

FANNY : Quand as-tu appris ça ?

ALEXANDRE : Je connais le rôle. J'ai l'intention de débuter dans *Macbeth*.

AMANDA : *Toi !*

ALEXANDRE : Eh bien oui. (Un silence.) Espèce de Pavlova aux pieds plats.

5

Madame Héléna et Isak Jacobi veillent ensemble toute la nuit de Noël. C'est devenu une tradition, comme beaucoup d'autres choses dans la maison des Ekdahl. Ils sont assis sur le canapé de grand-mère, toutes les lampes sont éteintes, les bougies de l'arbre de Noël se sont consumées, le feu de bois chante dans la cheminée, quelques petites appliques en argent et en cristal répandent dans la pièce une lumière mesurée, une lueur colorée. Madame Héléna s'est défaite de ses vêtements d'apparat, elle a revêtu une robe de chambre violette, un châle de laine grise et de grandes pantoufles rouges, elle a rassemblé ses cheveux pour la nuit en une tresse épaisse. Isak a enlevé sa redingote, il a une grande et moelleuse couverture sur les épaules, ses chaussures sont sous sa chaise.

HÉLÉNA : Tu vois, j'ai fait un bon café bien fort, autrement meilleur que l'affreuse mélasse de mademoiselle Vega. (Isak remercie et s'incline.) Quelle heure peut-il être ? Trois heures dix. On peut encore rester là deux heures, ensuite, il faudra que je me change pour aller à l'église. Toi, mon vieil Isak, tu pourras retrouver ton lit et dormir sur tes deux oreilles, seulement n'oublie pas le dîner chez Carl et Lydia. L'année dernière, tu ne t'es pas réveillé à temps et après tu as dit que tu étais enrhumé, mais la vérité, c'est que tu dormais. (Elle soupire.) Comme c'est bon que tu sois là ! Quel ami fidèle. Mon meilleur ami. Que ferais-je sans toi ? (Isak lui prend la main et la tapote.) L'année dernière, ça m'a amusée de fêter Noël, cette année, je n'ai envie que de pleurer. Je vieillis, sans doute. Est-ce que tu trouves que je me fais vieille ?

ISAK : Tu es plus âgée.

HÉLÉNA : C'est bien ce que je pensais. Je n'avais envie que de pleurer. Mais mes petits-enfants m'amusent. Je trouve qu'Oscar n'a pas l'air en forme. Il travaille trop. Il s'épuise dans ce sacré Théâtre. Et aussi, quelle idée de jouer le spectre ! Ils pourraient engager n'importe qui pour ce rôle-là ! Il devrait se ménager et en plus, c'est vraiment un très mauvais comédien. Je me demande si Émilie se rend compte qu'il a une santé fragile et qu'il a besoin de repos. Je crois que je vais lui en parler. C'est vrai qu'il est brave, brave et consciencieux. Imagine-toi, Isak, que le Théâtre ne perd pas d'argent, il rapporte même un petit bénéfice. N'est-ce pas que ça fait plaisir ! Il y a quelques années, je devais y mettre au moins cinquante mille couronnes par an. Ça ne faisait rien, mais Oscar trouvait gênant de toujours venir me demander de l'argent, bien qu'il n'en usât jamais pour lui. Par contre, c'est ce que fait Carl. Il vient encore une fois de me demander de lui prêter de l'argent, mais j'ai dit non. S'il vient t'en demander, il faudra que toi aussi tu lui dises non. Promets-le-moi Isak !

ISAK (hoche la tête, l'air absent) : Oui, oui.

HÉLÉNA : Je n'y comprends rien. Je passe mon temps à remettre ses affaires sur pied et année après année, il est de nouveau aux abois. Il dit qu'il ne fréquente pas les usuriers, moi, je n'en sais rien. Tu le sais, toi ?

ISAK : Je n'en sais rien.

HÉLÉNA : Cette affreuse Allemande qu'il a épousée. Elle se farde comme une putain. Je ne comprends pas pourquoi Carl s'est entiché de cette femme. Il doit y avoir quelque chose d'érotique là-dessous. Qu'est-ce que tu en penses, Isak ?

ISAK : Tu disais ? Oui, ah oui. Oui, quelque chose de ce genre.

HÉLÉNA (lui tape sur la main) : Tu n'écoutes pas ce que je dis. (Elle boit un peu de cognac.) Cela ne fait rien. L'essentiel c'est que tu me tiennes compagnie. (Elle soupire, réfléchit longuement, rit.)

Carl et Gustav-Adolf sont des hyper-érotiques, ils tiennent ça de leur père. Il était hyper-érotique. Ne crois pas que je m'en plaigne, Isak. (Isak fait un petit geste.) Il était insatiable. Je trouvais bien que c'était un peu trop, mais je n'ai jamais refusé. Gustav Adolf est le pire des deux. J'en ai parlé avec Alma et elle dit avec sagesse qu'elle ne fait pas attention à ses escapades, puisqu'il est le plus gentil et le plus brave des maris. Heureusement qu'Alma est aussi raisonnable. Mais on devrait mettre en garde cette fille — Maj, ou comment s'appelle-t-elle ? Mignonne, je l'avoue, et gentille avec les enfants, de belles couleurs, une jolie silhouette, quel dommage qu'elle boite, la pauvre. Mais je ne vais pas m'en mêler. Si tu ne t'en mêles pas, tu n'auras pas à t'en démêler, disait toujours ma grand-mère. Tu dors ?

ISAK (se réveille) : Non.

HÉLÉNA : Eh bien. Carl et Gustav Adolf en ont eu en trop et Oscar n'a rien eu du tout. Quelle tragédie pour une jeune femme qui a du tempérament. Quand Émilie attendait Fanny, elle m'a tout raconté. La pauvre fille ! Je dois reconnaître qu'elle a mené ses affaires avec infiniment de tact. Oscar et Émilie sont très attachés l'un à l'autre, c'est un ménage heureux, malgré tout.

ISAK : Un ménage heureux.

HÉLÉNA : Cela te fait-il de la peine, Isak, de devenir vieux ?

ISAK : Non. On dirait que tout va de mal en pis. Le temps est plus mauvais, les hommes sont plus mauvais, les machines plus mauvaises, les guerres plus meurtrières. Les frontières éclatent, les horreurs se répandent et on ne peut plus les arrêter. Alors, c'est bon d'être mort.

HÉLÉNA : Quel horrible vieux contempteur de la vie tu es, Isak ! D'ailleurs tu l'as toujours été. Moi, je ne pense pas du tout comme toi.

ISAK : Non, non, heureusement.

HÉLÉNA : Mais ça ne m'empêche pas d'avoir envie de pleurer. Ça te dérange si je pleure un petit moment ? (Elle essaie de pleurer.) Ma foi, non, ça ne marche pas. Pas une larme ne monte. Il faut que je boive encore un peu de cognac.

Madame Héléna avale une petite gorgée, elle commence soudain à avoir envie de rire, elle se redresse et rit.

ISAK : Pourquoi ris-tu ?

HÉLÉNA : Je pense à Oscar, je veux dire à mon mari. On était assis toi et moi sur ce canapé et on s'embrassait comme des fous. Tu avais défait mon corsage et je crois même que tu avais déboutonné ton pantalon, je ne me souviens plus très bien. Soudain, la draperie s'écarte et voilà Oscar. (Elle rit.) C'était comme dans une pièce de Feydeau. J'ai poussé un cri et toi tu as essayé de te sauver. Oscar a couru chercher son pistolet, moi, je m'accrochais à ses jambes. (Elle rit.) Et puis nous sommes devenus amis pour la vie.

ISAK : Ton mari était une nature généreuse.

HÉLÉNA (se met à pleurer) : Tu vois, maintenant, je

pleure. La belle vie, la vie joyeuse, c'est fini, l'horrible sale vie se précipite sur nous. Voilà. (Elle pleure.)

Isak Jacobi attire madame Héléna Ekdahl, née Mandelbaum dans ses bras. Il lui caresse amoureusement les cheveux et la joue. Il la laisse pleurer, cela ne prend guère de temps.

HÉLÉNA : Non, monsieur, ce n'est vraiment pas convenable. Maintenant, je vais aller me laver, me farder, m'arranger les cheveux, mettre mon corset et ma robe de soie. Une femme en pleurs, assoiffée d'amour se métamorphose en digne grand-mère. Nous jouons nos rôles, quelques-uns font ça n'importe comment, d'autres jouent avec attention. J'appartiens à la deuxième catégorie.

ISAK : Bonne nuit, ma belle Hélène.

HÉLÉNA : Tu étais un amant si mignon. Tu ressemblais à une fraise des bois.

Mademoiselle Ester se tient dans l'ouverture de la porte, difficile de dire comment elle est arrivée là et depuis combien de temps. Habillée de noir, tenue amidonnée de frais. Les yeux baissés, elle fait une révérence.

MADEMOISELLE ESTER : Madame m'a demandé de venir l'aider pour sa toilette du matin. Il est cinq heures moins dix.

6

Cette même nuit, Gustav Adolf se rend chez Maj, la bonne d'enfants, dans sa mansarde proprette. Il lui offre du champagne. Il est aimable, en rut et légèrement saoul. Ses vêtements sont en désordre : il porte une chemise amidonnée, un tricot de corps, un caleçon long et des chaussettes noires, il s'appuie au montant du lit, le lit étroit ploie et gémit. Maj s'est recroquevillée à l'autre bout du lit, sa natte rousse est défaite, sa chemise laisse voir sa peau couverte de taches de rousseur, elle pouffe de rire.

GUSTAV ADOLF : Une pâtisserie à Slottsgatan ! Gâteaux, tartes et confiserie. Que dis-tu de ça, ma petite Maj ? Ça ne serait pas bien ? Hein ? Tu diriges le tout, c'est toi le chef, tu décides. Pas plus tard qu'hier, je disais à Alma : Regarde la petite Maj. C'est une princesse. Quels seins tu as, ma fille, laisse-moi voir, non, non, ça ne fait pas mal, bon dieu, tu me rends fou ! Maintenant, on va faire l'amour, je suis un amant merveilleux, c'est ce que toutes les femmes disent. Ici puissance et tendresse. Fais voir ton petit buisson. Flamboie-t-il autant que tes cheveux ? Viens chez l'oncle Gusten, mon petit chaperon rouge, je suis fou de toi. Je le suis depuis le premier jour où tu es arrivée dans cette maison. Cette gosse-là, il me la faut, voilà ce que j'ai pensé. Comme foudroyé.

MAJ : Quand monsieur Ekdahl m'aura eue, il aura vite fait d'oublier cette histoire de pâtisserie. (Elle pouffe de rire.)

GUSTAV ADOLF : Ma petite Maj, je le jure. Donne-moi de quoi écrire, tiens, voilà une plume. Et maintenant, j'écris : Maja Kling dirigera ma pâtisserie, signé Gustav Adolf Ekdahl, la nuit de Noël, mil neuf cent sept. C'est un contrat, ça, ma petite, tu comprends ! Tu n'auras qu'à le fourrer sous le nez d'un avocat, si je venais à oublier mes promesses.

MAJ : Il faudra que monsieur Ekdahl soit prudent pour que je ne me retrouve pas enceinte.

Gustav Adolf Ekdahl rit et couvre la fille de caresses et de baisers retentissants, il la prend par les jambes et l'attire sous lui.

GUSTAV ADOLF : Tu n'es pas vierge, ça c'est sûr. Eh bien, qu'est-ce que tu en dis ? L'oncle Gusten n'est-il pas fameux ? As-tu jamais vu pareil prince héritier, pareille jambe de bois ! Pas mal, hein. Merde ! Je crois que la fusée est partie sur-le-champ. Eh bien, eh bien, ce sont des choses qui arrivent ! N'était-ce pas merveilleux ? Hein !

MAJ : Monsieur Ekdahl est un vrai bouc.

GUSTAV ADOLF : Et Maj, mon petit agneau ! Dieu du ciel, il faut que je m'allonge sur le dos. J'ai trop bu et trop mangé.

MAJ : Monsieur Ekdahl ne se sent pas mal, au moins ?

GUSTAV ADOLF : Non, bon sang — je me porte

comme un coq en pâte dans une boulangerie ou plutôt dans une pâtisserie. Hahaha ! Comment pourrait-on se sentir mal avec une poupée comme toi. Mets-toi à califourchon, ma fille, et fais entrer ce diable récalcitrant là où est sa place.

MAJ : Monsieur Ekdahl est vraiment impossible.

GUSTAV ADOLF : On chantera ensuite *La Veuve Joyeuse.* (Il chantonne :) « Stupide, stupide cavalier, continue à chevaucher. » Nous voilà maintenant au paradis des porcs ! (Il rit.)

MAJ pousse un hurlement.

GUSTAV ADOLF ahane.

Le lit s'écroule, le sommier tombe par terre, les montants retombent sur les amants, Gustav Adolf pousse un rugissement et reste allongé comme mort. Maj est couchée, les bras étendus, les cheveux sur son visage.

MAJ : Mon dieu, comme ton cœur bat !

GUSTAV ADOLF : J'ai un cœur fantastique.

MAJ : Maintenant, il va falloir que tu me donnes un nouveau lit.

GUSTAV ADOLF : Tu auras une pâtisserie et un appartement et de jolis meubles et un énorme petit lit.

MAJ : Et de jolies robes.

GUSTAV ADOLF : Personne ne sera plus belle que toi. Tu seras la maîtresse de Gustav Adolf Ekdahl et je viendrai chez toi tous les mercredis et tous les samedis à trois heures.

MAJ : Comme tu es bête !

GUSTAV ADOLF : Hein ?

MAJ : Tu es bête, je te dis.

GUSTAV ADOLF : Bête ?

MAJ : Oui, un véritable imbécile.

GUSTAV ADOLF : Je ne suis pas un imbécile.

MAJ : Si, tu es un imbécile puisque tu t'imagines que je voudrai recevoir quelque chose de toi.

GUSTAV ADOLF : Hein ?

MAJ : Tu ne vois pas que je me moque de toi ?

GUSTAV ADOLF : Que tu te moques de moi ? Comment donc ?

MAJ : Tu ne vas pas te fâcher ?

GUSTAV ADOLF : Je ne me fâcherai pas, mais je n'aime pas qu'on me traite comme un idiot. Arrête de rire.

MAJ : Je te trouve si drôle.

Gustav Adolf ne répond pas. Il reste étendu, silencieux, le visage fermé, puis il se lève, se dégage du lit qui vient de s'effondrer, enfile son caleçon, son pantalon, son gilet et son habit et soudain fatigué, il s'affaisse sur l'unique chaise branlante de la pièce, son front luit de sueur. Maj est à genoux, elle essaie de lui caresser la joue, il la repousse doucement. Elle presse ses mains l'une contre l'autre et demeure au milieu de la pièce, enveloppée de ses longs cheveux.

GUSTAV ADOLF : Je n'aime pas qu'on rie de moi.

7

Cette même nuit, le professeur Carl Ekdahl a une crise de dépression. Sa femme Lydia, petite et grasse avec des épaules étroites, est assise sur leur lit. Elle lutte entre l'envie de pleurer et le besoin de dormir tandis que le professeur déambule à travers les pièces encombrées et meublées sans goût. Il est en robe de chambre, bonnet de nuit, chemise de nuit et pantoufles.

CARL : Il fait aussi froid qu'en enfer. Pourquoi ne chauffe-t-on pas ? Je sens que je suis en train de m'enrhumer, j'ai mal à la gorge quand j'avale. Mes dents me chatouillent.

LYDIA : Le marchand de bois ne nous fait plus crédit, nous lui devons cent cinquante couronnes, mein Carlchen, dass weisst Du doch !

CARL : Dire que depuis vingt-trois ans, tu n'as même pas appris à parler suédois. Parle suédois.

LYDIA : Ja, mein Carl. J'essaille de mon mieux…

CARL : On dit : j'es*saie*. J'es*saie*.

LYDIA : J'es*saie*. J'essaie de mon mieux.

CARL : Mardi, je suis allé voir maman pour lui demander si elle pouvait me prêter dix mille couronnes pour remettre mes affaires sur pied. Elle a immédiatement sorti un papier sur lequel il était écrit que je lui devais trente-sept mille couronnes. C'est à n'y rien comprendre.

LYDIA : Tu vas être obligé d'aller chez le juif.

CARL : Merci. J'y suis déjà allé. Les intérêts que je

paie s'élèvent à quarante-cinq pour cent et si je ne les règle pas à la date indiquée, il menace de montrer ma reconnaissance de dette à maman.

LYDIA : J'ai quelques bijoux.

CARL : Idiote ! Ça ferait bien, hein ? Le professeur Ekdahl chez le prêteur sur gages.

LYDIA : Tu ne veux pas venir te coucher, mein Schatz ?

CARL : C'est l'enfer. L'enfer. J'ai sûrement de la fièvre, j'ai froid et je transpire en même temps. Et cette angoisse. Mais qu'est-ce que j'ai ? Il vaudrait mieux que je me tue.

LYDIA (pleure) : Il ne faut pas parler comme ça, Carlchen.

CARL : Si je pouvais comprendre pourquoi tu te fardes aussi atrocement. (Il tousse.) Tu as l'air d'une putain.

LYDIA : Si je ne me farde pas tu m'engueules et tu me dis que j'ai l'air de femme vieille.

CARL : Pourquoi est-ce que je t'ai épousée ? Tu es laide, tu es pauvre, tu es stérile. Tu n'as même pas été fichue de me donner un enfant.

LYDIA : Tu ne couches jamais avec moi. Tu couches qu'avec un tas des autres. Tu me trompes. Je le sais bien que je suis trompée toujours, mein Carlchen. Das ist die Wahrheit. Ich sage aber nichts. Ich schweige.

CARL : Parle suédois, suédois, suédois !

LYDIA : Mon pauvre Carl, comme tu es malheureux ! Si tu n'étais pas aussi chagrin et anxieux, tu ne serais pas aussi méchant.

CARL : Le doyen m'engueule. Il me dit que je ne

fais pas bien mes cours. Mais je suis un chercheur, moi. Le seul véritable chercheur de cette maudite université. Seulement, ça, personne ne s'en soucie. La maison d'édition n'a pas voulu publier mon dernier ouvrage, il n'était pas assez solidement étayé, c'est ce qu'ils ont dit, mais s'ils disent ça, c'est parce que je ne lèche pas les bottes des maîtres de conférences. J'ai envie de vomir. C'est la salade, elle n'était pas bonne, elle avait un goût de moisi. Je mettrais ma main à couper que la vieille radin l'a gardée depuis Pâques. Bon sang, on ne mange pas de ces betteraves à Noël. Mon Dieu, ma tête. J'ai un mal de tête fou. Qu'est-ce que je pourrais faire ? Il faudrait que je dorme. Et en plus, on est obligés d'aller à cette maudite messe. Des contraintes, rien que des contraintes partout. Et après ça, il faudra encore faire une grimace bien polie : Ma chère petite maman, comme tu es belle aujourd'hui. Tu as l'air d'unc jeune fille. Et toi, chère Émilie, jamais tu n'as aussi bien joué l'Ange qu'aujourd'hui. Comment se fait-il que tu réussisses tout ce que tu entreprends, frère Oscar ? Comment se fait-il ? (Fatigué.) Comment se fait-il ?

LYDIA : Viens, Carlchen. Viens t'asseoir près de moi.

CARL : Tu sens mauvais. Je me demande d'où ça vient ? Est-ce que tu ne te laves plus ou as-tu commencé à pourrir ?

LYDIA : Je ne sens pas du tout mauvais, mein Carlchen. C'est toi qui as des hallucinations.

Soudain, il s'assied sur le lit, respire profondément et se mordille les ongles, il arrache la peau tout autour, le sang se met à couler. Il regarde le sang avec satisfaction.

LYDIA : Veux-tu que je te fasse un pansement ?
CARL : Non merci.
LYDIA : Veux-tu essayer de dormir un peu ?
CARL : Oui.
LYDIA : J'ai si grande peine pour toi, mein Carlchen.
CARL : Comment devient-on un médiocre, peux-tu m'expliquer cela ? Comment tombe la poussière ? Quand a-t-on perdu ? Pour commencer, je suis un prince qui va hériter du royaume. Et tout à coup, sans que je sache comment, je suis démis. La mort me tape sur l'épaule. Il fait froid dans la chambre et nous n'avons pas de quoi payer le bois pour nous chauffer. Je suis laid, je suis méchant. Et c'est avec le seul être qui m'aime que je suis le plus méchant. Tu ne pourras jamais me pardonner. Je suis un salaud.
LYDIA : Si tu veux, je peux te préparer un verre de vin chaud.
CARL : Une minute. Ferme un peu ta gueule. Ne sois pas toujours aussi servile, merde. Essuie ta bouche. Tu as toujours les lèvres humides. C'est dégoûtant. Je n'ai pas l'intention d'être méchant.
LYDIA : Je le sais, mein Carlchen.
CARL : Tu devrais me haïr.
LYDIA (fait « non » de la tête) : Je suis trop soumise, tu le sais bien.
CARL : Ô vie ! Ô insomnies et répugnantes entrailles !

Ô pauvreté et humiliation ! Dès que tu tends la main, tu tâtonnes dans le vide. Mais pourquoi, bon Dieu, suis-je lâche à ce point !

Il se rejette sur les oreillers, des larmes coulent sur ses joues mal rasées, bleuâtres et bouffies. Un sanglot sec et spasmodique sort de temps en temps de la poitrine douloureuse du professeur Ekdahl. Lydia lui prend la main et la caresse. Il la regarde avec dégoût.

CARL : Tu as de ces plaisirs !
LYDIA : Maintenant, mein Liebling, ça suffit !
CARL : Les humiliations, la pauvreté, la mauvaise nourriture, le froid glacial, ton horrible laideur. Tu enfles et tu prospères, rien ne te touche, je te frappe et tu me baises la main, je te crache dessus et tu me pardonnes. Tu es immonde. Je n'en peux plus de ton amour. Il faut que je te quitte. Retourne à Münich, nous allons divorcer ! Je ne veux plus te voir, plus te sentir, plus entendre ton horrible baragouin, je veux être délivré de tes soins, de tes regards anxieux, de ton amour gluant.
LYDIA : Quand tu te mets dans tous tes états et quand tu as du chagrin, tu dis toujours ça, je n'y fais plus attention. Tu le sais bien, mein Carlchen.
CARL : Je veux dormir. Peut-être qu'alors, je pourrai rêver d'un corps de femme parfumé, avec de petits seins, des hanches étroites, de longues jambes. Blonde, gaie, enjouée. Elle m'enserre avec ses bras, avec ses jambes, elle se presse

contre moi, nous forniquons, son sexe est ferme et généreux. Ah, enfer sur la terre, prison, vieillesse, nausée. Sais-tu pourquoi je te hais si fort, mein Lämmchen ? Tu es un reflet. La soumission reflète la soumission. La médiocrité et la laideur reflètent la médiocrité et la laideur. Je vois les tics de ton pauvre visage, tu as des rides tout autour de ta bouche, tu as du chagrin, mais tu te reprends. C'est la grande différence. Moi, je ne me reprends jamais.

8

À quatre heures et demie du matin, Gustav Adolf descend du grenier où il est allé rendre visite à Maj, la bonne d'enfants... Il a enlevé ses chaussures dans l'entrée et il essaie de ne pas faire de bruit, ce qui convient mal à sa nature. Alma est déjà levée, elle a déjà fait sa toilette. Petra est debout, au milieu de la pièce, en jupon, corset et bigoudis. Elle regarde fixement son père. Alma demande quelque chose depuis le fond de la garde-robe. Comme elle ne reçoit pas de réponse, elle passe la tête et découvre son mari dans l'ouverture de la porte de leur chambre à coucher, ses chaussures à la main.

ALMA : Bonjour, Gustav Adolf.
GUSTAV ADOLF : Bonjour, Alma.
PETRA : Bonjour, papa.
GUSTAV ADOLF : Bonjour, Petra.

ALMA : Petra, va à la cuisine et fais cuire trois œufs avec du bacon pour papa. Prépare deux tartines de fromage. Avec du pain dur. Qu'est-ce que tu veux boire ?

GUSTAV ADOLF : De la bière.

ALMA : Tu sais où se trouve la caisse de bière, ou plutôt non, je crois qu'il reste quelques bouteilles de porter dans la glacière. Tu préfères une porter, n'est-ce pas ?

GUSTAV ADOLF (fait signe de la tête que oui) : Oui.

ALMA : Alors dépêche-toi, Petra. Ne reste pas plantée là à regarder. Dans une heure, nous devons être chez grand-mère.

Petra passe devant son père, les yeux baissés et les joues en feu. Gustav Adolf essaie de lui donner un baiser, mais elle s'esquive. Il s'assied sur une chaise.

GUSTAV ADOLF : Donne-moi un cognac.

Alma va chercher la boisson demandée dans le salon, puis elle tourne le dos à son mari et commence à se coiffer.

ALMA : J'ai sorti ton costume.

GUSTAV ADOLF (boit) : Merci.

ALMA : Il y a de l'eau chaude dans le broc. Je viens d'aller la chercher.

GUSTAV ADOLF : Merci. C'est gentil.

ALMA : Dépêche-toi un peu.

GUSTAV ADOLF : Yes, sir.

Il se lève lourdement et commence à enlever son habit. Alma est assise devant le grand miroir de la table de toilette, elle lève ses bras blancs, ses mains s'affairent pour monter en chignon son épaisse chevelure qui commence à grisonner. Soudain, Gustav Adolf est derrière elle. Il pose les mains sur ses seins et l'embrasse dans le cou.

GUSTAV ADOLF : Tu es quand même diantrement belle.
ALMA : Et tu es, toi, un parfait salaud.
GUSTAV ADOLF : Viens au lit un moment.
ALMA : Je viens de me coiffer.
GUSTAV ADOLF : Eh bien, on fera ça debout. Ce n'est pas mal non plus, petite mère.
ALMA : Petra va venir t'apporter ton petit déjeuner.
GUSTAV ADOLF : On n'aura qu'à fermer la porte.

Alma regarde longuement son mari, elle esquisse un léger sourire. Puis, elle se lève, quitte sa table de toilette, va dans le couloir derrière la chambre à coucher, on entend qu'elle demande à Petra de déposer le plateau du petit déjeuner dans la bibliothèque. Puis, elle revient, ferme la porte à clef, enlève son long pantalon blanc.

ALMA : Viens, mais débrouille-toi pour que ça aille vite.
GUSTAV ADOLF : Je crois que je ne peux pas.
ALMA : Tu ne peux pas ?
GUSTAV ADOLF : Il y a quelque chose qui ne va pas.

ALMA : Tu n'es quand même pas malade, mon petit Gusten ?

GUSTAV ADOLF : Bon Dieu, non, je me porte à merveille.

ALMA : Alors, couche-toi.

GUSTAV ADOLF : Oui, je crois que je vais me coucher.

Il se jette sur le lit conjugal qui geint et ploie. Alma se penche sur lui.

ALMA : Je vais aller te chercher ton plateau.

GUSTAV ADOLF : Merci. C'est gentil.

ALMA : Dire que je ne t'ai pas encore tué.

Soudain, il éclate de rire et l'attire à lui, le grand lit se balance et craque, il se retrouve au-dessus d'elle et sourit, triomphant.

GUSTAV ADOLF : Que dis-tu de ça ?

Petra, qui vient de poser le plateau avec le petit déjeuner dans la bibliothèque, entend les bruits familiers qui viennent de la chambre à coucher. Elle grimace et serre involontairement sa chemise sur sa poitrine. La pendule de la salle à manger sonne cinq heures et demie. On entend les cloches de la cathédrale qui sonnent le premier appel avertissant les fidèles qu'il est temps de se préparer.

9

À six heures tapantes, on prend le café dans la salle à manger de madame Héléna avant de se rendre à l'église. Le silence est complet. Enfin, madame Héléna s'inquiète du temps. Émilie répond que sans doute, il fait assez froid. Mademoiselle Véga prétend que son thermomètre marque moins vingt degrés. Alexandre bâille et se voit tendrement réprimandé par son père. Gustav Adolf et l'oncle Carl boivent chacun un verre d'aquavit et font en cachette « skål », car ils savent que leur mère désapprouve la consommation d'alcool, le matin de Noël. Jenny renverse du chocolat et Maj la console en lui disant que cela ne fait rien. Petra regarde avec aigreur sa mère qui lui répond par un sourire et un geste d'impuissance, comme si elle avouait qu'elle est sans doute un peu folle. On entend gronder sous la voûte de la porte. Les traîneaux quittent la cour, les grelots tintent et les patins des traîneaux grincent sur les galets. Oscar regarde sa montre, il est temps, dit-il, et tout le monde se lève de table. On s'entasse dans les grands traîneaux. Dans le premier : madame Héléna dans sa fourrure de zibeline, en compagnie d'Oscar, d'Émilie et des enfants. Dans le deuxième : Gustav Adolf et Carl avec Alma, Lydia et Petra. Dans le troisième : les domestiques. Les flambeaux crachent des étincelles sur la neige, les fouets claquent. La nuit est glaciale, claire et silencieuse.

Sur la place, dans les rues adjacentes, des groupes sombres de fidèles se hâtent vers l'église, il en arrive en traîneaux de tous genres, beaucoup portent des flambeaux.

La cloche alertant le pasteur qu'il est temps de se rendre à la sacristie, sonne.

Mort et enterrement

1

Les répétitions d'*Hamlet* ont commencé depuis quelques semaines. La première doit avoir lieu vers la mi-janvier. C'est aujourd'hui le premier jour de reprise du travail après les fêtes et si l'on excepte les rhumes et les maux d'estomac habituels, la petite troupe est mobilisée sous la direction expérimentée de monsieur Landahl. Mikael Bergman, un jeune comédien plein de promesses, joue Hamlet. Bien qu'un peu trop âgé, monsieur Morsing tient le rôle du roi. Émilie Ekdahl joue la reine et Oscar Ekdahl a accepté, en soupirant de contrariété, les rôles du Spectre et du Premier Comédien.

Nous sommes au Théâtre, l'après-midi ; on travaille depuis neuf heures du matin. Sur la scène, quelques praticables, un escalier et un banc, au fond une toile représente tout autre chose que ce qu'elle devrait. Hamlet et le Spectre sont en scène, Alexandre est à moitié caché par le proscenium. À l'abri de la toile de fond protectrice, Émilie et la jeune Hanna Schwartz se sont confortablement installées en compagnie de la caissière, madame Sinclair, qui a de l'asthme. Émilie brode, Hanna reprise des bas et madame Sinclair fait de la dentelle au crochet. Il y a sur un tabouret un plateau avec du café et des petits fours. De temps en temps, on échange quelques mots en chuchotant. Le long des murs se retrouve la plus grande partie du personnel masculin du Théâtre, assis, couché ou appuyé au mur. On paresse, on bâille, on se gratte, on repasse son texte, on parle ou on regarde la répétition qui avance lentement dans la lumière parcimonieuse d'une seule ampoule qui pend des cintres, au bout d'un long fil.

Hamlet est assis sur le banc, le visage tourné vers les spectateurs. Le Spectre se tient derrière lui. Réunis près de la rampe, le souffleur, le régisseur et monsieur Landahl. Celui-ci a posé la tête dans ses mains, il a fermé les yeux, il dort peut-être.

LE SPECTRE :

L'heure est presque arrivée
où je dois retourner dans les flammes sulfureuses
qui servent à mon tourment.

HAMLET :

Hélas ! pauvre ombre !

LE SPECTRE :

Ne me plains pas mais prête ta sérieuse attention à ce que je vais te révéler.

HAMLET :

Parle ! Je suis tenu d'écouter.

LE SPECTRE :

Comme tu le seras de tirer vengeance quand tu auras écouté.

HAMLET :

Comment ?

LE SPECTRE :

Je suis l'esprit de ton père
condamné pour un certain temps à aller la nuit,
et, le jour, à jeûner dans une prison de flammes
jusqu'à ce que le feu m'ait purgé des crimes noirs
commis aux jours de ma vie mortelle. S'il ne m'était pas interdit
de dire les secrets de ma prison,
je ferais un récit
dont le moindre mot labourerait ton âme,
glacerait ton jeune sang, ferait sortir de leurs sphères
tes yeux comme deux étoiles.
Mais ces descriptions du monde éternel ne sont pas faites
pour des oreilles de chair et de sang. Écoute, écoute ! Oh ! écoute !
Si tu as jamais aimé ton tendre père…

HAMLET :

Ô ciel !

LE SPECTRE :
Venge-le d'un meurtre horrible et monstrueux !

HAMLET :
D'un meurtre ?

LE SPECTRE :
Un meurtre horrible ! le plus excusable l'est ;
mais celui-ci fut le plus horrible, le plus étrange, le plus…
(Il perd le fil.)

HAMLET (chuchote) :
… le plus monstrueux

LE SPECTRE :
le plus monstrueux.

HAMLET :
Fais-le moi vite connaître, pour qu'avec des ailes rapides
comme l'idée ou les pensées d'amour
je vole à la vengeance.

LE SPECTRE :
Maintenant, Hamlet, écoute !
On a fait croire que, tandis que je dormais dans mon jardin
un serpent m'avait piqué. Ainsi toutes les oreilles du Danemark

ont été grossièrement abusées par un récit forgé de ma mort.
Mais sache-le,
toi, noble jeune homme ! le serpent qui…

LE SOUFFLEUR :

qui a mordu ton père mortellement…

LE SPECTRE :

… qui a mordu…

LE SOUFFLEUR :

… ton père mortellement…

LE SPECTRE :

… ton père mortellement…
porte aujourd'hui sa couronne.

HAMLET :

Ô mon âme prophétique ! Mon oncle ?

LE SPECTRE :

Oui, ce monstre incestueux, adultère,
par la magie de son esprit, par ses dons perfides —
Oh ! maudits soient l'esprit et les dons
qui ont le pouvoir de séduire à ce point — a fait céder
à sa passion honteuse la volonté de ma reine, la plus vertueuse des femmes, en apparence.
Mais doucement ! Il me semble que je respire la brise du matin.

Abrégeons. Je dormais dans mon jardin,
selon ma constante habitude, dans l'après-midi.
À cette heure de pleine sécurité, ton oncle se glissa près de moi
avec une fiole pleine du jus maudit de la jusquiame,
et m'en versa dans le creux de l'oreille
la liqueur lépreuse.
L'effet en est funeste pour le sang de l'homme,
rapide comme le vif-argent, elle s'élance à travers les portes
et les allées naturelles du corps et par son action énergique fait figer et cailler,
comme une goutte d'acide fait du lait, le sang le plus limpide et le plus pur.
C'est ce que j'éprouvai ; et tout à coup je sentis,
pareil à Lazare la lèpre couvrir partout
d'une croûte infecte et hideuse
la surface lisse de mon corps.
Voilà comment dans mon sommeil la main d'un frère
me ravit à la fois existence, couronne et reine.
Arraché dans la floraison même de mes péchés,
sans sacrement, sans préparation, sans viatique,
sans m'être mis en règle, j'ai été envoyé devant mon juge,
ayant toutes mes fautes sur ma tête.

HAMLET :

Oh horrible, horrible ! Oh bien horrible !

LE SPECTRE :

Si tu n'es pas dénaturé, ne supporte pas cela
que le lit royal du Danemark ne soit pas
la couche de la luxure et de l'inceste damné !
Adieu, adieu, Hamlet ! Souviens-toi de moi.

Oscar Ekdahl veut se lever, il fait un léger mouvement avec ses bras, mais reste assis, il tourne son visage vers Hamlet, il a un sourire incertain, son front brille de sueur, les veines de ses tempes gonflent, il tâtonne à la recherche d'un mouchoir et humecte ses lèvres.

OSCAR : J'ai oublié… qu'est-ce que je dois faire ?
MIKAEL : Tu te lèves et tu sors par le fond.
OSCAR : Mais où suis-je ?
MIKAEL : Tu es ici. Tu es au théâtre.

Oscar semble méditer l'information que vient de lui donner Mikael, il lève son regard vers les cintres et soupire. Les autres acteurs ont compris que quelque chose d'inquiétant vient d'arriver. Ils se regroupent sur la scène, ils ne parlent pas et ne savent pas quoi faire. Alexandre se tient tout en bas, près du proscenium, dissimulé par quelques praticables peints. Tout le monde se retourne vers Émilie qui a abandonné son ouvrage de broderie et sa conversation chuchotante avec madame Sinclair. Lentement, elle rejoint son mari, s'assied à côté de lui et vite, lui passe la main sur la tête.

ÉMILIE : Je crois que nous allons rentrer nous reposer un peu.

OSCAR : Mais où suis-je ?

ÉMILIE : Tu es près de moi.

OSCAR : Que s'est-il passé ?

ÉMILIE : Je crois que tu as abusé de tes forces.

OSCAR : Qu'est-ce que je fais ici ?

ÉMILIE : Tu faisais du théâtre.

OSCAR (à voix basse) : Je faisais du théâtre. Pourquoi est-ce que je faisais du théâtre ?

ÉMILIE : Viens, Oscar, nous allons rentrer.

OSCAR : Tu crois que c'était une attaque d'apoplexie ?

ÉMILIE : Nous allons demander au Docteur Fürstenberg de passer te voir.

OSCAR : Je vais mourir ?

ÉMILIE : Vous ne pouvez pas m'aider un peu ?

Elle s'adresse aux personnes qui l'entourent et qui aussitôt se penchent sur Oscar Ekdahl et le soulèvent, ses jambes ne le portent plus, avant même qu'il ne tombe ils parviennent à le soutenir, on l'emporte en le traînant à travers la scène. Le directeur administratif sort dans le couloir en pente avec ses hautes portes, madame Palmgren comprend immédiatement la gravité de la situation et va chercher le manteau et le chapeau d'Oscar Ekdahl. À grand-peine, on lui passe son manteau. Puis, on le porte très vite à travers la place dans le glacial crépuscule d'hiver.

2

Une journée paisible, la neige n'en finit pas de tomber. Fanny et Alexandre se sont réfugiés chez mademoiselle Vega et mademoiselle Ester, dans leur proprette chambre de bonnes qui donne sur les ormes de la cour et un ciel d'hiver couleur gris fer. Tout est demeuré comme d'habitude dans cette chambre, mais tout est changé dans le reste de la maison. On parle à voix basse, des portes s'ouvrent et se ferment doucement, l'oncle Carl et l'oncle Gustav Adolf viennent en visite, l'air grave. Les répétitions ont été interrompues au théâtre et mademoiselle Schwartz a traversé le salon en courant, le visage baigné de larmes, suivie par Filip Landahl, tout pâle et de noir vêtu. Le Docteur Fürstenberg est déjà venu une fois ce matin et il est reparti pour quelques heures, mais il est de retour. Le voilà, au milieu de la salle à manger, il boit un café. Bien qu'il soit déjà deux heures de l'après-midi, Émilie n'est pas habillée. Elle porte sa longue robe de chambre vert sombre, ses cheveux sont nattés pour la nuit. Elle est parfaitement calme, elle ne quitte pour ainsi dire pas la chambre et son malade. Quand elle croise les enfants, elle leur parle sur son ton habituel, mais en quelque sorte plus doucement. Cela fait peur. Grand-mère va et vient sans cesse d'un appartement à l'autre, contrairement aux habitudes, la porte dérobée est grande ouverte, grand-mère parle souvent au téléphone d'une voix mal assurée et enchifrenée, ce qui ne lui ressemble pas.

On a envoyé Amanda à l'école, Siri et Alida préparent le dîner, elles ne se parlent pas et ne font pas autant de bruit que d'ordinaire avec leurs casseroles et la porcelaine. Maj, la bonne d'enfant, s'est enfermée dans sa petite chambre au grenier. Fanny qui a écouté à sa porte rapporte qu'elle pleure sans arrêt.

Tout a changé, mais chez mademoiselle Vega et mademoiselle Ester tout est comme d'habitude, il y a là un reste de sécurité. Fanny et Alexandre sont assis sur le petit canapé de mademoiselle Vega. Ils ont entre eux un vieux jeu de différentes couleurs. Les deux vieilles dames dans leurs robes bleu sombre et leurs tabliers rayés de bleu et de blanc sont très occupées. Mademoiselle Vega repasse des manchettes de dentelle et mademoiselle Ester écrit des lettres sur un secrétaire vieillot et branlant avec tout un tas de tiroirs et de petites portes. Les deux dames parlent en grommelant, sans vraiment s'écouter l'une l'autre, c'est tranquillisant comme un toit qui fuit doucement mais avec constance. Si elles ont du chagrin, elles ne le montrent pas, et pourquoi auraient-elles du chagrin ? Dans leurs vieux cœurs, elles savent qu'Oscar qu'elles ont tendrement aimé, entrera bientôt dans la béatitude éternelle. Voici ce qu'elles se disent :

MADEMOISELLE VEGA : Je suis allée chez Gustavsson.

MADEMOISELLE ESTER : Je vais juste terminer ma lettre.

MADEMOISELLE VEGA : Chez Gustavsson, j'ai rencontré monsieur Albrektsson…

MADEMOISELLE ESTER : Imaginez-vous, les enfants,

cette lettre, elle va aller jusqu'à une mission en Chine !

MADEMOISELLE VEGA : … et monsieur Albrektsson m'a dit que son caniche venait d'avoir quatre chiots.

MADEMOISELLE ESTER : Une amie à moi habite cette mission, ça fait cinquante ans qu'elle vit là.

MADEMOISELLE VEGA : Monsieur Albrektsson a demandé si Fanny et Alexandre ne voudraient pas un des chiots.

ALEXANDRE : Maman ne veut pas qu'on ait de chien, ni de chat. Elle l'a dit une fois pour toutes.

MADEMOISELLE ESTER : Le petit chien pourrait habiter chez nous.

FANNY : Il pourrait habiter ici ?

MADEMOISELLE VEGA : Sans cela, il faudra le vendre.

MADEMOISELLE ESTER : Quand j'étais en Chine avec mon amie, on travaillait à la mission et on avait un chien et trois chats.

FANNY : J'ai gagné.

ALEXANDRE : Encore une partie ?

FANNY : À condition que tu prennes les rouges.

MADEMOISELLE VEGA : Monsieur Albrektsson gagne beaucoup d'argent avec ses jolis chiens. Seulement, ce petit-là, il voulait le donner.

MADEMOISELLE ESTER : Il a de la fortune.

MADEMOISELLE VEGA : C'est la fortune de sa femme, chère mademoiselle Ester.

MADEMOISELLE ESTER : Vraiment, mademoiselle Vega, vous croyez ça ? J'ai connu le père de monsieur Albrektsson, il possédait une grosse ferme en dehors de la ville et n'était certainement pas sans le sou.

MADEMOISELLE VEGA : Fanny et Alexandre, voulez-vous une tartine de mélasse ?

FANNY ET ALEXANDRE : Oui, mademoiselle Vega, merci.

MADEMOISELLE ESTER : En tout cas, cette fois, ma lettre est terminée, viens Fanny, tu vas pouvoir lécher l'enveloppe.

Mademoiselle Vega va à la cuisine et prépare des tartines, Fanny se plante près du secrétaire et tire la langue. Alexandre est soudainement pris d'un insupportable chagrin. Il se plie en deux, pose sa tête sur ses genoux, ses mains reposent, inertes, sur la peluche du canapé.

MADEMOISELLE ESTER : Veux-tu que je te prête la flûte, Alexandre ?

ALEXANDRE : Non merci.

MADEMOISELLE ESTER : Lèche donc le timbre, Alexandre.

ALEXANDRE : Non merci.

MADEMOISELLE ESTER (à Fanny) : Alors, c'est toi qui vas le lécher.

À cet instant, on entend des pas rapides dans le couloir, on frappe à la porte et mademoiselle Ester crie : « Entrez. » C'est Amanda, en robe à carreaux noirs et blancs, en bas noirs. Ses cheveux sont retenus dans un chignon. Elle est pâle d'émotion contenue, mais pleine aussi de la solennité voluptueuse du chagrin. Mademoiselle Vega a posé les tartines sur une assiette, elle s'est retournée. Mademoiselle Ester ne tapote plus ses timbres.

AMANDA : Maman demande à Fanny et à Alexandre de venir tout de suite.

Alexandre a froid, il claque des dents, il a peur. Fanny le prend par la main et le pousse devant elle. Amanda les précède en courant à travers l'office, le long couloir et ses hauts placards, la salle à manger. Elle ouvre la porte dérobée, emmène son frère et sa sœur à travers le fumoir, ses tapis d'Orient, son grand bureau à volutes et ses bibliothèques ventrues derrière leurs portes vitrées.

La chambre où travaille Émilie s'appelle « le petit salon de maman ». C'est une pièce claire avec deux grandes fenêtres qui donnent sur le Parc Municipal, des meubles légers et confortables et des tableaux exquis aux murs. Un petit clavecin en noyer dans le coin de la fenêtre droite, une chaise longue contre le mur, un bureau style empire près de la fenêtre gauche. Un canapé élégamment arrondi et deux petits fauteuils crapauds couverts de tissu clair, un lustre en cristal de la fin du XVIIIe siècle et un grand tapis couleur pastel complètent l'ameublement. La petite pièce est pleine de gens, tout de noir vêtus et pâles dans la frileuse lumière de l'hiver. Ils se retournent tous quand les enfants entrent. L'oncle Carl et tante Lydia, l'oncle Gustav Adolf et tante Alma, monsieur Landahl et mademoiselle Schwartz. Isak Jacobi reste dans un coin, ses longues mains osseuses sur son ventre. Petra est à moitié cachée par le rideau, elle geint doucement. Une pendule fait un tic tac boiteux. Des voix arrivent de la chambre.

La neige n'en finit pas de tomber doucement sur les grands arbres du Parc Municipal. Dans cette petite pièce, tous ces gens paraissent irréels et placés là comme des poupées dans une maison de poupée. La porte de la chambre s'ouvre, le Docteur Fürstenberg sort, il va pour dire quelque chose aux personnes qui sont là, mais il s'arrête en apercevant les enfants et se mouche avec un léger bruit de trompette.

Émilie, très droite, se tient sur le seuil, elle a toujours sa robe de chambre et ses cheveux nattés, elle fait signe aux enfants d'approcher. Fanny et Amanda obéissent tout de suite, mais Alexandre s'arrête au milieu de la pièce. Il a peur. Sa mère s'avance à sa rencontre, elle se penche vers lui et lui chuchote quelque chose à l'oreille. Il hoche doucement la tête, elle le prend par la main et le conduit chez le mourant.

Les stores clairs, ornés de peintures, sont à moitié baissés, un doux clair-obscur règne dans la pièce. Les lits peints en blanc sont côte à côte, l'un des deux a été rapidement recouvert, Oscar Ekdahl est à moitié assis dans l'autre, une montagne de coussins derrière son dos. La chemise blanche du malade brille. Son visage est grisâtre. Il a fermé les yeux, ses paupières sont bouffies et sombres, sa bouche entrouverte, ses mains reposent paisiblement sur la couverture. Madame Héléna est assise dans un fauteuil à haut dossier. Elle est habillée comme il le faut, sa chevelure est impeccablement coiffée, son visage impeccablement fardé, elle tient dans ses mains un livre entrouvert. Elle paraît parfaitement calme. Quand les enfants entrent, elle leur sourit, elle leur tend la main, les attire à elle un à un et pose un baiser sur leur front, exactement comme elle a l'habitude de le faire. Elle remarque immédiatement la panique d'Alexandre et lui caresse la joue d'un geste rapide et tendre. Émilie s'est assise sur le bord du lit et elle ne détache pas son regard du visage du malade. Elle a pris sa main droite et elle la tient entre les siennes comme si elle voulait la réchauffer. Sur la table de chevet : quelques flacons bruns, un verre d'eau et une cuillère. La montre d'Oscar fait son tic tac empressé sur son petit support. Par terre, un seau émaillé avec sur son bord une serviette humide. La pendule sur la commode indique huit heures et demie, le balancier ne bouge plus. Il règne dans la pièce une odeur perçante et aigre qui domine les doux parfums de la table de toilette d'Émilie.

Quand Oscar se met enfin à parler, il garde les yeux fermés. Sa voix est faible et un peu lente, mais au fond, il parle comme d'habitude.

OSCAR : Ne vous inquiétez pas. Il ne faut pas avoir peur. Je n'ai pas mal. Au fond, je me sens mieux que je ne me suis senti depuis longtemps. Ne faites pas attention si je garde les yeux fermés, je trouve que la lumière est un peu forte, cela ne fait rien, n'est-ce pas, si je ferme les yeux ? (Il rit.) Maintenant, je vais pouvoir parfaitement bien jouer le Spectre, rien, absolument rien ne me sépare de vous, ni maintenant, ni après. Je le sais, je le vois clairement. Je crois que maintenant je serai presque plus proche de vous que de mon vivant. Mettez-vous en face de moi, là, un à un, que je vous voie.

Amanda s'avance jusqu'à son père qui lève la main gauche vers son front comme pour abriter ses yeux. Il cligne des yeux, cela lui fait mal, mais il les ouvre quand même, il voit sa fille et lui sourit.

OSCAR : Maintenant, je veux voir Alexandre.
ALEXANDRE : Non.

Alexandre s'appuie très fort contre la porte et fait non de la tête plusieurs fois. La grand-mère se lève, elle le prend par la main, attend un moment et le conduit ensuite avec douceur mais fermeté jusqu'à son père qui lui saisit immédiatement la main et le retient. Oscar Ekdahl ferme les yeux, il tient la main de son fils et chuchote quelque chose, ses lèvres bougent, mais ses paroles sont inaudibles. Soudain, il regarde intensément son fils, pour Alexandre, c'est trop, il se jette par terre, Émilie et sa grand-mère le relèvent, il est raide de peur, elles le traînent jusqu'au fauteuil de la grand-mère où il s'accroupit, les bras pressés contre son visage.

Fanny est parfaitement maîtresse d'elle-même, elle tient la main de son père, soudain elle se penche et pose un baiser sur sa joue (« J'ai trois ans de moins qu'Alexandre et je n'ai pas peur du tout. Même si ça sentait fort, je n'ai pas trouvé que c'était dégoûtant »).

OSCAR : Dis à Alexandre qu'il ne faut pas avoir peur.

FANNY (hoche énergiquement la tête) : Je vais lui dire.

Émilie reprend place sur le bord du lit. Fanny et Amanda se sont assises par terre contre la table de toilette de leur mère. La grand-mère reste près de la fenêtre. Alexandre demeure accroupi dans le fauteuil, les bras devant son visage. De temps en temps, il hasarde un regard dans la direction du mourant.

OSCAR : Tu prendras soin du Théâtre. Monsieur Sandblad te mettra au courant pour les finances, quant à la direction artistique, tu décideras toi-même. (Il rit un peu.) Comme d'habitude.

ÉMILIE : Je ferai de mon mieux.

OSCAR : Un enterrement simple, Émilie, n'oublie pas ! Rien d'imposant à la cathédrale, pas d'orchestre qui joue la *Marche funèbre* de Chopin et pas d'Évêque qui fait un discours devant le cercueil. Promets-moi !

ÉMILIE : Je te promets.

OSCAR (tout bas) : À toi, je fais confiance, mais pas à ma mère. Elle voudra faire sa mise en scène.

ÉMILIE : Je parlerai avec tante Héléna.

OSCAR : Il faut que tout continue comme avant.

ÉMILIE (avec tristesse) : Je te promets.

OSCAR : Bientôt je serai mort. Tu me tiens la main ? (Émilie fait oui de la tête.) L'éternité, Émilie ! (Un silence.) L'éternité !

3

Cette nuit-là, Fanny et Alexandre dorment dans le même lit. Ils ont passé la soirée chez leurs cousins. Tout le monde est calme et gentil, personne ne pleure. Gustav Adolf les embrasse et leur dit que, certes, il ne pourra jamais remplacer leur père, mais qu'il les protégera et les aidera de toutes ses forces et de toute son intelligence, tant qu'il vivra. Tante Alma les presse sur son sein et déclare que Fanny et Alexandre sont désormais ses enfants, au même titre que Jenny et Petra. Fanny répond qu'elle est encore la fille de maman et de papa et qu'elle n'a pas l'intention d'appartenir un jour à quelqu'un d'autre. Alexandre se tait, l'air poli, comme d'habitude. Alma va à la cuisine et commande du chocolat avec de la crème et de la tarte aux pommes pour le dîner. Ensuite, on s'assied autour de la table de la salle à manger et on joue aux cartes. Du bruit, des heurts et des pas lourds parviennent de l'appartement du dessus. Quelques heures plus tard, Émilie vient chercher ses enfants. Elle est en noir et très belle, elle sourit en parlant, et passe de temps en temps la main devant son visage comme pour éloigner une toile d'araignée. Gustav Adolf, Alma et les cousins leur souhaitent une bonne nuit. Émilie prend Fanny et Alexandre par la main, elle leur fait monter l'escalier et les fait entrer dans la salle à manger.

Tous les meubles ont été poussés contre le mur, on a enlevé la grande table et le cercueil ouvert se trouve au milieu de la pièce, il est entouré de cierges allumés et de fleurs. Oscar Ekdahl est revêtu de son habit et de ses décorations, il paraît tout petit, mais il présente bien, il a un air presque satisfait.

Fanny et Alexandre restent timidement à regarder ces choses étranges, tristes et terribles. Émilie évolue dans la pièce, déplaçant un vase de fleurs par-ci, un chandelier par-là. De temps en temps, elle passe rapidement la main sur son visage.

La nuit, Fanny et Alexandre dorment dans le même lit. Cela arrive parfois, au fond, cela arrive même assez souvent surtout depuis qu'Amanda a sa chambre à elle. D'ailleurs, personne ne se plaint de la situation. Amanda taquine quelquefois Alexandre et elle lui dit qu'il n'est qu'une chiffe et qu'il aurait dû être une fille, mais comme Alexandre ne répond jamais à ses défis et que Fanny réplique qu'Amanda est ridicule avec ses gros nichons, la querelle fait long feu et le frère et la sœur continuent à dormir dans le même lit, à moins qu'ils ne préfèrent partager celui de la bonne d'enfants — un lit qui grince et qui plie — ce qui est de loin la solution la plus agréable puisque d'une part, Maj connaît une foule de terribles histoires vraies et que d'autre part, elle s'auréole d'une agréable et rassurante odeur de saine sueur.

Alexandre se réveille, il est brusquement tout à fait éveillé, le chagrin tombe sur lui comme un coup au ventre, mais ce qui l'a réveillé, c'est un bruit de pleurs étrange et lointain. Il écoute un moment, il réveille ensuite Fanny, ce qui ne se fait pas tout seul et demande de la patience. Fanny dort toujours profondément et elle n'aime pas se réveiller. Finalement le bruit terrible pénètre dans sa conscience enténébrée et elle ouvre les yeux, parfaitement éveillée. Quelqu'un pleure. Des pleurs pas tout à fait humains.

Vite, Fanny et Alexandre se lèvent, la pièce n'est pas sombre, la veilleuse rose est allumée sur la commode. Ils ouvrent la porte de la chambre de leurs parents. La lampe est allumée sur la table de chevet de leur mère. La pièce est vide, le lit de leur mère a été défait, les oreillers sont par terre, le couvre-lit est replié et lisse, sur le lit du père.

Les pleurs et les horribles sanglots s'entendent plus nettement. Fanny et Alexandre se glissent jusqu'à la porte de la salle à manger qui est entrouverte. Ils découvrent alors leur mère assise sur une chaise, près du cercueil. Elle pleure sauvagement, sans aucune retenue.

4

Il ne fut naturellement pas possible de respecter les dernières volontés d'Oscar Ekdahl. C'est pour les vivants, pas pour les morts que se font les enterrements. L'Évêque, un grand homme aux larges épaules, un visage bosselé au-dessus d'une croix dorée et d'une redingote de pasteur, vint faire une visite de condoléances. Il déclara qu'il voulait célébrer lui-même l'enterrement de son ami. Que pouvait répondre la veuve à pareille proposition ? Puis arriva le Colonel, en grand uniforme, un crêpe noir autour du bras, les yeux globuleux, injectés de sang et tout pleins de larmes, il décida qu'une compagnie ferait la haie devant l'église et que la musique jouerait la *Marche funèbre* de Chopin. Émilie lui répondit par un pâle sourire, elle s'efforça d'avoir l'air reconnaissante, ce qu'elle fit si bien que le Colonel lui baisa une fois encore les mains et d'une voix enrouée par l'émotion, l'assura de sa protection éternelle et de son profond respect. Une heure plus tard, c'était au tour du Recteur de l'Université de se dresser de toute sa petite taille sur le tapis du salon — un petit monsieur, très imposant, avec une belle voix. Tout rouge d'excitation, il déclara que non seulement il représentait l'Université, mais également l'ensemble des étudiants qui désiraient rendre un dernier hommage à Oscar Ekdahl. La belle veuve, qui était bien plus grande que le Recteur, s'affaissa sur une chaise et inclina la tête, c'était à la fois beau et émouvant, le petit homme en fut particulièrement inspiré et il prononça une brève allocution sur l'apport vivifiant d'Oscar Ekdahl à la vie culturelle de sa ville. Le même jour, la troupe vint au grand complet, Monsieur Landahl en tête, dire adieu à son directeur. Émilie offrit du vin et des petits gâteaux, Filip Landahl lut un bref discours qu'il avait écrit, tout le monde pleura. Émilie remercia ses camarades et leur dit qu'Oscar Ekdahl, sur son lit de mort, lui avait parlé de l'avenir du Théâtre.

ÉMILIE : Une heure avant de mourir, il avait encore toute sa conscience, il était parfaitement lucide et même, il riait. Nous avons parlé de choses pratiques : de l'avenir de nos enfants, des problèmes financiers. Il a aussi évoqué notre Théâtre. L'air soudain très grave, il a dit : « Émilie, il faut que tout continue comme avant. » Nous allons donc continuer nos activités. À la demande d'Oscar, je prends la direction du Théâtre. Nous reprendrons dès demain les répétitions. La première de *Hamlet* aura lieu à la date prévue.

FILIP LANDAHL (avec solennité) : Voilà bien la meilleure façon d'honorer la mémoire de notre directeur, notre cher Oscar Ekdahl.

Après un bref instant d'émotion et de sanglots étouffés, comédiens et comédiennes embrassent leur nouveau directeur et lui promettent zèle, patience, fidélité et talent. Toutes les petites histoires, toutes les intrigues sont oubliées, la vie est au fond assez belle, même quand elle est cruelle.

L'enterrement d'Oscar Ekdahl devient ainsi un événement considérable dans la chronique de la Ville. L'Évêque prononce l'oraison funèbre, une compagnie fait la haie, les étudiants entourent le cercueil, les drapeaux des Francs-maçons flottent dans la bise froide de l'hiver, la musique du régiment joue la *Marche funèbre* de Chopin, la Cathédrale est bondée d'un public recueilli qui peut assister à un émouvant solo de madame Héléna Ekdahl, née Mandelbaum. En quelques phrases brèves, hachées par l'émotion, elle dit adieu à son fils. On peut également voir la belle veuve pétrifiée dans son chagrin s'appuyer lourdement au bras de l'Évêque. On peut voir les trois orphelins suivre leur mère en se tenant par la main. Mais personne, sauf Fanny, ne peut entendre le monologue d'Alexandre. Tous les trois, ils avancent, Amanda déjà prête à participer aux jeux rituels des adultes, les deux plus jeunes trop fatigués par les impressions écrasantes de ces derniers jours. L'orchestre joue, l'orgue gronde, les cloches retentissent sous les voûtes, le long voile de leur mère, l'énorme dos de l'Évêque enveloppé de son manteau aux mille plis et là-bas, porté sur les épaules des comédiens, balançant comme un navire en mer, le cercueil brun et brillant, avec ses poignées d'argent. L'assistance se lève, ça claque et ça tape dans les bancs et par terre, et au-dehors, au-delà des portes grandes ouvertes, rugit la tempête de janvier. Malgré les poêles chauffés à blanc, l'église est glaciale. Fanny entend son frère grommeler quelque chose tout seul, des mots isolés, un mot pour chaque pas. Elle tend l'oreille pour entendre au-delà du bruit et de la musique funèbre.

ALEXANDRE : Merde — con — cul — bite — chierie — enfer — satan — niquer — branler — chier — pipi — caca — nichons — chatte — miches.

Fanny lui presse fortement la main, il tourne la tête et la regarde gravement. Elle lui adresse un sourire rapide comme l'éclair.

Le soir tombe déjà quand on descend le cercueil dans le caveau de famille. La tempête de neige a cessé, mais le froid mord.

Parfaitement mis en scène et réalisé, le dîner d'enterrement est l'affaire de madame Héléna. Une centaine d'invités mangent les quatorze plats et boivent les sept vins. D'abord en sourdine et courtoise, la conversation s'anime au long de la soirée et devient d'une gaieté chaleureuse, mais digne qui noie complètement la musique exécutée par un petit orchestre à cordes qui essaie depuis le salon de créer une atmosphère de mélancolie sereine. Émilie se penche sur le côté pour écouter l'Évêque qui, les yeux brillants, n'arrête pas de parler. Ses joues pâles ont pris des couleurs et sa tendre bouche sourit rapidement et discrètement sans déranger la douce gravité qui entoure sa gracieuse silhouette.

Fanny et Alexandre ont obtenu de leur mère l'autorisation de se retirer de la fête. Ils se sont réfugiés dans leur chambre d'enfants, ils sont tristes, ils ont sommeil, ils sont assis sans avoir envie de rien faire devant la table blanche avec du papier à dessin et des crayons de couleur, ils n'ont pas quitté leurs habits du dimanche, leurs bas noirs les chatouillent, le col de marin est de travers et dans les cheveux de Fanny, le nœud noir pend.

Ils entendent de très loin la rumeur du dîner et les notes plaintives de l'orchestre. Fanny bâille, Alexandre bâille, personne ne vient les mettre au lit, personne ne vient faire la prière du soir et allumer la veilleuse. Maj sert à table avec les autres bonnes et aussi les serveuses du restaurant du Théâtre.

On entend alors une faible musique qui arrive du petit salon à côté de la chambre de leurs parents. De la musique, des notes éparses et hésitantes sur le vieux clavecin qui n'a pas été accordé depuis longtemps. Fanny et Alexandre dressent l'oreille, ils écoutent, ça commence à les démanger à la racine des cheveux, il y a quelqu'un dans le petit salon, quelqu'un joue sur le clavecin de maman. Quelqu'un.

Sans se dire un mot, ils se prennent par la main et traversent ensemble la chambre obscure jusqu'au petit salon. Une lampe à pétrole avec un abat-jour est allumée sur le secrétaire de leur mère, elle répand une lumière chaude et incertaine et beaucoup d'ombres, une obscurité profonde, jaunâtre derrière les meubles. Un homme est assis devant le clavier, le dos tourné à la pièce, la tête penchée, sa main tâtonne lentement sur les touches. Il tourne son visage vers les enfants, là-bas, près de la porte. C'est Oscar Ekdahl.

Le départ

1

On joue *La Nuit des Rois*, on en est à la fin, la dernière danse se termine. Tout le monde s'est arrêté en plein mouvement, comme des poupées aux yeux étonnés. Chacun a vu exaucer ses souhaits, Malvolio couve sa vengeance en coulisse, la nuit tombe sur la mer d'Illyrie et le chef machiniste a mis au point une véritable pluie qui tambourine sur les vitres du palais.

Le Bouffon (joué par monsieur Landahl) est grimpé sur une échelle, il tient une bougie en équilibre sur son crâne chauve.

LE BOUFFON (chante en s'accompagnant sur un luth) :

Quand j'étais tout petit garçon,
Par le vent, la pluie, hé ! ho !
Une folie n'était qu'enfantillage,
Car il pleut de la pluie tous les jours.

Mais quand je vins à l'état d'homme,
Par le vent et la pluie, hé ! ho !
Contre filou et voleur chacun fermait sa porte,
Car il pleut de la pluie tous les jours.

Mais quand je vins, hélas, à prendre femme,
Par le vent et la pluie, hé ! ho !
Jamais dissipation ne put me réussir,
Car il pleut de la pluie tous les jours.

Mais quand je venais à mon lit,
Par le vent et la pluie, hé ! ho !
Avec des buveurs toujours je m'étais soûlé,
Car il pleut de la pluie tous les jours.

Jà dès longtemps le monde a commencé,
Par le vent et la pluie, hé ! ho !
Mais peu importe ! notre pièce est finie.
Et nous tâcherons de vous plaire tous les jours.

Un silence. Les poulies en bois et les contrepoids des cintres se mettent à crisser, le rideau tombe. On entend des applaudissements qui montent de la salle, les comédiens se mettent en place pour la révérence. Émilie joue Olivia, mademoiselle Schwartz, Viola, le Duc est incarné par la nouvelle vedette du théâtre, monsieur Tomas Graal, Malvolio par Johan Armfeldt, un peu excentrique, mais d'un grand talent comique, la servante Marie est jouée par Grete Holm, bien en chair, Sir Toby Belch par l'élément le plus solide de la troupe, le corpulent monsieur Salenius (qui porte la cape et laisse deviner des vices cachés).

Les enfants sont aussi de la représentation, pas seulement Amanda, Fanny et Alexandre, mais Jenny qui a réussi à convaincre sa mère de la nécessité de son concours. Certes, ils ont les mêmes costumes de pages que dans *Hamlet*, mais au dernier acte, ils portent des plateaux avec des verres de vin.

Après que les applaudissements se sont tus, les comédiens se réunissent autour d'Émilie, chacun prend place sur des chaises qu'apportent les machinistes ou bien l'on s'appuie à la balustrade derrière le trône d'Orsino. L'une après l'autre, les rampes s'éteignent, la lampe pour les répétitions descend, les ombres s'emparent de la scène, la grise lumière se balance lentement, les visages des comédiens pâlissent, leurs yeux s'enfoncent. Quelques machinistes apparaissent en coulisse, prêts à débarrasser la scène dès que possible. Le rideau de fer descend dans un râle lourd.

ÉMILIE : Il y a aujourd'hui un an, mourait mon mari. Il voulait que l'on continue comme si rien ne s'était passé et l'on a continué comme si rien ne s'était passé, bien que tout fût changé. Nous avons eu beaucoup de succès, le public est venu nombreux, nous avons pu augmenter nos gains et engager trois nouveaux comédiens dans notre troupe. Nous sommes restés unis…

Elle se tait et demeure plongée dans ses pensées, comme absente. Quand elle recommence à parler, c'est d'une autre voix, presque inaudible et hésitante.

ÉMILIE : Le Théâtre, nous nous en enveloppons comme d'une cape protectrice. À peine si nous remarquons que les années passent. Que la vie s'écoule, c'est bien comme ça qu'on dit ? Les loges sont chaudes et claires, la scène nous entoure d'ombres bienveillantes. Les poètes nous disent ce que nous devons dire et penser. Nous pouvons rire, pleurer, nous mettre en colère. Les gens sont assis là-bas dans le noir et ils nous aiment, ils sont extraordinairement fidèles, bien que nous leur offrions souvent des pierres au lieu de leur donner du pain. Pour nous justifier aux yeux du monde qui nous entoure, nous prétendons que notre métier est difficile. C'est un mensonge que le monde accepte puisqu'il est beaucoup plus amusant d'assister à quelque chose de difficile qu'à quelque chose de facile. Néanmoins, la plupart du temps, c'est pour nous un jeu. Nous jouons parce que nous trouvons ça amusant. Si nous ne nous amusons pas, nous boudons, nous nous plaignons de l'état des choses, mais jamais de nous. Nous passons ainsi notre vie à nous tromper sur nous-mêmes, à regarder les autres avec clairvoyance et nous-mêmes avec indulgence. Mais qu'en est-il de la connaissance de soi, de la confiance en soi, du respect de soi ? qualités qui n'existent guère dans notre profession. Si quelqu'un dit que je suis bien, c'est que je *suis* bien et me voilà contente. Si quelqu'un dit de moi que je suis mauvaise, c'est que je *suis* mauvaise et j'en éprouve du chagrin. Mais ce que je *suis* vraiment, je n'en sais rien puisque je ne me soucie jamais de connaître la *vérité* sur moi-même. Je ne me soucie que de ma petite personne, ce qui est autre chose. Je ne me soucie pas, non plus, de la réalité. Elle est sans intérêt, sans couleur, elle ne me concerne pas. Les guerres, les révolutions, les épidémies, la pauvreté, les injustices et les éruptions volcaniques sont des phénomènes sans importance, si de loin ou de près, ils ne concernent pas le rôle qui me tient à cœur pour le moment. Certains comédiens prétendent s'intéresser au monde autour d'eux, mais je sais qu'ils se trompent sur leur propre compte.

Les comédiens ne répondent rien, comme abattus. Personne ne proteste ou discute. Émilie regarde autour d'elle, elle rencontre des visages vides et pâles sous les masques et les perruques, des regards tristes ou interrogateurs : est-ce moi qu'elle vise ? Elle secoue la tête comme si la question lui avait été vraiment posée.

ÉMILIE : Vous me regardez tous comme si c'était à vous que j'en voulais. Mais c'est le contraire. Comme nous nous aimons, j'ose vous dire ce que j'éprouve. Peut-être que je suis, justement, égoïste, alors que je ne voudrais pas l'être. Peut-être ai-je tort ?

TOMAS GRAAL : Tu es fatiguée du Théâtre ?

ÉMILIE : Je le crois.

TOMAS GRAAL : Tu veux peut-être t'en aller.

ÉMILIE : Je veux peut-être m'en aller vraiment.

MADEMOISELLE SCHWARTZ : Et comment iront les choses si tu t'en vas ?

ÉMILIE : Même si je m'en vais, tout doit continuer comme avant.

JOHAN ARMFELDT : Et qui sera notre directeur ?

ÉMILIE : C'est vous qui le déciderez vous-mêmes, le jour venu. S'il vient. Je n'ai pas encore pris de décision. (Un silence. Elle sourit.) Et maintenant, je propose qu'on se dise bonsoir. Il est tard et j'ai beaucoup trop parlé. Je n'avais pas l'intention de vous causer des soucis.

Émilie salue ses collègues, elle appelle les enfants et se retire dans la loge qui était autrefois le bureau d'Oscar Ekdahl. Les comédiens restent sur la scène, ils se regardent comme honteux, avec des sourires las.

HERR SALENIUS : Moi, j'ai besoin d'un verre d'aquavit et d'un sandwich.

TOMAS GRAAL : La troupe de Lindberg m'a fait des propositions, alors pour moi, c'est sans importance.

MADEMOISELLE SCHWARTZ : Je crois que tout cela cache quelque chose.

GRETE HOLM : Tu n'es pas au courant ?

MADEMOISELLE SCHWARTZ : Tu veux dire que ce serait vrai ?

2

Un jour au début de mai, le printemps est là, il fait chaud. Étudiants et maîtres de conférences ont remis leurs pardessus d'hiver au clou, les étudiantes portent des robes claires, les soirées sont tièdes et les fêtes se succèdent. Au Théâtre, on a sorti le tapis de Bruxelles et on joue une comédie de Scribe. Quand Alexandre revient de l'école, Amanda et Fanny sont à la cuisine, elles boivent du chocolat et mangent des tartines avec du fromage. Alida confectionne des petits gâteaux, Maj reprise des bas et Siri nettoie les cuivres. Alexandre sent immédiatement que quelque chose va de travers. Amanda et Fanny ricanent derrière leurs tasses. Alida et Siri ne répondent pas quand il les salue et Maj paraît triste en lui servant son chocolat. Tout de suite, Alexandre a mal au ventre, mais il ne dit rien. Amanda chuchote quelque chose à Fanny, Fanny chuchote quelque chose à Amanda, toutes les deux pouffent de rire. Soudain, Émilie apparaît dans l'entrebâillement de la porte, elle est très joliment habillée d'une robe gris clair avec une large ceinture brodée et des manches transparentes. Elle s'adresse à Alexandre d'une voix grave.

ÉMILIE : Quand tu auras fini ton chocolat, je voudrais te parler.

Elle sort. Alexandre soupire. Il pose sa tasse de chocolat, se lève de table et traversant d'un pas décidé le hall d'entrée, la salle à manger et le petit salon, il s'en va frapper à la porte de la chambre à coucher, sa mère crie « entrez » et le voilà, honteux, sans savoir pourquoi. Émilie est assise dans le fauteuil près de la fenêtre, le soleil entre à flots, elle est comme phosphorescente et un peu étrangère.

ÉMILIE : Nous allons aller à la bibliothèque pour saluer quelqu'un qui est venu nous voir. (Un silence.) C'est quelqu'un qui veut te parler. (Un silence.) Ce n'est pas la peine de te mettre à pleurer.

ALEXANDRE : Qu'est-ce que j'ai fait ?

ÉMILIE : Tu le sais mieux que personne. Allez, viens, on y va.

La mère se lève, elle prend son fils par la main. Ils vont à la bibliothèque. L'Évêque est là, il feuillette un des livres du père, il se retourne aussitôt et sourit aux deux personnes qui entrent. Vu d'après la perspective d'Alexandre, Edvard Vergérus est impressionnant : grand, de larges épaules, un long visage bosselé encadré de cheveux gris blanc et d'une barbe, des yeux d'un bleu intense. Il porte une redingote de pasteur et sa croix d'or scintille sur le tissu noir. Il tend une grande main à Alexandre, Alexandre fait une profonde révérence. La mère s'assied sur le grand canapé de cuir.

EDVARD VERGÉRUS : Bonjour Alexandre.

ALEXANDRE : Bonjour.

EDVARD : Toi et moi, nous nous sommes déjà rencontrés. (Un silence.) Dans des circonstances douloureuses. (Un silence.) Quand j'ai enterré ton père.

ALEXANDRE : Oui.

EDVARD : Depuis ce temps, ta mère qui n'a pas d'appui masculin s'est adressée quelquefois à moi pour me faire part de ses soucis. Cela est parfaitement naturel. Je suis un proche ami de ta grand-mère et le pasteur de cette paroisse.

ÉMILIE : Pendant cette période difficile, Alexandre, Monseigneur a été très bon pour moi et je ne sais pas comment je l'aurais supportée sans son aide.

EDVARD : Nous avons aussi parlé de toi, mon petit.

L'Évêque s'est assis dans le fauteuil devant la table de la bibliothèque, il a sorti un sac en cuir où il garde une pipe et un sac plus petit rempli de tabac. Il bourre soigneusement sa pipe et l'allume, il s'appuie au dossier du fauteuil et contemple Alexandre de ses yeux brillants, d'un bleu intense.

ÉMILIE : J'ai expliqué à Monseigneur comme je suis fière et heureuse de mes gentils enfants.

EDVARD : J'ai entendu dire que toi et tes sœurs, vous travaillez bien à l'école. Vous êtes attentifs, travailleurs et vous avez eu de bonnes notes pour Noël. N'est-ce pas Alexandre ?

ALEXANDRE (chuchote) : Oui.

EDVARD : Il ne faut pas avoir peur. Je suis ton ami et je te veux du bien. Tu le crois, n'est-ce pas ?

ALEXANDRE (au bord des larmes) : Oui.

EDVARD : Bien travailler et avoir de bonnes notes ce n'est cependant pas tout dans la vie.

ÉMILIE : Mouche-toi, Alexandre.

ALEXANDRE se mouche.

ÉMILIE : Mais comme ton mouchoir est sale ! Maj ne t'en a pas donné un propre, aujourd'hui ?

ALEXANDRE : Si. (Il se mouche et chuchote.) Saleté de merde.

EDVARD (est sourd de cette oreille) : Comme je te le disais : bien travailler et avoir de bonnes notes, ce n'est pas tout dans la vie.

ÉMILIE : Écoute bien Monseigneur, Alexandre.

EDVARD : Mais il m'écoute bien. N'est-ce pas, Alexandre ? En ce moment, tu attends avec une certaine appréhension ce que je vais dire.

ALEXANDRE renifle.

EDVARD : Tu grandis, Alexandre. Et pour cette raison je vais te parler comme un adulte parlerait à un autre adulte. Peux-tu me dire, peux-tu me décrire ce qui est un mensonge et ce qui est vérité ? Est-ce que tu peux le faire ?

ALEXANDRE reste muet.

EDVARD : Tu trouves que c'est une question stupide et elle l'est, en effet. Je voulais simplement plaisanter un peu. Bien sûr que tu sais, Alexandre, ce que c'est que le mensonge et ce que c'est que la vérité.

ALEXANDRE : Oui.

EDVARD : Très bien, mon garçon, très bien. Tu sais aussi pourquoi on ment.

ALEXANDRE : Parce qu'on ne veut pas dire la vérité.

EDVARD : C'est une réponse très astucieuse, mon

jeune ami. Mais tu ne t'en tireras pas aussi facilement. Je te demande donc : pourquoi ne veut-on pas dire la vérité ?

ALEXANDRE : Je ne sais pas.

Alexandre regarde par terre, il sent son squelette se liquéfier lentement, le quitter par la plante des pieds et se répandre sur le tapis d'Orient de la bibliothèque. L'Évêque sourit tout seul, il plonge un long doigt jaune dans le fourneau de sa pipe pour tasser son tabac. Émilie, l'air peinée, regarde son fils récalcitrant.

EDVARD : Nous avons tout notre temps, Alexandre, et ta réponse m'intéresse tellement que je vais rester là à l'attendre tout le temps qu'il faudra. Tu ne le crois pas, mais c'est vrai.

ALEXANDRE : On ment pour obtenir un avantage.

EDVARD : Bien répondu, mon garçon. C'est bien et c'est bref. Je vais maintenant poursuivre mon interrogatoire et excuse-moi si je pose des questions un peu plus personnelles. Peux-tu nous raconter, à ta mère et à moi, pourquoi tu as menti à l'école ?

ALEXANDRE : Comment ?

ÉMILIE : Ton maître m'a écrit pour m'informer que tu répands les plus incroyables mensonges dans ta classe.

ALEXANDRE : Comment ?

ÉMILIE : Vas-tu nier… que tu as prétendu devant tes camarades de classe que… que je t'aurais vendu à un cirque ambulant (elle lit la lettre) et qu'à la fin de ce trimestre, les gens du cirque vont venir te chercher. Qu'on va t'apprendre à devenir acrobate et à monter à cheval avec une gitane de ton âge qui s'appelle Tamara.

ALEXANDRE se tait, vaincu.

EDVARD : Comme tu le comprends certainement, ta mère a éprouvé à la fois de la peur et du chagrin en lisant cette lettre. Elle ne savait pas quoi faire. Je lui ai proposé de raisonner avec toi sur cet ennuyeux problème et comme tu le vois, me voici.

ÉMILIE : Tu devrais être reconnaissant à l'égard de Monseigneur qui te consacre ainsi son temps, Alexandre. Tu comprends ?

ALEXANDRE baisse la tête.

EDVARD : Nous disions donc que celui qui ment veut, grâce à son mensonge, obtenir un avantage. Et maintenant, en toute logique je te demande : quel avantage estimais-tu obtenir en prétendant que ta mère t'avait vendu à un cirque ?

ALEXANDRE : Je ne sais pas.

EDVARD (souriant) : Je crois que tu le sais très bien, mais que tu as honte de répondre. N'est-ce pas que tu as honte ? C'est bien, mon jeune ami. C'est très bien. Cela montre qu'à l'avenir tu éviteras de te laisser aller à de pareilles imaginations. Maintenant, tu vas demander pardon à ta mère pour tout le chagrin et toute l'inquiétude que tu lui as causés. Va, et demande pardon à ta mère. (Un silence.) Tu entends ce que je dis, Alexandre, n'est-ce pas ?

Alexandre demeure les épaules crispées et la tête baissée, il ne pleure plus, il serre les poings. Il finit par aller vers sa mère.

ALEXANDRE : Maman, je te demande pardon d'avoir menti et je promets de ne plus recommencer.

La mère embrasse un Alexandre complètement pétrifié et elle l'attire sur ses genoux. Il reste là, assis, comme une marionnette qui aurait cassé ses fils.

EDVARD : C'est bien, Alexandre. L'affaire est réglée et nous n'aurons plus jamais besoin d'en reparler. L'imagination, tu sais, c'est une chose magnifique, une force énorme, un don de Dieu. Elle est gérée pour notre compte par les grands artistes, les poètes, les musiciens.

L'Évêque s'est levé. Il tapote la nuque d'Alexandre de sa grande main osseuse.

ÉMILIE : Je vais demander aux filles de venir.

Alexandre observe soudain que sa mère est tout émue et toute transformée, ses yeux brillent comme si elle avait de la fièvre et des taches rouges apparaissent sur ses joues. Elle se lève avec une vivacité nerveuse et rit en regardant l'Évêque, elle passe dans la salle à manger et appelle Fanny et Amanda. Un bref instant, l'Évêque et Alexandre sont livrés l'un à l'autre. Pendant une fraction de seconde, leurs regards se croisent. Edvard Vergérus sourit, Alexandre ne répond pas à ce sourire.

Maintenant, les voilà tous dans la bibliothèque, auréolés par l'aimable lumière du soleil, Émilie et ses enfants, l'Évêque et sa croix en or.

ÉMILIE : J'ai quelque chose d'important à vous dire.

Alexandre tourne la tête : derrière le dos d'Émilie, à moitié caché par le montant de la porte, il voit Oscar Ekdahl qui les regarde, grave et insistant. Aucune crainte, ni même aucun étonnement ne se dégage de cette vision. La présence du père semble évidente, presque pas fantomatique. Alexandre se demande si ses sœurs peuvent le voir aussi clairement, aussi près qu'il le voit, lui. On ne dirait pas. Fanny est surtout intéressée par une grosse mouche qui bourdonne contre la vitre et Amanda tend sa jolie cheville et regarde à travers ses longs cils, sa lèvre inférieure qui s'arrondit.

Apparemment, la mère a dit quelque chose et Alexandre n'a pas écouté. Ou bien Émilie n'a pas été en mesure de continuer et, comme elle n'a pas de souffleur, elle a été frappée de mutisme. Peut-être devine-t-elle la présence du Mort ? Plus tard, parvenu à l'âge adulte, lorsque Alexandre essaie de se rappeler cet instant : le visage de la mère, la barbe dc l'Évêque et les attitudes de ses sœurs, il peut s'imaginer que sa mère a été éventuellement prise d'une soudaine fatigue, une soudaine mélancolie peut-être provoquée par la présence du Mort. Émilie en tout cas a les larmes aux yeux, elle sort nerveusement son petit mouchoir bordé de dentelle qu'elle porte toujours à l'intérieur de ses manchettes, en dentelle, elles aussi.

EDVARD : Je suis persuadé que nous allons…
ÉMILIE : Évidemment, beaucoup de choses vont…
EDVARD : Que Dieu, dans sa bonté, veille sur notre petite famille…

Alexandre croit entendre le rire gentiment ironique de son père, mais il a disparu. Émilie embrasse ses enfants, elle pleure en silence et mouille de ses larmes leurs cheveux et leurs joues. Puis elle les prend l'un après l'autre par la main et les conduit vers l'Évêque qui se penche et pose un baiser sur leur front. Il sent le tabac et la naphtaline.

EDVARD : Je veux que tous nous nous mettions à genoux pour nous unir dans une fervente prière. (Tout le monde tombe à genoux.) Que Dieu, notre Père, veille sur notre petite famille, qu'il nous bénisse et nous préserve du mal, chaque jour de notre vie. Mon Dieu, je te prie de me donner la force d'être une protection et un exemple pour ces petits orphelins. Je te prie aussi de me donner la force d'être un appui pour cette jeune femme seule.
ALEXANDRE (tout bas, pour lui-même) : Vase de merde, chiure, chiasserie, vomi, bite, con, chiottes, merde, diable…

3

L'Évêché s'élève face à la Cathédrale. Il a été construit à la fin du XVe siècle. C'est un long bâtiment en pierre avec un nombre incalculable de pièces sombres, de murs épais, de petites fenêtres, de seuils élevés entre les pièces et de planchers pleins de nœuds. Les poutres sont apparentes et dans la salle des fêtes et quelques autres pièces, elles sont recouvertes de peintures représentant des scènes de l'Ancien Testament. Été comme hiver, on entretient de grands feux de bois dans les vieux poêles afin de combattre le froid et l'humidité. Noire et profonde, la rivière tourbillonne sous le pignon ouest ; le mur de la maison s'enfonce directement dans l'eau sombre. L'Évêque habite à l'étage supérieur, les fenêtres donnent sur la rue et sur une cour étroite pavée de pierres rondes. Un puits surmonté d'une coupole en fer s'élève dans la cour. Les pièces sont meublées de façon vieillotte. L'Évêque et ses prédécesseurs ne se sont pas intéressés aux commodités de la vie. Le style est lourd et sévère. Des générations d'évêques et leurs épouses sont accrochées aux murs, ainsi que des tableaux noircis représentant des saints avec ou sans lumière autour de leurs têtes. La bibliothèque de l'Évêque occupe une pièce sur deux étages, il y a des échelles, un balcon fait le tour de la pièce. En face du bureau de l'Évêque un grand tableau est accroché. Il représente le sacrifice d'Abraham : Isaac repose sur l'autel, les yeux bandés, déjà entièrement dénudé. Le père tient un couteau contre la gorge de son fils dont la tête est renversée en arrière. L'air furieux, un ange descend du ciel.

Trois femmes vivent dans la maison de l'Évêque. Sa mère, la vieille madame Blenda Vergérus, une dame apparemment douce et aimable, au maintien parfait ; ses traits sont d'une grande pureté. Sa sœur, Henrietta Vergérus. Elle s'occupe du ménage. À l'opposé de son frère, elle est petite, brune et vive avec des yeux bruns au regard perçant et une lourde chevelure noire. L'évêque a aussi une tante, mademoiselle Elsa Bergius, si grasse qu'elle en est difforme. Elle reste assise dans un fauteuil soutenue par des coussins ; elle n'a rien dit depuis vingt ans. Les mauvaises langues prétendent que mademoiselle Bergius était une beauté dans sa jeunesse, mais qu'une maladie honteuse a ruiné sa vie. Une ombre qui ressemble à un rat règne dans la cuisine, elle a une voix perçante et des mains maigres. Elle s'appelle Malla Tander, elle terrorise quelques pauvres servantes soumises, un jardinier sale et bête et un cocher ivrogne.

Émilie et ses enfants visitent, pour la première fois, ce qui va devenir leur maison et l'Évêque leur fait faire le tour du propriétaire, accompagné par sa mère et sa sœur. On passe lentement d'une pièce à l'autre et Edvard Vergérus parle non sans fierté de son Évêché.

EDVARD : Quand cette maison fut bâtie au XVe siècle, on ne se souciait guère de confort. Mes prédécesseurs ont tenu à tout garder en état et je respecte la tradition. Rien ne doit être changé ou transformé. Il y a une impérissable beauté dans ces vieilles pièces. Nous devons nous sentir reconnaissants de pouvoir vivre dans une atmosphère de sévère pureté.

Il faut faire remarquer que l'Évêque présente tout cela avec une aimable courtoisie, il parle avec sincérité et chaleur, il a posé son bras protecteur sur les épaules d'Émilie (il la presse imperceptiblement contre lui). Il tient Fanny par la main. Amanda et Alexandre forment une arrière-garde un peu triste. La sœur et la mère courent en avant, souriantes et prévenantes. Les deux femmes essaient diversement de montrer à Émilie qu'elle est la bienvenue, que leur fils et leur frère tendrement aimé a fait un bon choix.

EDVARD : Je veux que vous disiez bonjour à ma tante. Ne vous troublez pas, Émilie, et n'ayez pas peur, les enfants, ce n'est pas dangereux. Ma chère sœur, tu peux ouvrir la porte. Voici ma tante Elsa Bergius. Bonjour, ma tante. Comment allez-vous aujourd'hui ? Figurez-vous que nous avons de la visite et pas n'importe qui. Ma future épouse ! Émilie Ekdahl, la célèbre actrice dont vous avez certainement entendu parler.

ÉMILIE : Bonjour, mademoiselle Bergius. Saluez bien tante Bergius, les enfants. Allons, viens, Amanda, ne reste pas là.

EDVARD : Non, non, cela ne fait rien. Si Fanny et

Alexandre ne veulent pas dire bonjour aujourd'hui, ils le feront une autre fois. Cela n'a absolument aucune importance. Nous n'allons pas les forcer.

La femme difforme regarde les enfants d'un œil aigu sous la graisse des paupières, elle laisse flotter un léger sourire sarcastique sur ses lèvres et hoche plusieurs fois la tête. Quand elle respire, elle fait comme un bruit de pompe rouillée. Une odeur sure et humide se dégage de cette dame affalée dans son fauteuil.

EDVARD : Il est maintenant temps d'aller saluer madame Tander, notre excellente cuisinière qui est dans notre famille depuis trente ans. Bonjour, madame Tander, voici donc ma future épouse, madame Émilie Ekdahl, et voici ses enfants Amanda, Fanny et Alexandre.

MADAME TANDER (fait une révérence) : Bonjour, madame Ekdahl, soyez la bienvenue.

ÉMILIE (effrayée) : Bonjour, madame Tander.

HENRIETTA : Et voici nos braves aides : Karna, Selma et la petite Justina. Tu verras le jardinier une autre fois, il fait des courses et le cocher est souffrant, comme d'habitude. On passe à table ?

On regagne les étages supérieurs de la maison. L'imposant escalier en pierre avec les hautes colonnes et les fenêtres étroites et verdâtres retentit d'échos qui se croisent et de rires forcés. L'évêque a pris Émilie par la main, il l'entraîne avec lui dans la chambre à coucher. Ils sont tous les deux un peu essoufflés puisqu'ils ont couru devant les autres.

EDVARD : J'ai un souhait. Un seul, mais il est important. Je veux te le dire sans plus attendre pour que tu aies la possibilité de changer d'avis si tu estimes impossible de l'exaucer.

ÉMILIE : Dis-le-moi.

EDVARD : Je veux que toi et tes enfants, veniez dans ma maison sans aucuns biens.

ÉMILIE : Qu'est-ce que tu entends par là ?

EDVARD : Tu es riche, tu es habituée à un luxe que je ne peux pas te donner. C'est la raison pour laquelle je veux que tu quittes le théâtre.

ÉMILIE : Nous nous sommes déjà mis d'accord sur ce point. Maintenant, embrasse-moi et dis-moi que je suis un don de Dieu à Monseigneur l'Évêque.

EDVARD (l'embrasse rapidement) : Je veux que tu abandonnes ta maison, tes vêtements, tes bijoux, tes meubles, tes amis, tes biens, tes habitudes, tes pensées. Je veux que tu abandonnes complètement ta vie passée.

ÉMILIE : Tu veux que je vienne toute nue ?

EDVARD (sourit) : C'est sérieux, mon amour. Il faut que tu entres dans ta nouvelle vie comme si tu venais de naître.

ÉMILIE : Et les enfants ?

EDVARD : Les enfants aussi.

ÉMILIE : Leurs jouets, leurs poupées, leurs livres… les petits…

EDVARD (l'interrompant) : Rien.

ÉMILIE : Je dois leur en parler.

EDVARD : C'est toi qui décides, Émilie.

ÉMILIE : Je peux décider pour moi. Pas pour les enfants. Et c'est pour ça que je dois leur demander.

EDVARD : Il faut qu'ils sacrifient quelque chose pour le bonheur de leur mère.

ÉMILIE : Te voilà déjà fâché. Embrasse-moi !

EDVARD : Pas du tout, je ne suis pas du tout fâché. (Il l'embrasse en souriant.)

ÉMILIE : Je saurai bien les convaincre.

EDVARD : Réfléchis, Émilie.

ÉMILIE : J'ai déjà réfléchi. Ma vie a été vide et superficielle, étourdie et facile. J'ai toujours envié la vie qui est la tienne.

EDVARD (ému) : Je le sais, je le sais.

ÉMILIE : Je n'ai personnellement aucun mal à suivre ton souhait. Je le fais avec joie.

EDVARD (les larmes aux yeux) : Je veux que nous vivions l'un près de l'autre. Nous allons vivre à la face de Dieu.

ÉMILIE : J'apprendrai à comprendre ce que tu veux dire lorsque tu parles de vivre à la face de Dieu.

EDVARD : Je t'ai raconté comment ma femme et mes deux enfants sont mortes noyées dans la rivière, il y a quinze ans. Pendant des années et des années, je me suis traîné dans la vie comme un ver de terre gris. Je te voyais de loin, toujours avec d'autres gens, il était impossible de t'atteindre, mais je t'attendais, mon attente et mon désir sont devenus la meilleure part de ma vie. Je te tiens maintenant dans mes bras et tu me promets de venir chez moi pour toujours. C'est une grâce incompréhensible.

ÉMILIE : Je crois que je n'ai jamais vraiment rien pris à cœur dans cette vie. Ni mon métier, ni mes enfants, ni personne. Il m'est arrivé parfois de me demander s'il n'y avait pas quelque chose qui n'allait pas. Je ne pouvais pas comprendre pourquoi rien ne me faisait jamais vraiment mal, pourquoi je ne me sentais jamais vraiment gaie. Je sais maintenant que la décision est là ! Nous allons nous faire mal, je le sais, mais je n'ai pas peur. Nous allons aussi nous faire plaisir, je le sais et je pleure d'inquiétude car le temps est court, les jours passent si vite et rien n'est immuable.

Tu dis que ton Dieu est le Dieu de l'amour. C'est beau et je voudrais pouvoir croire comme toi tu crois. Peut-être y arriverai-je un jour. Mon Dieu à moi, Edvard, est différent. Il est comme moi, flottant, sans limites et impossible à saisir, à la fois dans sa cruauté et dans sa tendresse. Je suis comédienne, j'ai l'habitude de porter des masques. Mon Dieu porte mille masques, il ne m'a jamais montré son visage, de même que je suis incapable de te montrer à toi ou à Dieu mon vrai visage. À travers toi, j'apprendrai à connaître l'être de Dieu. Embrasse-moi et tiens-moi fort dans tes bras, immobile, comme toi seul, mon amour, tu sais le faire.

4

On célèbre le mariage par un jour d'été ensoleillé, dans le grand salon de madame Héléna. La cérémonie est présidée par l'oncle de l'Évêque, un vieux pasteur presque centenaire qui habite la grande plaine. Il a été décidé que seuls les proches y assisteraient, cela n'empêche pas l'assistance d'être quand même relativement nombreuse : Gustav Adolf et leurs enfants Petra et Jenny, Carl et Lydia, Isak Jacobi et des comédiens de la troupe : Filip Landahl, la petite mademoiselle Schwartz, le grand Tomas Graal et Grete Holm. Pour l'Évêque, il y a sa mère Blenda et sa sœur Henrietta. Mademoiselle Ester, mademoiselle Vega et madame Malla Tander qui ressemble à un rat, se tiennent au premier rang. Les autres domestiques se pressent dans l'ouverture de la porte.

À la demande de l'Évêque, les dames ont des robes sombres toutes simples, les deux pasteurs ont revêtu leur redingote et les autres messieurs l'habit, ce qui peut donner éventuellement l'impression d'une cérémonie funéraire.

La mariée est calme mais pâle. Le marié est parfois saisi d'émotion et à plusieurs reprises, il lui arrive d'être obligé de s'essuyer le nez. Amanda et Fanny ne pensent qu'aux aspects romantiques de la situation et elles en profitent sans imaginer le moins du monde ce qui peut-être les attend. Alexandre est mal en point. Il a de la fièvre, mais on considère qu'il n'est pas assez malade pour pouvoir manquer la cérémonie. Les yeux écarquillés, la bouche ouverte d'étonnement, il regarde, en pleine lumière, juste derrière la statue de la Vénus de Milo, Oscar Ekdahl suivre la cérémonie d'un œil à la fois intéressé et souriant.

Quand la cérémonie se termine, l'atmosphère s'allège. Le besoin d'effusion propre aux Ekdahl brise toutes les digues : on s'embrasse, on se regarde dans les yeux, on pleure de vraies larmes, on se presse les mains. L'Évêque se sent tout à coup enfermé dans une communauté familiale qui l'émeut et le trouble. On apporte du champagne, on boit à la santé l'un de l'autre, le climat devient presque joyeux. Filip Landahl sent qu'il a le devoir de prononcer un discours, bien que tous les discours soient interdits, ce qu'il mentionne dès son introduction, tout en assurant que ce qu'il va dire n'est absolument pas un discours, mais bien plutôt une explosion de tendresse à l'égard de sa chère Émilie Ekdahl, la grande actrice et la femme merveilleuse. Il la remercie pour leurs années communes, il exprime l'espoir qu'elle sera bientôt de nouveau sur la scène, entourée de ses camarades. Là, Filip Landahl devient biblique, il cite la parole du Seigneur sur la lumière et le boisseau, après quoi, émoustillé par le champagne, il prétend que le Théâtre est une église qui vaut bien la Cathédrale et que comédiens, évêques, musiciens, pasteurs, peintres et vicaires forment tous un seul clergé au service du Dieu vivant, chacun dans sa chapelle. Très ému par ses propres paroles, le vieux comédien va jusqu'à la mariée et il lui donne un retentissant baiser sur la bouche, puis il secoue la main du marié entre ses deux mains et il propose (comme il est le plus âgé) que désormais, ils se disent « tu ». L'Évêque apprécie modérément cette initiative, il s'efforce de sourire et dit qu'il s'appelle Edvard, Filip Landahl lui tape alors sur l'épaule et il éclate de rire comme si tout ça était une merveilleuse plaisanterie.

Maintenant, on se dit adieu. Selon le souhait de l'Évêque, sa nouvelle famille doit aller à pied et ne doit rien emporter sur le court chemin qui sépare la maison des Ekdahl, sur la Grande Place, de l'Évêché. C'est ce qui arrive. Après des au-revoir sans fin et tout le tumulte de sentiments qu'ils entraînent, Edvard Vergérus s'en va vers la nouvelle maison, sa femme Émilie à son bras, suivi par les trois enfants. Émilie, pleine de brillantes expectatives devant la vie nouvelle qui l'attend, éclate de force et de confiance. Fier et heureux de sa belle épouse, l'Évêque salue à droite et à gauche les gens qu'ils rencontrent, il soulève son chapeau de docteur en théologie. Sa femme sourit et rayonne. Selon l'opinion générale, l'art et la religion ont conclu une heureuse alliance. Cependant, personne ne fait de commentaires sur les trois enfants qui forment l'arrière-garde.

Depuis les fenêtres du salon de madame Héléna, la famille assiste, à l'abri des rideaux, à cette étrange procession. L'émotion du moment s'est calmée, on a fini le champagne. La famille Ekdahl éprouve de brusques et violents regrets.

ALMA : Est-ce que c'est bien, tout ça ?

LYDIA : Tu as bien vu comme la chère Émilie était heureuse.

HÉLÉNA : Je pense aux enfants.

GUSTAV ADOLF : Ils vont s'habituer, maman.

CARL : Il paraît que cet évêque est un terrible coureur de jupons.

LYDIA : Tu n'en sais rien, mein Carlchen.

ALMA : Je ne sais pas pourquoi, mais je n'ai envie que de pleurer.

HÉLÉNA : Ils auraient dû se payer un voyage de noces.

GUSTAV ADOLF : J'ai voulu leur offrir ma maison en Provence, mais Émilie ne me l'a pas permis.

ALMA : Elle semble terriblement respecter son nouveau mari.

LYDIA : Un bel homme, quoi qu'on dise.

PETRA (bourrue) : Il a de fausses dents.

ALMA : Je n'ai jamais rien entendu d'aussi stupide. Ce n'est pas vrai.

HÉLÉNA : Sa mère était ravissante.

CARL : Mais il paraît que sa sœur est une mégère.

GUSTAV ADOLF : Et la cuisinière ressemble à un rat d'égout.

HÉLÉNA (avec tristesse) : Je crois qu'Émilie nous reviendra. Bientôt.

5

À l'Évêché. On est à table pour le dîner. Un feu de bois brûle dans la cheminée et lutte, vainement, contre l'humidité qui monte de la nuit du fleuve. Le soleil couchant pose des rais de lumière tranchants à travers la pièce qui s'obscurcit. C'est la première fois qu'on est assis ensemble autour de la lourde table de chêne : l'Évêque et Émilie en face l'un de l'autre, les enfants le long d'un des imposants côtés, madame Blenda et mademoiselle Henrietta de l'autre. Entre elles, il y a l'énorme mademoiselle Bergius, à qui elles donnent à manger à tour de rôle. La grosse femme geint doucement. En remuant lentement ses mâchoires édentées, elle ferme les yeux et un grognement à peine perceptible monte de sa gorge. Deux ombres, le visage gris et les yeux baissés, servent à table : Selma et Justina. On ne voit pas madame Tander.

EDVARD (enjoué) : Nous voici donc à table ensemble pour la première fois.

HENRIETTA : On dirait que les enfants n'ont pas d'appétit.

ÉMILIE : Il faut les comprendre, Henrietta, ils sont inquiets devant tout ce qui est neuf et inhabituel. Il faut le comprendre.

HENRIETTA : Il se pourrait aussi qu'ils méprisent le bon pain et la bonne nourriture.

EDVARD : Ce soir, Henrietta, nous devons être joyeux.

HENRIETTA : Je ne tiens nullement à gâcher notre première soirée ensemble en me montrant sévère, mais dorénavant — autant que je le dise tout de suite — dorénavant, personne ne quittera la table avant d'avoir mangé tout ce qui est dans son assiette…

ÉMILIE (l'interrompant) : Chère Henrietta. C'est moi qui décide pour mes enfants. Et j'ai l'intention de décider…

HENRIETTA (l'interrompant) : Il existe une règle fondamentale dans cette maison, une règle à laquelle personne ne peut se soustraire, même pas toi, chère Émilie, et c'est le respect des dons de ce monde.

ÉMILIE : Je crois que tu as mal compris quelque chose de tout à fait essentiel, chère Henrietta, mais je propose que nous remettions cette discussion à une occasion plus adéquate.

HENRIETTA : Excuse-moi, chère Émilie. Je m'oublie. Excuse-moi !

ÉMILIE : Tu es sûrement une bien meilleure maîtresse de maison que moi. Je te demanderai conseil en tout.

HENRIETTA : Edvard m'a fait cent fois la leçon (elle pleure et rit en même temps). Ce n'est pas facile de comprendre qu'on est devenu inutile.

MADAME BLENDA (l'interrompant) : Maintenant, Henrietta, ça suffit.

Henrietta cesse immédiatement de pleurer et jette un étrange regard apeuré sur sa mère. La gorge de mademoiselle Bergius grogne faiblement. Les enfants contemplent leurs assiettes pleines à ras bord, d'un air maussade.

HENRIETTA (souriant) : Quelque chose que je *peux* dire, peut-être, c'est que dans cette maison, nous nous levons de bonne heure en semaine, comme le dimanche. Nous nous réunissons à six heures pour la prière du matin dans le bureau d'Edvard. Je veux dire aussi que nous faisons nous-mêmes nos lits et que nous nettoyons nous-mêmes nos chambres. L'ordre, la ponctualité et la propreté règnent dans cette maison.

MADAME BLENDA (l'interrompant) : Ne soyez pas effarouchés, mes petits enfants. Ma fille ne veut rien dire de mal, comme on pourrait peut-être le croire. Pour commencer, nous prendrons tout par son côté plaisant.

ÉMILIE : Je ne comprends pas ce que vous entendez par là, Blenda. Si votre intention est d'introduire je ne sais quelles méthodes éducatives…

MADAME BLENDA (l'interrompant) : Pas du tout, ma petite Émilie, pas du tout ! Je suis persuadée que peu à peu, les enfants comprendront d'eux-mêmes quel plaisir c'est que de remplir ses devoirs avec soin. Je veux dire simplement que tout doit se passer comme un jeu.

ÉMILIE : Je ne crois pas que mes enfants aiment ce genre de jeux. Moi non plus, d'ailleurs.

MADAME BLENDA : L'avenir le dira, ma chère Émilie.

EDVARD (conciliant) : Maintenant, joignons nos mains et remercions Dieu du repas qu'Il nous a donné. (Il récite.) Merci, Seigneur, de nous avoir donné aujourd'hui encore le nécessaire et aide-nous à donner d'un cœur généreux de notre superflu à ceux qui ont faim et qui ont soif. Amen.

ALEXANDRE (tout bas) : Trou du cul — trou du con — trou des fesses — trous des chiottes — et bite et merde et bite et merde et bite et merde.

FANNY pouffe de rire.

AMANDA la fait taire.

EDVARD : Qu'est-ce qu'Alexandre nous raconte donc de si drôle ?

Alexandre ne répond pas, mais il devient tout rouge. Fanny pouffe encore plus. Amanda secoue la tête et boit de l'eau pour dominer son rire.

EDVARD : Il faut que tu saches, Alexandre, que ton beau-père a une excellente ouïe, on pourrait même dire, une ouïe terrifiante. Alors, on se lève de table ? Nous nous reverrons dans une heure, dans la bibliothèque, pour un moment de lecture à haute voix et de travail de couture. Henrietta, veux-tu avoir la gentillesse de montrer aux enfants où ils vont habiter.

6

Les chambres des enfants viennent d'être repeintes, tapissées et lavées. Elles donnent sur une cour étroite, pavée de galets ronds, avec un puits profond. Fanny et Amanda ont la plus grande chambre, Alexandre règne sur quelque chose qui ressemble à un triangle ou plutôt à une sorte de réduit. Les lits, faits de lattes en bois avec des fonds durs, ont été passés au brou de noix, les draps sont rêches, ils sentent l'humidité. Rares sont les meubles. Contre un des murs, s'élève une vieille et grande maison de poupées. Près de la fenêtre, il y a une table basse et quelques chaises grossières pour enfants. Dans la chambre d'Alexandre, il y a une bibliothèque pleine de livres illustrés écrits dans une langue étrangère, il y a aussi de vieux magazines déchirés. Des tableaux à sujets bibliques sont accrochés aux murs : l'enfant Jésus au milieu d'animaux domestiques et sauvages, une palme à la main. Il sourit d'un sourire imbécile. Un autre tableau représente un ange avec sept bougies dorées survolant une maison endormie dans un paysage d'hiver. On peut voir aussi la fille du Pharaon penchée sur un panier qui flotte au milieu des roseaux. Un gros bébé rose cochon repose dans le panier. Des pampres et des châteaux forts élancés sont peints sur les stores. Les planchers sont pleins de nœuds et d'échardes, il n'y a pas de tapis. Dans un coin, un cheval à bascule, l'air méchant. Sur une étagère, une flûte.

Une fois lavés avec de l'eau glacée, les enfants se sont couchés sous la surveillance de la maigre Justina. La mère et le beau-père viennent leur souhaiter une bonne nuit. On lit la prière du soir réglementaire à l'unisson. L'oncle Edvard est inclus dans la liste des personnes qui sont spécialement recommandées aux bonnes pensées de Dieu : Dieu protège papa, maman, grand-mère, l'oncle Edvard, etc. Alexandre récite sa variante personnelle dans laquelle l'oncle Edvard devient le Furoncle Noir et il refuse d'embrasser aussi bien mère que beau-père. Il reçoit en retour de l'évêque une caresse qu'on pourrait plutôt qualifier de gifle. Alexandre avale les larmes qui jaillissent et il tire la langue dans le dos noir du pasteur. Émilie demande à son mari de la précéder dans leur chambre à coucher, il hésite, mais il obéit, sur le pas de la porte, il se retourne, la lumière allumée dans la pièce derrière lui, donne à sa silhouette des proportions terrifiantes.

EDVARD : Mon plus cher désir est que nous vivions en paix les uns avec les autres. L'amour ne se commande pas, mais nous pouvons nous témoigner mutuellement égards et respect.

Il dit ça d'une voix basse, blanche et triste. Comme personne ne lui répond, il hoche la tête et s'éloigne. Ses pas résonnent sur le dallage du couloir qui mène à la chambre.

AMANDA : Qu'est-ce que c'est que cette maison de poupées ?
ÉMILIE (doucement) : Il y a quinze ans, deux petites filles vivaient dans cette pièce.
AMANDA : Elles se sont noyées, n'est-ce pas ?
ALEXANDRE : Et leur maman aussi.

FANNY : Elles sont peut-être devenues des fantômes.

ÉMILIE : Ne dis pas de sottises, Fanny. Les fantômes, ça n'existe pas.

AMANDA : Les enfants dormaient dans cette chambre ?

ÉMILIE : Je crois que c'était la chambre des enfants.

FANNY : Et tout à coup, un soir, alors que la nuit tombe et qu'on entre dans cette chambre, deux petites filles sont là, pâles et vêtues de noir, elles sont devant la maison de poupées et elles disent en chuchotant qu'elles sont venues jouer avec moi.

ÉMILIE (rit) : Tais-toi, Fanny ! Ne sois pas si bête !

FANNY : Après elles attirent Fanny dans un endroit profond de la rivière et Fanny ne peut rien dire, elle ne peut pas appeler au secours. Et tout à coup, Fanny disparaît.

ALEXANDRE : Je ne veux pas habiter ici.

AMANDA : Tu m'as promis de me laisser commencer dans le ballet de l'opéra cet automne. Je ne reste qu'à condition de partir au mois de septembre.

FANNY : Je trouve que nous avons un beau-père ennuyeux.

ALEXANDRE : Et cette sœur, elle doit être un peu dérangée, non ?

AMANDA : Et la grosse dondon à qui il faut donner à manger.

FANNY : Maman, j'ai faim.

Émilie reste silencieuse un instant, elle cligne plusieurs fois des yeux. Puis elle porte ses mains à son visage, mais elle s'arrête et sourit à Fanny.

ÉMILIE : Il faut me laisser un peu de temps. Il y a beaucoup de choses à changer. Certaines iront plus vite, d'autres vont prendre beaucoup de temps. L'essentiel, c'est de ne pas perdre courage. L'essentiel, c'est de rester unis.

AMANDA : Pourquoi t'es-tu mariée avec l'oncle Edvard ?

ÉMILIE : Je me suis mariée avec lui parce que je l'aime. Vous aussi, je vous aime, mais je me suis sentie si seule depuis la mort de papa. Voilà. Maintenant, nous allons dormir. Quand nous ne serons plus aussi fatigués, tout sera plus drôle.

Elle embrasse ses filles. Alexandre repousse fièrement toute approche, il regarde sa mère d'un œil froid. Malgré cela, elle se penche sur lui et l'enveloppe de son bon parfum et sourit.

ÉMILIE : Ne joue pas Hamlet, mon garçon. Je ne suis pas la reine Gertrud et ton gentil beau-père n'est pas le roi du Danemark et on n'est pas ici à Kroneborg, même si ça paraît triste.

Furieux, Alexandre se rejette dans son lit et il ferme violemment les yeux. Sa mère le regarde un moment, puis elle s'en va et referme la porte derrière elle. Il fait d'abord absolument noir, mais bientôt, la lumière de la nuit d'été filtre à travers les stores clairs et peints.

Les enfants chuchotent un peu, puis Alexandre

vient se glisser dans le lit de Fanny. Après s'être agités tous deux un instant, ils s'en vont, avec leurs oreillers, jusqu'au lit d'Amanda qui leur fait de la place. Ils s'endorment presque aussitôt.

Les événements de l'été

1

Les familles Ekdahl passent, exactement comme tous les autres étés, l'été 1909 à Eknäset. Tout est comme d'habitude et pourtant, tout est changé. Émilie et ses enfants ne sont pas là. La maison est silencieuse et vide.

Dans son souci d'élégance de vieille dame, madame Héléna prétend qu'elle ne dort jamais. Elle vient néanmoins de s'assoupir. Assise sous la véranda, dans un confortable fauteuil en osier, elle fait reposer sur un tabouret son pied dans le plâtre, elle a sur les genoux une couverture au crochet. Son livre est tombé par terre, elle repose, son visage pâle et serein contre le coussin, même quand elle dort, madame Héléna a de la tenue et elle garde la bouche fermée. Une pluie d'été, douce mais ininterrompue, tombe sur la lourde verdure qui entoure la maison et masque presque la vue sur la baie. De temps en temps, le tonnerre gronde, mais sans conviction, sur la mer. La pluie chuinte sur les vitres, les gouttières et les tonneaux en dessous gargouillent et clapotent, la véranda est comme une cloche de verre plongée dans une mer glauque. Madame Héléna s'est endormie bercée par la pluie d'été : l'enfance, sa confiance, les jours passent, soudain te voilà vieille, la pluie tambourine sur le toit : l'enfant dort, il dort aussi dans le sommeil de la vieille femme, les jours n'ont pas passé, la grande pendule de la salle à manger fait tic tac, elle se racle la gorge, sonne les heures, fait son devoir même si les heures et les minutes n'existent plus. La maison est vide, abandonnée. Madame Héléna repose sans rêves parmi des senteurs de fleurs des champs, de vieux meubles en osier et de plancher chauffé par le soleil, senteurs qui règnent sous la véranda. Le parfum de la lourde verdure humide et de l'eau de la baie envahit cet éphémère après-midi d'été et entre par une fenêtre entrouverte.

Mais voici que le téléphone sonne sur le guéridon près du fauteuil de madame Héléna. La vieille dame se réveille aussitôt (bien sûr qu'elle ne dormait pas, elle a juste fermé les yeux une seconde, mais aussi quel livre terriblement assommant, un de ces auteurs actuels, à l'accent prolétarien). Madame Héléna est, comme nous l'avons dit, parfaitement éveillée et elle contrôle parfaitement sa voix quand elle décroche le combiné et répond un « allô » joliment modulé.

MADAME HÉLÉNA : Non, mais c'est toi, mon vieil Isak ! Comme c'est gentil ! Non, non, tu ne me déranges pas du tout. Je venais tout juste de fermer l'œil un instant. Tout le monde m'a abandonnée. C'est l'excursion annuelle à l'île au Rocher. Qu'il pleuve ou qu'il vente, Gustav Adolf ne change jamais rien au programme. Ils sont tous partis à dix heures. Il faisait encore assez beau, mais des nuages de pluie montaient à l'intérieur des terres. Ils sont partis avec les deux bateaux. Ici, il n'y a pas âme qui vive. Les bonnes aussi sont parties avec eux. Qu'est-ce que tu crois ? La tradition, c'est la tradition. Tu ne voudrais pas venir un peu pour changer ? Merci ! Viens, je t'en prie, ne sois pas têtu. Tu ne peux pas rester tout l'été dans ta sale boutique. Tu finiras par devenir aussi poussiéreux que tes machines ou tout ce qui est autour de toi. Tu veux que je vienne chez toi ? Merci bien, je suis ici depuis trois semaines, avec le pied dans le plâtre. J'ai voulu jouer à la marelle avec Jenny, tant pis pour moi. Je ne me plains pas, je me porte à merveille. Je reste toute seule, je ne connais rien de mieux. Qu'est-ce que tu dis ? Ça craque dans l'écouteur, je ne t'entends pas. Il y a de l'orage quelque part, on dirait qu'il arrive par ici. Oui, c'est ça. Justement mon ami. Essaie d'espionner un peu. Je m'inquiète un petit peu. À vrai dire, je suis très inquiète. Non, nous n'avons rien appris. Émilie nous a simplement fait savoir qu'elle et les enfants passeraient l'été en ville. L'Évêque ne prend pas de vacances. Il paraît qu'il est en train d'écrire un gros ouvrage. Voilà que ça se remet à craquer ! Tu ne pourrais pas te renseigner discrètement ? Les enfants ne sont pas venus te voir ? Ce n'est pas bien, ça, Isak ! À la seule idée de cette grosse maison blanche avec ses murs épais, je me sens mal. Ce n'est pas un endroit pour les enfants, en été. Maintenant, je n'entends plus rien de ce que tu dis. Rappelle-moi dans une heure environ. Ou bien c'est moi qui te rappellerai. Cela vaut mieux. Allô, allô, allô. Ça ne marche pas. Tu m'entends, Isak ? Je t'entends très loin. Alors, je raccroche. Et je te rappelle dans une heure !

Madame Héléna repose le combiné et soupire de contrariété. Le tonnerre gronde au loin. La pluie grossit, un souffle traverse la sombre verdure. La fenêtre s'ouvre et madame Héléna est obligée de se lever, de se pencher sur sa table et de refermer. Elle a le visage et les mains mouillés.

HÉLÉNA : Et si je me faisais une tasse de chocolat.

Elle hoche la tête. C'est une excellente idée. Une tasse de chocolat avec un de ces croustillants chaussons de mademoiselle Vega. Elle va pour exécuter son projet quand quelqu'un traverse la salle à manger et s'arrête discrètement près de l'armoire à linge. On ne peut pas voir qui est là.

HÉLÉNA : Qui est là ?
MAJ : Ce n'est que moi, madame Ekdahl.
HÉLÉNA : C'est toi, Maj ? Entre donc, ma chère enfant. Quel plaisir !

Maj pénètre sous la véranda. Elle est enceinte et très grosse, mais belle et bien habillée. Ses cheveux roux sont ramassés dans un chignon très convenable. Elle a jeté un léger manteau sur ses épaules. Son visage couvert de taches de rousseur est humide de pluie.

MAJ : Bonjour, madame Ekdahl. J'espère que je ne vous dérange pas.

HÉLÉNA : Mais pas du tout, pas du tout. Embrasse-moi. Voilà. C'est bien. Très jolie, très jolie. Tu l'as faite toi-même ? Joli tissu, joli dessin.

MAJ : Oui, je l'ai faite moi-même.

HÉLÉNA : Tu n'es pas de l'excursion ?

MAJ (riant) : Dans le bateau, avec mon gros ventre, il n'y aurait pas eu assez de place pour moi.

HÉLÉNA : Balivernes, Maj. C'est Alma ?

MAJ : Non, non, Alma est très gentille.

HÉLÉNA : Alors, c'est Lydia ? Mais oui, bien sûr.

MAJ : Je ne veux pas qu'il y ait d'histoires. C'est tellement délicat.

HÉLÉNA : Je comprends. Veux-tu que nous nous fassions une tasse de chocolat ? Mademoiselle Vega a fait des chaussons pour l'excursion.

MAJ : Je veux bien.

HÉLÉNA : Qu'y a-t-il, Maj ? Quelque chose ne va pas ?

MAJ : Je suis peut-être bête de m'inquiéter.

HÉLÉNA : Tu t'inquiètes à cause des enfants ?

MAJ (hoche la tête) : Amanda et moi étions convenues que nous nous écririons. Je lui ai déjà envoyé sept lettres.

HÉLÉNA : Et tu n'as pas reçu de réponse ?

MAJ : Une carte postale. Il y a trois semaines. La voici.

Maj lui remet une carte postale représentant le bâtiment principal du Jardin Botanique. Au dos, Amanda a tracé un message : « Chère Maj. Nous allons bien. Aujourd'hui, l'oncle Edvard nous a conduits en excursion au Jardin Botanique. Nous avons beaucoup appris au sujet de fleurs rares. Merci de tes lettres. Je t'écrirai quand j'aurai le temps. Amanda. Fanny et Alexandre t'embrassent. »

Madame Héléna a oublié le chocolat et les chaussons, elle s'est affaissée dans son fauteuil et reste pensive un petit moment, la carte postale à la main, elle l'examine des deux côtés comme s'il s'y cachait quelque message secret. Puis elle la rend à Maj, avec un rapide sourire.

HÉLÉNA : Je crois que nous sous-estimons Émilie. Elle est tout à fait capable de prendre soin des enfants comme d'elle-même. Nous nous inquiétons pour rien.

MAJ : Je suis dans la famille depuis avant la naissance de Fanny. Ce sont aussi mes enfants.

HÉLÉNA : Tu t'en vas déjà ?

MAJ : Je savais que madame Ekdahl était seule et... et j'ai voulu parler avec madame Ekdahl.

HÉLÉNA : Reste encore un peu.

MAJ : Merci infiniment de votre gentillesse, madame Ekdahl, mais j'ai promis que le dîner serait prêt pour leur retour et je n'ai pas encore mis le rôti au four.

Héléna jette un regard perçant sur la jeune femme qui se met aussitôt à pleurer. Elle cache son visage avec son avant-bras et pleure en silence, ses larmes coulent, coulent comme la pluie d'été.

HÉLÉNA : Assieds-toi.
MAJ (secoue négativement la tête) : Non merci.
HÉLÉNA : C'est difficile ?
MAJ (soupire faiblement et pleure) : C'est difficile.
HÉLÉNA : À cause de la pâtisserie ?
MAJ : À cause de cela aussi.
HÉLÉNA : Je comprends. Gustav Adolf s'entête.
MAJ (fait oui de la tête et pleure) : Je ne veux pas le blesser. Il est si gentil. (Un silence, elle pleure.) Mais c'est surtout pour les enfants que je m'inquiète. Excusez-moi de pleurer comme ça. Ce n'est pas bien. Excusez-moi.

Elle fait une révérence et sort par la salle à manger.

2

En ville, comme à Eknäset, la pluie tombe et le tonnerre gronde. La chambre des enfants est sombre et humide, dans le poêle, un feu de bois languissant se réduit en charbon. Fanny joue sans entrain avec la maison de poupées. Amanda lit un gros livre écrit en gothique, avec des lithographies en couleur : les *Contes* des frères Grimm. Alexandre est assis à la table. La tête entre les mains. Il regarde la pluie tomber sur la fenêtre carrée, les pavés ronds de la cour exiguë, le puits et sa coupole en fer, le mur gris, en face, pareil à celui d'une prison. Une clef tourne dans la serrure et Justina entre, elle porte un plateau avec le souper des enfants : trois bols de bouillie et trois tranches de gros pain.

JUSTINA : Lorsque vous aurez fini de manger, il faudra aller tout de suite au lit. Le plateau restera jusqu'à demain. J'ai demandé à Monseigneur si vous deviez rester enfermés demain aussi, mais je n'ai pas obtenu de réponse. Madame Tander vous envoie quelques gâteaux à la confiture, si mademoiselle Vergérus s'aperçoit que je vous les ai donnés, je vais me faire disputer. Je les pose là.

AMANDA : Maman n'est pas rentrée ?

JUSTINA : Madame n'est pas rentrée.

Justina reste près de la table, ses bras maigres sont croisés sur sa poitrine, elle sourit avec pitié et pousse un soupir.

FANNY : Je veux que maman revienne.

ALEXANDRE : Arrête de radoter. Elle a dit qu'elle reviendrait ce soir, si elle avait un train. Sinon, elle reviendra demain.

JUSTINA (soupire) : Il n'y a pas très longtemps que

je suis dans cette maison, dieu merci, mais madame Tander qui était déjà cuisinière au temps de l'ancienne madame, elle peut en raconter des choses.

Les enfants se sont réunis autour de la table, ils commencent à ingurgiter à contrecœur la bouillie couverte de peau après avoir mangé les gâteaux mous à la confiture. Justina rôde dans la pièce, elle tire la tirette du poêle, tue une mouche, enlève les dessus-de-lit des filles, accroche quelques vêtements dans le réduit triangulaire d'Alexandre. Elle a apparemment envie de dire quelque chose, mais elle hésite.

ALEXANDRE : Vous voulez un morceau de gâteau, Justina ?
JUSTINA : Oui, volontiers.

Elle s'approche de la table, prend rapidement le gâteau qu'il lui tend et l'avale promptement, la tête penchée et le ventre pointé en avant.

ALEXANDRE : Et que raconte madame Tander ?
JUSTINA : Madame Tander dit que du temps de l'ancienne madame, c'était pareil. Mais pire.

Personne n'ajoute un mot. La pluie chuinte sur les vitres, on entend au loin gronder le tonnerre. Bien qu'il ne soit que trois heures de l'après-midi, la pièce est pleine d'ombre.

JUSTINA (après un silence) : Pauvres enfants.
AMANDA : C'est de nous que tu parles ?
JUSTINA : Je ne parle pas tout à fait de vous. Je parle des pauvres petites qui ont trouvé la mort dans cette eau noire. Madame a voulu les sauver, mais elle a été entraînée dans les tourbillons. On les a ensuite retrouvées près du pont de la cathédrale. Elles s'étaient agrippées les unes aux autres. Elles formaient un seul corps. Il a fallu leur scier les bras pour pouvoir les mettre chacune dans un cercueil. Madame Tander dit que depuis, le calme n'est jamais tout à fait revenu dans cette maison.
AMANDA : Les fantômes, ça n'existe pas.

Fanny et Alexandre échangent un regard, Justina se frappe la poitrine avec sa longue main maigre et secoue la tête.

JUSTINA : Dieu me garde de vouloir faire peur à personne. Mais on ne se sent pas bien dans cette maison. Regardez ma main gauche : la peau a été arrachée, on voit la chair rouge. J'allais servir le café du matin à Monseigneur et quand j'ai touché la poignée de la porte, la peau s'est collée dessus et s'est déchirée. (Elle chuchote.) Et alors, quelqu'un a ri. Je l'ai entendu distinctement, je me suis retournée, mais *il n'y avait personne.* Il faut plaindre ceux qui sont obligés de… mais je parle trop. Je devrais sans doute me taire. Je vais maintenant fermer la porte à clef, mais ne vous inquiétez pas, Madame sera sûrement de retour demain et Monseigneur, en personne, viendra vous délivrer de votre prison. Allez vous coucher tout de suite et dormez bien, le temps passera plus vite. Je laisse le plateau jusqu'à demain.

ALEXANDRE (tout à coup) : Je les ai vues, moi.
FANNY : Qui as-tu vu ?
ALEXANDRE : Madame et les enfants, bien sûr.
AMANDA : Voilà Alexandre qui recommence à mentir !
ALEXANDRE : Parole d'honneur, je les ai vues.

Justina, qui était sur le point de ressortir, referme doucement la porte et revient à la table.

JUSTINA : C'est vrai ?
ALEXANDRE : Parole d'honneur de citoyen suédois.
AMANDA : Les fantômes, ça n'existe pas.
FANNY : Ne sois pas stupide, Amanda. Les fantômes ça n'existe pas, mais les esprits et les visions ça existe. Tout le monde sait ça, on le voit même dans la Bible.

Justina s'est assise sur un tabouret qu'elle a approché avec sa jambe droite. On ne voit que sa tête au-dessus de la table. Alexandre a son public.

ALEXANDRE : Si vous ne voulez pas que je vous raconte, je vais me taire, bien sûr. Seulement Fanny sait que je dis la vérité.

Fanny hoche la tête, l'air mystérieux. Amanda regarde son frère et sa sœur avec effroi et méfiance, comme si tout cela n'était qu'un complot destiné à lui faire peur, à elle justement. Justina sourit, mais ce sourire ne se communique jamais à ses yeux.

FANNY : Parce que moi aussi, j'ai vu.

ALEXANDRE : Mais tu n'étais pas là quand la dame a parlé.

JUSTINA : Alors comme ça, la dame a parlé avec Alexandre ?

ALEXANDRE : Ce que j'ai à vous raconter est naturellement horrible et il faut jurer de ne pas dire un mot de ce que je vais vous révéler.

FANNY (en supporter fidèle) : Où les as-tu vues ?

ALEXANDRE : Je sors de la bibliothèque où je viens d'aller voir cet homme qui a épousé ma mère. Il m'a engueulé à cause de mes mauvaises notes en allemand. Je traverse la salle à manger. Le soleil brille. Il fait inhabituellement clair dans la pièce, une clarté presque bizarre. Je vois d'abord l'une des petites filles dans la porte, elle passe simplement en courant, comme sur la pointe des pieds et on n'entend rien, puis l'autre fille, l'aînée, celle qui a des cheveux bruns et de grands yeux, arrive. Elle s'arrête, elle me regarde et me fait comme un signe de me retourner. Là, derrière mon dos, violemment éclairée par la lumière du soleil, il y a la dame en personne, dans sa robe noire. Elle me dit d'une voix faible et presque imperceptible de ne pas avoir peur, qu'elle a quelque chose à me raconter.

Alexandre fait une pause artistique, il rompt un morceau du pain noir et commence à mâcher. Tout à coup, il semble se désintéresser de l'histoire et jette un regard absent par la fenêtre.

AMANDA : Tu mens, tu veux tout juste faire le malin.
FANNY : Si tu ne veux pas écouter, tu peux aller dans la chambre d'Alexandre, tu fermes la porte et tu te bouches les oreilles.
JUSTINA : Et qu'a-t-elle dit ?
ALEXANDRE (lentement) : Je ne veux faire peur à personne, mais voici très exactement ce qu'elle a dit : « Je veux que tu connaisses notre secret. Ton beau-père, mon mari, nous a enfermées, mes enfants et moi dans la chambre à coucher, là nous avons vécu sans nourriture et sans eau pendant cinq jours et cinq nuits. Dans notre désespoir, nous avons décidé de fuir. Nous avons noué nos draps et essayé de descendre par la fenêtre jusqu'à l'étroite presqu'île qui s'avance comme un éperon dans l'eau profonde et tourbillonnante. Mes petites filles sont passées les premières, mais elles sont tombées droit dans l'eau et elles ont été aspirées vers le bas. J'ai tenté de les sauver, mais un noir tourbillon m'a saisie par mes vêtements. Sous l'eau, j'ai pu attraper les mains de mes enfants et les attirer à moi. »

Alexandre regarde son public, son horrible et triste spectacle a eu du succès. Justina se lève, elle secoue plusieurs fois la tête et fait un geste de la main comme pour éloigner quelque chose. Amanda a un pâle sourire, elle a envie de dire quelque chose de sarcastique, mais elle est trop émue. Fanny contemple son frère avec amour et admiration.

FANNY : Ça alors, bon sang !

ALEXANDRE : C'est un lourd secret que nous partageons.

JUSTINA : Allez vous coucher. Allez vous coucher. Je ferme.

AMANDA : Quelle heure est-il ?

JUSTINA : Un peu plus de trois heures de l'après-midi. J'ai entendu l'horloge de la cathédrale. Monseigneur m'a défendu de vous parler. Et je n'ai pas non plus le droit de vous dire l'heure qu'il est. Je vais être bien malheureuse si Alexandre n'arrive pas à se taire. Et il est de ceux qui bavardent. (Furieuse :) Je vous ai dit d'aller vous coucher. Allez, couchez-vous et taisez-vous.

Elle sort précipitamment et claque la porte, le bruit retentit dans le couloir, la clef fait du bruit. Les enfants entendent le pas rapide de Justina qui s'éloigne. La pluie continue à tomber sur l'étroite cour et son puits, sur l'Évêché et la Ville, sur la plaine et sur la mer qui vient à la rencontre de la plaine avec ses îlots, ses baies, ses récifs.

ALEXANDRE : Isak m'a dit : l'Homme peut paraître petit et insignifiant, mais il porte en lui des abîmes, des cieux et des éternités. Le malheur c'est qu'il ne comprend pas sa grandeur. Le malheur c'est qu'il vit sans cesse avec sa petitesse devant les yeux. Il exploite rarement ses véritables possibilités, voilà ce que m'a dit l'oncle Isak un jour, quand j'avais la rougeole.

AMANDA : Toi-même, tu ne comprends pas ce dont tu parles.

ALEXANDRE : J'apprends par cœur n'importe quoi et ensuite, quand je serai plus grand et que je comprendrai ce que j'ai appris, je pourrai utiliser mes connaissances.

AMANDA : Maj m'a raconté l'histoire d'un idiot à qui il suffisait d'avoir entendu une seule fois un sermon pour pouvoir le réciter ensuite, mot à mot, sans rien y comprendre.

FANNY : Si tu as tellement peur des choses qui ne se voient pas, je pense que tu devrais te chercher un autre frère et une autre sœur.

AMANDA : Il y a des choses dont il ne faut pas parler.

ALEXANDRE : « Il y a beaucoup de choses entre ciel et terre, Horatio. »

AMANDA : Ta gueule, tu veux bien ? (Elle rugit.)

FANNY : Raconte-moi quelque chose de vraiment terrible que tu as vu ces temps derniers.

ALEXANDRE : Il y a quelques nuits, j'avais mal au ventre et j'ai été obligé d'aller au cabinet. J'ai donc traversé le couloir et je suis passé devant la chambre à coucher. La porte n'était pas fermée et les lampes sur les tables de chevet allumées. Monseigneur l'Évêque, tu sais, celui-là même qui se prétend notre beau-père, était couché sur maman, sa chemise de nuit découvrait ses maigres fesses, il s'agitait si fort que tout le lit tremblait. Maman appelait au secours et priait Dieu. « Mon Dieu, ô mon Dieu », voilà ce qu'elle disait sur ce ton.

On frappe à la porte. Alexandre interrompt son récit et crie : entrez. C'est Amanda, en chemise de nuit. Ses cheveux sont réunis en une tresse. Elle paraît toute petite et triste.

ALEXANDRE : Qu'est-ce que tu veux ?
AMANDA : Je veux seulement savoir si Fanny ne va pas venir se coucher.
FANNY : Fanny est déjà couchée.
AMANDA : Nous n'avons pas le droit de coucher dans le même lit à cause de la vieille.
FANNY : Je m'en fous.
ALEXANDRE : Il y a de la place pour toi aussi.
AMANDA : J'ai tellement froid que je dois avoir de la fièvre.
ALEXANDRE : Alors, viens te coucher.

Amanda se dépêche. Fanny est au milieu, son frère et sa sœur de chaque côté, l'édredon forme une voûte — sur leur fragile sécurité. Les vitres tremblent. La pluie tombe à verse.

ALEXANDRE : La foudre vient de tomber.
FANNY : C'était tout à côté.
AMANDA : Un bruit terrible.
ALEXANDRE : J'espère que cette maudite cathédrale s'en est allée au diable.

AMANDA : Et si Dieu te punissait de dire des choses pareilles.

ALEXANDRE : Si un grand enflé comme le Dieu Tout-Puissant punit pour si peu de chose une petite crotte comme Alexandre, c'est qu'il est exactement le salaud que je le soupçonne d'être.

FANNY : C'est ce que je pense aussi.

Maintenant, à travers les murs épais, le bruit de la pluie, le grondement du tonnerre qui s'éloigne, de faibles notes de flûte parviennent jusqu'aux enfants dans leur chaude grotte.

AMANDA : Vous entendez ?

FANNY : Il joue de la flûte.

ALEXANDRE : Monseigneur l'Évêque joue de la flûte tout en réfléchissant à de nouveaux moyens de faire souffrir sa femme et ses enfants. Si nous nous concentrons tous les trois pour demander qu'il meure, il mourra certainement. Mais il faut tous commencer en même temps. Une deux trois. Meurs, salaud. On recommence. Une deux trois. Meurs, salaud.

Mais la flûte se plaint doucement dans le soir qui tombe sur la grande maison.

Justina a noué son chignon et arrangé ses vêtements, son col et ses manchettes sont repassés de frais, elle a changé ses sabots contre ses chaussures noires du dimanche et noué sur sa robe noire un tablier fraîchement amidonné. Elle frappe doucement à la porte du bureau de l'Évêque. La flûte cesse presque tout de suite, elle entend des pas lourds, la porte s'ouvre.

EDVARD : Ah, c'est toi Justina.

JUSTINA : Madame Tander m'envoie demander à Monseigneur si Monseigneur dîne seul ce soir, après les vêpres, ou s'il y a des invités.

EDVARD : Dis à madame Tander que je ne veux pas dîner. Dépose-moi un verre de lait et une tartine dans la chambre. Et ça ira.

JUSTINA : Merci, Monseigneur, je vais faire la commission.

EDVARD : Tu voulais autre chose ?

JUSTINA : Je ne sais pas.

EDVARD : Eh bien ?

JUSTINA : Je ne sais pas si je dois le dire. C'est tellement désagréable. Et on pourrait penser que je rapporte des…

EDVARD (l'interrompant) : Alors ?

JUSTINA : Excusez-moi, Monseigneur, mais je ne peux pas rester là, dans l'ouverture de cette porte à…

EDVARD (sur un ton bref) : Entre. Et ferme la porte derrière toi.

Le bureau de l'Évêque est envahi par la fumée de tabac et la mélancolie, l'inconfort et l'angoisse. Les meubles pesants se combattent ouvertement ou se regardent avec un mépris bourru. Au centre de la pièce, sur un tapis usé, il y a un lutrin, sur le lutrin, une flûte et la partition d'une suite de Telemann. Devant le lutrin, une chaise haute sur pattes avec un dossier bas. Une lampe à pétrole clignote, elle augmente plutôt qu'elle ne diminue l'obscurité grise de la pluie. L'horloge de la cathédrale sonne justement quatre heures. En bas, sous la vitre verte et sale du bureau, la rivière bouillonne, sombre et tourbillonnante, avec de petites vagues aux crêtes blanches d'écume. L'Évêque est assis sur la chaise devant le lutrin à musique.

EDVARD : Qu'y a-t-il donc de si important ?

JUSTINA : Monseigneur, vous m'avez demandé d'avoir les enfants à l'œil. D'écouter leurs conversations et de vous les rapporter si j'entendais quelque chose de particulier.

EDVARD : Alors ?

JUSTINA : Alexandre a inventé une horrible histoire.

EDVARD : Vraiment ?

JUSTINA : C'était... c'est tellement horrible que je ne sais pas comment je vais pouvoir le répéter.

L'Évêque prend sa flûte et joue quelques notes. Il feuillette sa partition, comme s'il se désintéressait de ce qu'elle va dire.

JUSTINA (dans un chuchotement) : Il prétend que Madame avait été enfermée par Monseigneur et qu'elle s'est noyée avec ses petites filles quand elle a tenté de s'enfuir par la fenêtre.

Le visage de l'Évêque enfle, il grandit étrangement, sa main qui tient la flûte tremble légèrement, il pose délicatement la flûte sur le lutrin, se lève, fait quelques pas, s'arrête devant la cheminée où aucun feu n'a brûlé depuis de nombreuses années.

EDVARD : Alors ?
JUSTINA : C'est tout.
EDVARD : Tu peux t'en aller, Justina.
JUSTINA : Merci, Monseigneur.

Elle fait une révérence et referme la porte. L'Évêque reste près de la fenêtre. Son visage enfle.

3

Madame Héléna est submergée par une mélancolie incompréhensible et si forte qu'elle entrevoit la possibilité de pleurer un peu. Assise droite dans son fauteuil, elle essaie quelques profonds soupirs. Ses yeux s'emplissent de larmes. La pluie enveloppe son corps et son âme, elle inonde les vitres mais aussi les pensées et les images qui bougent derrière les yeux de madame Héléna. Le bruit de la pluie dans les grands arbres et sur les tuiles du toit donne en même temps un sentiment de sécurité, mais c'est une sécurité qui vient des vieilles habitudes de l'enfance, et elle est, elle aussi, porteuse de chagrin. Cela prouve que je vieillis, pense madame Héléna et si l'on veut, cette constatation la satisfait : étant assez lucide pour envisager sa situation, elle est donc, d'une certaine manière, maîtresse de cette situation. Elle essuie ses larmes du revers de la main et après avoir cligné des yeux plusieurs fois, elle voit plus clair, beaucoup plus clair. Son fils Oscar Ekdahl est assis en face d'elle, dans son costume de lin mal repassé. Il a posé sa vieille casquette usée sur la table et il regarde sa mère avec compassion.

HÉLÉNA : Eh oui, Oscar, tu le vois, c'est comme ça. On est vieux et en même temps, on est un enfant. Et on ne comprend pas où on a pu passer tout ce temps, ce temps qu'on considérait comme tellement important. Je suis là, je sombre dans la mélancolie et je pense que le temps a été bien court. Ton père avait coutume de dire que j'étais une sentimentale. Il n'était, comme tu le sais, pas très douillet et quand il est mort il en a été à la fois fâché et outragé. Il n'a jamais pensé que la vie puisse être cruelle ou injuste ou belle. Il vivait et se fichait du commentaire. Il me l'abandonnait. Et quand je trouvais que la vie était ceci, que la vie était cela, il riait et me disait que j'étais une sentimentale. J'étais une artiste, bien sûr. Alors, en tant qu'artiste j'avais le droit d'être sensible. Oscar, mon cher garçon, peut-être que je m'angoisse sans raison. Si on n'a rien pour vous occuper l'esprit, on commence immédiatement à s'inquiéter. Est-ce que je peux te prendre la main ?

Il lui tend la main, elle la tient longuement dans la sienne. De son autre main, elle prend son poignet, elle sent le pouls de son fils qui bat régulièrement.

HÉLÉNA : Je me souviens de ta main d'enfant. Une petite main, ferme et sèche avec un poignet terriblement mince. C'était amusant d'être maman ; c'était amusant aussi d'être comédienne, mais c'était plus amusant d'être maman. J'aimais beaucoup avoir un gros ventre, je me fichais volontiers du théâtre. D'ailleurs, dans la vie, tout est rôle. Certains sont amusants, d'autres moins. Je joue la maman. Je joue Julie, Marguerite. Soudain, je joue la veuve. Ou la grand-mère. Les rôles se succèdent. Il s'agit de ne pas tricher, de ne pas se retirer du jeu. Mais où donc est passé tout cela, tu peux me le dire, mon garçon ?

À la vérité, madame Héléna n'attend pas de réponse. Elle n'en a jamais attendu. Les partenaires de ses conversations au cours de la vie l'ont compris.

HÉLÉNA : Tu es gentil, tu écoutes ta vieille maman qui monologue, comme dit Isak. Tu es un gentil garçon, Oscar, et j'ai eu beaucoup de chagrin quand tu es parti, c'était un rôle bizarre, mes sentiments venaient de mon corps, je pouvais les dominer, c'est vrai, mais ils ont brisé la réalité, si tu vois ce que je veux dire. (Un silence.) Depuis, la réalité est restée en miettes, et très bizarrement, ça me semble plus vrai ainsi. Je ne me donne donc plus aucune peine pour la raccommoder. Je ne me soucie pas vraiment de savoir que rien ne colle.

Oscar lui tient toujours la main. Il a tourné son visage vers la fenêtre, son sourire s'est éteint, maintenant, il est grave et paraît fatigué, usé. Pareil au souvenir que madame Héléna garde de lui au cours des dernières années.

HÉLÉNA : Oscar, mon garçon ?
OSCAR : Oui, maman.
HÉLÉNA : Tu parais malade et triste.
OSCAR : Je suis inquiet.
HÉLÉNA : Tu es inquiet pour Émilie et les enfants ?

La porte de la véranda s'ouvre. Madame Héléna est peut-être réveillée par ce bruit, peut-être ne s'est-elle pas assoupie. Oscar est parti. Au-dessus de la baie, le ciel s'est éclairci, la pluie tombe moins drue, l'orage est passé. Un petit personnage en ciré jaune, avec de longues tresses blondes épaisses et mouillées, se tient, les pieds nus, dans l'ouverture de la porte. Elle regarde madame Héléna avec un joyeux étonnement.

ÉVA : Tu es seule ?
HÉLÉNA : Oui. Je suis seule.
ÉVA : Je m'appelle Éva et j'habite là-bas, de l'autre côté.
HÉLÉNA : Tu as quel âge ?
ÉVA : Huit ans.
HÉLÉNA : Tu veux un peu de sirop ?
ÉVA : Non merci.
HÉLÉNA : Un gâteau ?

ÉVA : Non merci.
HÉLÉNA : Qu'est-ce que tu veux, alors ?
ÉVA : Je veux savoir quand Fanny et Alexandre vont venir cet été. On a l'habitude de jouer ensemble et je m'ennuie quand ils ne sont pas là.
HÉLÉNA : Je ne sais pas. (Un silence.) Vraiment. Je ne sais pas.
ÉVA : Ah !
HÉLÉNA : Je ne sais pas.

Éva reste quelques secondes à méditer cette réponse incompréhensible et attristante.

ÉVA : Tu ne peux pas *dire* qu'il faut qu'ils viennent ?
HÉLÉNA : Je devrais peut-être le faire.
ÉVA : Pourtant, personne n'ose te dire non.
HÉLÉNA : Tu crois ?
ÉVA : En tout cas, c'est ce que dit papa.
HÉLÉNA : Tu ne veux pas entrer t'asseoir un peu ?
ÉVA : Non merci. Maintenant, il faut que je m'en aille. Adieu.
HÉLÉNA : Adieu, Éva.
ÉVA : N'oublie pas que tu as promis.
HÉLÉNA : Je vais faire de mon mieux.

Éva reste encore un moment, elle regarde intensément madame Héléna. Puis, une fois encore elle dit adieu et saute marche à marche jusqu'en bas de la véranda. Soudain, la petite tache jaune a disparu au milieu de la verdure. La pluie chante, un chien aboie au loin. Madame Héléna reprend son livre et commence à couper les pages avec un grand coupe-papier en argent. Elle les coupe sans grand entrain. On bouge dans l'entrée, de l'autre côté de la salle à manger, une porte s'ouvre, on entend des pas.

HÉLÉNA : Qui est là ?
ÉMILIE : Ce n'est que moi.
HÉLÉNA : Émilie !

Elles s'embrassent avec émotion. Madame Héléna caresse les cheveux et la joue d'Émilie.

ÉMILIE : Je me languissais d'ici.
HÉLÉNA : Les enfants sont avec toi ?
ÉMILIE : Non.
HÉLÉNA : Ils vont bien ?
ÉMILIE (après un silence) : Je ne le crois pas.

4

À la même heure, sous la même pluie, l'Évêque Edvard Vergérus ouvre le procès d'Alexandre Ekdahl. Le témoin à charge du procureur est la servante Justina. La mère de l'Évêque, madame Blenda, sa sœur, mademoiselle Henrietta, les sœurs de l'accusé Amanda et Fanny assistent au procès, ainsi que le Dieu Tout-Puissant, au ciel.

On envoie d'abord chercher l'accusé. Une clef tourne dans la serrure et mademoiselle Henrietta, suivie de madame Blenda, entre dans la chambre des enfants, les réveille en les secouant sans ménagement et leur ordonne de s'habiller immédiatement. Fanny pleure, Amanda réclame sa mère, Alexandre demande avec irritation ce qui se passe. On ne répond pas à leurs questions. Lèvres serrées. Visages fermés. Quand Amanda a passé une robe, on se rend en procession jusqu'à la bibliothèque où attend l'Évêque en compagnie de Justina.

Madame Blenda et mademoiselle Henrietta prennent place sur le canapé, chacune avec son ouvrage, les enfants sont restés près de la porte. L'Évêque se lève derrière la table de la bibliothèque, Justina sourit, d'un sourire rapide mais incertain. On appelle Alexandre. Le voilà, maintenant debout au milieu de l'imposante pièce remplie de livres du plancher jusqu'au plafond. Une grande peur remue dans ses entrailles comme un crabe malade.

EDVARD (doucement) : Alexandre, mon garçon. En présence de tes sœurs et de Justina, tu m'as accusé d'avoir assassiné ma femme et mes enfants.

ALEXANDRE : Ce n'est pas vrai.

EDVARD : Justina veut-elle bien répéter son récit ?

JUSTINA : Alexandre a prétendu qu'il avait vu la défunte dame et ses enfants. Elle lui a soi-disant parlé. Elle lui a dit que pris de colère, son mari, Monseigneur l'Évêque, les avait enfermées, elle et ses petites filles, dans la chambre à coucher d'alors, sans eau et sans nourriture. Le cinquième jour, elles avaient essayé de s'enfuir par la fenêtre, mais elles s'étaient noyées.

EDVARD : Alexandre, reconnais-tu cette histoire ?
ALEXANDRE : Non.
EDVARD : Tu prétends donc que Justina a porté un faux témoignage ?
ALEXANDRE : Elle peut avoir rêvé.
EDVARD : Justina est-elle prête à confirmer ses dires sous serment ?
JUSTINA (fait une révérence) : Oui, Monseigneur.
EDVARD : C'est bien, Justina. Fanny et Amanda ont-elles entendu le récit d'Alexandre ?
AMANDA : Non.
FANNY (chuchote) : Pourquoi me pinces-tu ? (En direction de l'Évêque) : Non.
EDVARD : Vous niez donc avoir rien entendu ?
AMANDA : Je me souviens seulement que Justina a raconté qu'on avait retrouvé madame et les petites filles sous le pont de l'Évêché et qu'il avait fallu les scier pour les faire entrer dans leurs cercueils.
EDVARD : Justina a-t-elle dit ça ?
JUSTINA (chuchote) : Oui.

Il y a un long silence. Le visage de l'Évêque enfle, il devient grand, terrible, surhumain. Sa voix demeure cependant basse et aimable.

EDVARD (à Alexandre) : Ainsi tu maintiens que Justina a soit menti, soit rêvé ?
ALEXANDRE : Oui.
EDVARD : Es-tu prêt à confirmer tes dires sous serment ?
ALEXANDRE : Bien sûr.
EDVARD : Alexandre, prêter un faux serment, c'est

un péché mortel. On appelle ça un parjure et c'est sévèrement puni.

ALEXANDRE : Bon.

Alexandre prend appui sur son autre jambe, il met sa main sur sa hanche et humecte ses lèvres sèches. Tout lui est maintenant égal. La vie est finie. Le châtiment de Dieu tombe sur lui. Sale Dieu, plein de rancune, qu'il soit maudit !

EDVARD : Veux-tu avoir la gentillesse de venir à cette table. Pose ta main gauche sur la Bible et répète après moi : Moi, Alexandre Ekdahl, je jure sur les Saintes Écritures et de par le Dieu vivant…

ALEXANDRE (d'une voix ferme) : Moi, Alexandre Ekdahl, je jure sur les Saintes Écritures et de par le Dieu vivant…

EDVARD : Que tout ce que j'ai dit, tout ce que je dis ou dirai est la Vérité, rien que la Vérité.

ALEXANDRE : Que tout ce que j'ai dit, tout ce que je dis ou dirai est la Vérité, rien que la Vérité. Je peux partir maintenant ?

EDVARD : Tu veux déjà partir, Alexandre ?

ALEXANDRE : Il n'y a plus rien à ajouter. Comment Justina va-t-elle prouver qu'elle n'a pas rêvé ?

EDVARD : Dis-moi une chose. Comment te plais-tu, ici chez nous à l'Évêché ?

ALEXANDRE : Comme un serpent dans une fourmilière. Mais en pire.

EDVARD : Tu n'aimes pas ton beau-père, n'est-ce pas ?

ALEXANDRE : Suis-je obligé de répondre ?

EDVARD : Tu te souviens qu'il y a environ un an, nous avons eu tous les deux, une conversation assez importante. Il s'agissait de certaines questions de morale.

ALEXANDRE : Ce n'était guère une conversation.

EDVARD : Qu'est-ce que tu entends par là ?

ALEXANDRE : L'Évêque parlait et Alexandre se taisait.

EDVARD : Il se taisait et peut-être avait-il honte. De ses mensonges.

ALEXANDRE : Je me suis assagi depuis.

EDVARD : Tu veux dire que tu mens mieux.

ALEXANDRE : À peu près, oui.

EDVARD : Je ne sais pas ce que tu te figures, Alexandre. Crois-tu que tout ça soit une plaisanterie ? Crois-tu qu'on peut salir impunément l'honneur d'un autre homme ? Crois-tu qu'on peut, sans que cela mène à conséquence, mentir, se défiler et se parjurer ? Crois-tu, Alexandre, que nous jouons ? Ou crois-tu que ceci est une espèce de pièce de théâtre où chacun lance ses répliques au petit bonheur ?

ALEXANDRE : Je crois que l'Évêque hait Alexandre. Voilà ce que je crois.

EDVARD : C'est ce que tu crois, vraiment. (Un silence.) Maintenant, je vais te dire quelque chose, mon garçon. Quelque chose qui va peut-être t'étonner. Je ne te hais pas. Je t'aime. Mais l'Amour, l'Amour que j'ai pour toi, pour ta mère et pour tes sœurs n'est pas aveugle, il n'est pas lâche. C'est un amour fort et rude, Alexandre. Si je suis obligé de te punir, je souffre plus que tu ne le devines. Mais mon amour pour toi m'oblige à être vrai. Il m'oblige à t'éduquer et à te former, même si cela fait mal. Tu entends ce que je dis, Alexandre ?

ALEXANDRE : Non.

EDVARD : Tu endurcis ton cœur. De plus, tu te méprends sur la situation. Je suis en effet beaucoup plus fort que toi.

ALEXANDRE : Je n'en doute pas.

EDVARD : Spirituellement plus fort, mon garçon. Parce que j'ai la vérité et la justice avec moi. Je sais que dans un moment tu vas avouer. Tu vas éprouver tes aveux et ta punition comme un soulagement et quand ta mère sera de retour, ce soir, tout sera terminé, la vie aura repris son cours habituel. Tu es un petit homme sage, Alexandre, tu comprends que tu as perdu, mais tu es fier et entêté et naturellement, tu as honte.

ALEXANDRE : C'est exact. Un de nous deux devrait avoir honte.

EDVARD : Tu dois comprendre que tes insolences n'arrangent pas ton cas. Elles ne font que confirmer mes soupçons.

ALEXANDRE : J'ai oublié, qu'est-ce que je dois avouer ?

EDVARD : Vraiment. C'est donc *ainsi*.

ALEXANDRE (après un long silence) : Qu'est-ce que l'Évêque désire entendre avouer par Alexandre ?

EDVARD : Tu sais que j'ai des moyens à ma disposition.

ALEXANDRE : Je l'ignorais, mais maintenant, je le sais.

EDVARD : Des moyens efficaces.

ALEXANDRE : Cela ne semble pas drôle.

EDVARD : Dans mon enfance, on n'était pas si douillet. Les petits gredins étaient punis de façon exemplaire, mais avec amour. Il y avait le rotin. Il y en a ici aussi, tu le vois, là, sur la table, c'est un simple instrument pour battre les tapis, mais il peut danser assez bien. Et puis, nous avions un autre moyen vraiment efficace : l'huile de ricin. Tu vois, Alexandre, la bouteille est là et il y a un verre. Après quelques gorgées, on s'adoucit. Et si l'huile de ricin ne suffisait pas, il y avait un réduit sombre et plutôt froid où on restait quelques heures, jusqu'à ce que les rats commencent à venir vous renifler le visage. Tu vois, Alexandre, là, sous l'escalier. Il y a un trou assez spacieux. Il t'attend. Il existait aussi d'autres méthodes, plus barbares, mais je les désapprouve, elles étaient humiliantes et dangereuses et de nos jours, il n'en est plus question.

ALEXANDRE : Je recevrai quelle punition, si j'avoue ?

EDVARD : Tu en décideras toi-même, Alexandre.

ALEXANDRE : Pourquoi est-ce que je dois être puni ?

EDVARD : C'est évident, mon garçon. Il existe une faille dans ton caractère, tu ne sais pas faire la différence entre le mensonge et la vérité. Tu es encore un enfant et tes mensonges sont ceux d'un enfant — si épouvantables qu'ils puissent être. Mais tu seras bientôt un homme, un adulte et la vie punit les menteurs sans amour ni égards. La punition t'apprendra à aimer la vérité.

ALEXANDRE : J'avoue que j'ai inventé l'histoire

selon laquelle l'Évêque aurait enfermé madame et les petites filles.

EDVARD : Avoues-tu aussi que tu as commis un parjure ?

ALEXANDRE : Je suppose que oui.

EDVARD : Tu viens de remporter une grande victoire sur toi-même, mon garçon. Une victoire sur toi-même. Quelle punition choisis-tu ?

ALEXANDRE : Je recevrai combien de coups de rotin ?

EDVARD : Pas moins de dix coups…

ALEXANDRE : Alors, je choisis le rotin.

EDVARD : Baisse ta culotte. Penche-toi en avant sur le canapé. Pose un coussin sous ton ventre.

Suivent dix coups de rotin, pas trop forts. Alexandre se tait, il se mord la main, des larmes coulent de ses yeux, de son nez, son visage est violacé, du sang gicle de sa peau déchirée.

EDVARD : Relève-toi, Alexandre.

ALEXANDRE se relève.

EDVARD : As-tu quelque chose à me dire ?

ALEXANDRE : Non.

EDVARD : Tu vas me demander pardon.

ALEXANDRE : Non.

EDVARD : Alexandre, je vais donc être obligé de te battre jusqu'à ce que tu reviennes à de meilleurs sentiments. Ne peux-tu nous épargner à tous les deux une aussi désagréable expérience ?

ALEXANDRE : Je ne demanderai jamais pardon.

EDVARD : Tu ne demandes pas pardon.

ALEXANDRE : Non.

EDVARD : Baisse ta culotte. Penche-toi. Pose le coussin sous ton ventre. (Il va pour le battre.)

ALEXANDRE : Ne frappe plus !

EDVARD : Tu demandes donc pardon.

ALEXANDRE : Oui.

EDVARD : Remonte ta culotte. Mouche-toi. Prête-lui un mouchoir, Justina. Qu'as-tu à dire, Alexandre ?

ALEXANDRE : Alexandre demande pardon à l'Évêque.

EDVARD : Pour ses mensonges et son parjure.

ALEXANDRE : Pour ses mensonges et son parjure.

EDVARD : Tu comprends que je t'ai puni par amour ?

ALEXANDRE : Oui.

EDVARD : Baise ma main, Alexandre !

ALEXANDRE (baise la main de l'Évêque) : Je vais pouvoir aller me coucher, maintenant ?

EDVARD : Oui, mon garçon. Mais pour que tu puisses réfléchir dans le calme aux événements de la journée, tu dormiras au grenier. Justina te donnera un matelas et une couverture. Henrietta ouvrira la porte demain, à six heures, et tu seras libre. C'est bien ainsi, Alexandre ?

ALEXANDRE : Oui, Monseigneur.

5

Émilie et madame Héléna sont assises l'une en face de l'autre, elles se tiennent les mains et parlent à voix basse, presque en chuchotant. Il pleut toujours sur la baie, sur la plaine et sur la véranda, la lumière de l'après-midi est douce et sans ombre, tous les contours s'éclaircissent, tous les contrastes s'adoucissent. La pendule de la salle à manger sonne.

HÉLÉNA : Tu dois déjà partir ?

ÉMILIE : Je suis restée trop longtemps absente.

HÉLÉNA : Pauvre Émilie.

ÉMILIE (secoue la tête) : Le plus dur, c'est pour les enfants. À la moindre faute, ils sont punis. Henrietta les enferme et les oblige à aller se coucher au beau milieu de la journée. Il y a une semaine, Fanny a refusé de terminer son assiette de bouillie. Elle a dû rester toute la soirée devant. Elle a vomi dedans. À la fin, elle a tout mangé.

HÉLÉNA : Et Alexandre ?

ÉMILIE : Il est fou de jalousie, mais il ne comprend pas que la jalousie est réciproque.

HÉLÉNA : Pauvre Émilie !

ÉMILIE : Je me méprise d'un mépris sans bornes. Comment ai-je pu être aussi aveugle ? Comment ai-je pu éprouver de la compassion pour cet homme. Je suis pourtant comédienne. J'aurais dû percer son hypocrisie à jour. Mais il était plus habile que moi. Sa conviction était plus forte que la mienne et il m'a éblouie. J'ai vécu seule si longtemps depuis la naissance de Fanny. Je haïssais mes orages sentimentaux passagers. Je haïssais l'horrible solitude de mon corps. Oscar était mon meilleur ami, tu le sais, Héléna. Tu sais comme je l'aimais, tu connais la sincérité de mon chagrin quand il nous a quittés. Mais tu sais aussi qu'on ne se touchait jamais.

HÉLÉNA : Je ne te reproche rien.

ÉMILIE : Je croyais ma vie finie, scellée. J'en ai parfois éprouvé du chagrin, mais je me reprochais mon ingratitude. Quelle heure est-il, Héléna? Il faut bientôt que je parte, j'ai tellement peur d'arriver trop tard. Sa colère est terrible, je ne comprends pas qu'un être humain puisse vivre avec autant de haine en lui. Je n'ai rien vu, je n'ai rien compris. Il me parlait d'une autre vie. Une vie exigeante, faite de pureté et de devoirs joyeusement accomplis. Je n'avais jamais entendu de paroles comme celles-là. Quand il me parlait, une sorte de lumière émanait de lui. En même temps, je voyais qu'il était seul, malheureux, pourchassé par la peur et les mauvais rêves. Il m'assurait que j'allais le sauver. Il me disait que lui et moi, avec les enfants, nous allions vivre une vie proche de Dieu — une vie dans la vérité. La vérité était sans doute ce qui m'importait le plus. J'en avais une telle soif — ça paraît grandiloquent et dramatique, Héléna, je le sais, mais je ne trouve pas d'autre mot ; j'avais soif de vérité, je trouvais que j'avais vécu dans le mensonge. Je savais aussi que les enfants avaient besoin d'un père qui pouvait les soutenir et les guider d'une main ferme. (Un silence.) Il allait aussi me délivrer de ma solitude corporelle. J'en ai éprouvé une telle reconnaissance, Héléna. Et j'ai quitté mon ancienne vie sans regrets. Maintenant, je dois partir. Une voiture m'attend à la barrière. J'ai peur qu'il soit arrivé quelque chose en mon absence. Je vis dans l'angoisse perpétuelle qu'Alexandre dise quelque chose qui lui déplaise. Alexandre est téméraire, j'ai essayé de le mettre en garde, mais il ne comprend pas que son beau-père est un adversaire dangereux, un danger mortel, et qu'il n'attend que le moment propice pour l'écraser.

HÉLÉNA : Tu dois le quitter, Émilie.

ÉMILIE (sourit) : Je savais que tu allais me dire ça. À chaque heure du jour, je pense qu'il faut que je le quitte, que je dois demander le divorce et revenir au Théâtre et à notre famille.

HÉLÉNA : Si tu en es aussi certaine, cela ne devrait pas être impossible.

ÉMILIE : J'attends un enfant, Héléna.

HÉLÉNA : Tu devrais quand même…

ÉMILIE : Excuse-moi si je t'interromps. Je vais te raconter brièvement les faits. Je lui ai demandé de divorcer. Il refuse. D'une part, il dit qu'il m'aime, de l'autre qu'un divorce, étant donné sa position, est impensable. Je lui réponds que je le quitterai quand même. Il sort alors le code et il m'explique avec force détails ce qui va se passer : au cours d'un procès, je perdrai puisque j'aurai «quitté» comme on dit «le domicile conjugal». Les enfants me seront enlevés pour être élevés par lui. J'ai consulté, en secret, un ami avocat. Il a confirmé les dires d'Edvard. Je suis prisonnière et je ne peux plus respirer. Je suis en train de mourir, Héléna. Je hais cet homme, au point que je souhaite (un silence)…

HÉLÉNA (chuchote) : Il va falloir qu'on trouve une solution.

ÉMILIE : Ne dis à personne que je suis venue. À personne !

6

Alexandre a dormi une heure ou deux. Il fait encore clair quand il se réveille et il peut voir le ciel incolore de l'été à travers les lucarnes. Il essaie de s'asseoir, mais ça lui fait mal et il préfère resté couché, les mains entre ses cuisses. Il est épuisé par toutes ces émotions, une migraine menace de lui faire éclater la tête et il a soif.

Le grenier se perd dans les ténèbres. L'air est épais de chaleur et de poussière, ça sent le vieux bois, les pommes pourries et les rats morts. La pâle lumière tombe sur la souche de la cheminée et sur le matelas d'Alexandre. C'est ici un lieu idéal pour les fantômes et les spectres. Alexandre le sait.

ALEXANDRE (d'une voix faible) : Maman.

Les vieilles poutres du toit craquent, quelque part une planche gémit, est-ce qu'il y a quelqu'un là-bas ?

ALEXANDRE (d'une voix faible) : Maman.

Un friselis d'ailes. Puis un coup de vent passe comme un soupir à travers la grande pièce. Il lui semble entendre des voix qui chuchotent, ou bien, est-ce seulement le vent ?

ALEXANDRE (se racle la gorge) : Papa. Tu entends ce que je dis ? Si tu viens me voir, sois gentil, rappelle-toi que j'ai peur des fantômes et que toi, en fait, tu es mort. N'arrive pas par-derrière, tu seras gentil, ne pose pas tout à coup ta main sur mon épaule. J'en deviendrais peut-être fou de peur et cela tu ne le veux tout de même pas ? (Un silence.) Je veux que tu arrives de face, que tu aies ta voix ordinaire et tes vêtements ordinaires, s'il te plaît, pas de lumière spéciale — je ne le supporterai pas non plus. (Un silence, il écoute.) Je ne comprends pas pourquoi je suis obligé de voir des gens qui sont morts alors que ça me rend malade. Je connais un camarade qui donnerait à peu près n'importe quoi pour voir un fantôme, seulement, lui, il n'a jamais vu de fantôme de sa vie, même s'il a passé des nuits entières au cimetière.

Il se tait et il écoute. Là-bas, dans l'obscurité, des pas distincts. Bon sang, dit Alexandre, il tremble de froid. Bon sang. Sale merdeux, cette fois, je vais mourir de peur. Il retient son souffle et ferme les yeux. Quand il les ouvre à nouveau, une fillette d'une dizaine d'années est devant lui. Les yeux brûlants, elle le regarde, son visage est mince, elle a deux petites nattes derrière les oreilles. Les couleurs de sa robe sont passées, elle porte de gros bas avec un trou à un genou et de hautes bottines d'hiver. Elle tient ses mains dans le dos. C'est du moins ce qu'il paraît. Mais il se peut aussi *qu'elle n'ait pas* de bras.

PAULINE : Je m'appelle Pauline. Ma sœur Esmeralda est là-bas, près du paravent vert. Elle est furieuse après toi, Alexandre. Elle veut que nous te punissions. Pourquoi prends-tu cet air étonné ? Tu sais bien que nous avons des raisons de t'en vouloir.

ALEXANDRE : Je ne sais pas.

PAULINE : Tu as menti au sujet de notre père. Tu as dit qu'il nous avait enfermées. Ce n'est pas vrai. Les vannes du pont du moulin étaient fermées depuis des semaines et la rivière a gelé. On nous avait donné de nouveaux patins pour Noël. Mais la glace s'est rompue et nous sommes tombées à l'eau. Notre mère a essayé de nous sauver, mais le courant nous a emportées sous la glace. Maintenant, pauvre petit, tu connais la vérité. Ma sœur et moi avons discuté de la meilleure façon de te faire peur pour te punir de tes mensonges et nous croyons savoir ce qui te fait le plus peur.

ALEXANDRE : Soyez gentilles, ne me faites pas peur.

PAULINE : Tu entends ce qu'il dit, Esmeralda ?

ESMERALDA, invisible, pouffe de rire.

PAULINE : Nous aimions notre père. Il a toujours été bon pour nous. Et nous pouvons voir comme tu le fais souffrir avec ta haine.

ALEXANDRE : Je ne le hais pas.

PAULINE : Tu entends ce qu'il dit, Esmeralda ? Il ne hait pas notre père.

ESMERALDA, invisible, pouffe de rire.

PAULINE : Nous venons de penser que nous allons délivrer notre père de toi et de ton épouvantable haine. Nous allons te faire peur, tu vas en devenir fou, on va t'envoyer à l'asile et là on va te mettre dans une cellule capitonnée et tu auras des chaînes aux pieds et des chaînes aux mains.

Nous viendrons te voir là-bas. (Elle chuchote quelque chose à l'oreille d'Alexandre. Il pousse un cri perçant.) Ce n'est qu'un début.

ESMERALDA, pouffant de rire, apparaît à moitié.

On entend soudain des voix tremblantes d'émotion et des pas tout à fait tangibles et pas du tout fantomatiques. On introduit une clef dans la serrure et Émilie monte l'escalier en courant, elle n'a même pas pris le temps d'enlever son manteau et son chapeau. Quand elle aperçoit Alexandre accroupi au pied de la cheminée, elle pousse une sorte de rugissement et l'embrasse en l'enveloppant de son corps. Elle touche sa chemise ensanglantée, les lambeaux de peau blanche déchirée, mais elle ne pleure pas. Alexandre ne pleure pas non plus. Tout à coup, il comprend l'impuissance de sa mère, il devine le danger qui, comme une vague noire, va rouler sur eux. Il comprend qu'il y a des êtres qui lui veulent du mal et souhaitent l'anéantir et que ces gens-là ont justement le pouvoir et la volonté de changer leurs intentions en actes. La réalité a toujours fourni à Alexandre les pierres dont il a bâti ses rêves et ses fantasmes. Cette même réalité se précipite soudain dans sa conscience avec une brutalité aveugle. Enfermé dans cette peur hurlante, il sent néanmoins qu'il veut survivre. Il entrevoit des jours et des années faits de peurs et de mensonges, mais aussi de résistance et de modestes victoires. La mère et le fils descendent en chancelant l'escalier raide du grenier. Fanny et Amanda attendent près de la porte. Ils se tiennent un instant comme s'ils n'étaient qu'un seul corps. Alexandre peut voir Pauline, debout près de la cheminée, son visage est déformé par la haine.

7

Comme elle trouve qu'il fait un peu frais sous la véranda, madame Héléna s'est retirée dans la salle à manger où elle s'est assise à la grande table, elle a avec elle un album et plusieurs enveloppes pleines de photographies. La vieille dame examine chaque image avec un soin méticuleux, au dos, elle note de son écriture élégante et fine ce que représente l'image et si possible, à quelle date elle a été prise. Si la personne photographiée est décédée, elle dessine une petite croix et note l'année du décès. Ayant ainsi enregistré et daté l'image, elle l'insère dans les encadrements d'un gros album relié de cuir avec fermoirs en or et lettres d'or sur la reliure. Cette occupation est apaisante, elle s'accorde bien avec une légère mélancolie. Oscar Ekdahl Premier, le mari de madame Héléna, était un photographe amateur enthousiaste. Il a pris des milliers de clichés avec plusieurs appareils, des instantanés comme des photographies posées. Il développait et copiait volontiers ses négatifs sur verre, mais les ranger dans des albums ne l'intéressait guère. Peu à peu, cela devint une mission dont madame Héléna s'acquittait avec parfois des sentiments divers, puisque la passion photographique d'Oscar embrassait également des beautés inconnues d'elle, de réputation douteuse.

Sur son piédestal le phonographe, une acquisition récente, tourne, il transmet la voix de Caruso. La pluie a repris, mais le soleil perce de temps en temps et enchante le paysage. Un arc-en-ciel auréole la baie et la pendule de la salle à manger sonne cinq heures.

Juste à cet instant, on entend des voix joyeuses, des rires et des cris qui arrivent de l'embarcadère, bientôt on entend des portes s'ouvrir et se fermer dans les autres maisons, des pas précipités sur le gravier. Jenny a une dispute exaltée avec sa mère. Maj dit quelque chose à Petra, mademoiselle Vega et mademoiselle Ester approchent de la véranda en conversant avec ardeur et en soufflant bruyamment. Elles ouvrent la porte de la cuisine et font du remue-ménage, madame Héléna peut suivre leur conversation : mademoiselle Vega a été attaquée et mordue par une guêpe et son mollet est enflé, mademoiselle Ester pose une compresse et dit qu'une morsure de guêpe est plus dangereuse qu'une morsure de serpent, il faut que mademoiselle Vega se repose, elle, Ester, elle s'occupera du souper de madame Ekdahl. Puis la porte de la véranda s'ouvre, Gustav Adolf et Alma entrent, rougis par l'air marin et les bonnes boissons. Ils embrassent madame Héléna et lui demandent comment elle va, si elle ne s'est pas sentie trop seule. Madame Héléna répond qu'elle se porte à merveille et qu'elle a passé une excellente journée. Cependant, Gustav Adolf et Alma ne se satisfont pas de si peu, ils sont excités et en verve.

ALMA : Mademoiselle Vega a été mordue par une guêpe.

GUSTAV ADOLF : Une guêpe pique, mon chéri. Elle a un dard, exactement comme ton petit mari.

ALMA : Et Petra est tombée à l'eau. Elle a été trempée. Cette idiote, elle a glissé sur les rochers et elle a dégringolé droit dans l'eau.

GUSTAV ADOLF : Heureusement qu'elle est bien pourvue par-derrière. Ça, ma petite Alma, elle le tient de toi. (Il rit.)

ALMA (rit) : Voilà, depuis ce matin il est comme ça. Je ne sais pas ce qui lui prend. (Elle crie.) Aïe, ne me pince pas comme ça les fesses !

GUSTAV ADOLF : Et maman range les photos de père. Combien de milliers de photos as-tu déjà rangées ?

HÉLÉNA : En tout cas, voilà une photo de toi et de tes frères. À l'époque, tu ne devais pas avoir plus de cinq ans.

GUSTAV ADOLF : On voit déjà celui des frères qui…

ALMA (montrant une photographie) : Qui est cette belle dame ?

HÉLÉNA : Il a plu tout le temps ?

GUSTAV ADOLF : Mais pas du tout, maman. Dans les îles, il n'y avait pas un seul nuage dans le ciel. Mais nous avons eu la pluie sur la côte et nous avons entendu le tonnerre.

HÉLÉNA : Ici, il a plu toute la journée.

GUSTAV ADOLF : Cette dame décolletée, je m'en souviens très bien. C'était une des amies de papa.

ALMA : Si vous le voulez, mère, je viendrai vous voir un moment après le dîner. J'apporterai mon ouvrage.

GUSTAV ADOLF : Elle sentait rudement bon, cette petite dame.

HÉLÉNA : Tu te trompes. C'était une de mes camarades d'école. Elle a épousé un comte Ekenstierna qui lui a fait douze enfants, elle est devenue énorme. Elle est morte cet hiver.

GUSTAV ADOLF : J'ai toujours admiré la manière souveraine avec laquelle maman a traité les petites aventures de papa. (Il l'embrasse.)

ALMA : Il faut maintenant que nous partions.

GUSTAV ADOLF : Tôt demain matin, je vais en ville. Y a-t-il quelque chose que je puisse faire pour vous, maman ?

HÉLÉNA : Merci, mon cher Gusten, je n'ai besoin de rien, mais j'aimerais te parler de Maj.

GUSTAV ADOLF : Diantre. Elle va pourtant bien.

HÉLÉNA : En es-tu si sûr, Gusten ?

GUSTAV ADOLF : Pardonnez-moi, maman, mais je vais me mettre en colère. Cette petite fille n'a-t-elle pas tout ce que…

ALMA : Calme-toi, Gusten. Il suffit qu'on aborde le chapitre de Maj pour qu'il s'excite et commence à crier.

HÉLÉNA : Mon cher Gusten, il faut que tu comprennes que Maj n'est pas ton pctit jouet. Grâce à la magnanimité d'Alma, elle fait désormais partie de notre famille et elle attend un petit-enfant à moi. Avec tes façons dictatoriales, tu as dessiné son avenir. Il se peut…

GUSTAV ADOLF (furieux) : Nom de Dieu, je suis sûr qu'Alma…

ALMA : Je n'aime pas que tu jures en présence de ta mère, Gusten, tu m'entends.

GUSTAV ADOLF (toujours furieux) : J'aime cette fille. Je lui veux du bien. Je ne veux pas qu'elle dépende de la bonne volonté de la famille si je venais à clamser. Elle a accepté mes propositions. Elle n'a pas besoin, bon sang, de quelqu'un qui la protège, surtout pas *contre moi*. Ne venez pas me dire que je suis dictatorial. Maj a tout pu décider elle-même. Je l'aime bien. Je suis gentil avec elle. Alma est gentille avec elle. Et moi, eh bien, je vais vous dire que je suis vexé. Diablement vexé. Il n'y a pas la moindre raison de prendre la défense de Maj contre moi… Je l'aime bien. Alma l'aime bien. On l'aime comme on aime Jenny et Petra. Oui, je vois bien vos mines. Pas *exactement* comme elles. Mais presque. Elle est gentille avec moi, elle ne me trouve pas gros, pas vieux, pas dégoûtant. D'ailleurs, personne ne trouve ça. Gustav Adolf Ekdahl aime bien les femmes. Qu'est-ce qu'on peut y faire ? Maj ira son chemin dans la vie et je lui donnerai une base solide. Maintenant, assez bavardé de cette affaire. Viens, Alma, rentrons souper. Le chanteur d'opéra a eu l'air de dire qu'il passerait nous voir avec sa femme et ses enfants. Adieu, maman, embrasse-moi. Je ne veux pas du tout que maman et Alma se mêlent de l'avenir de Maj. Je m'en occupe, moi. C'est-à-dire, elle. Bonne nuit, maman. Ne m'en veuille pas si je parle un peu fort. Il n'y a que les vieilles pies qui sont à la cuisine pour m'entendre et ça leur plaît, comme ça, elles auront de quoi causer. Tu viens, Alma !

ALMA (embrasse madame Héléna) : Je repasserai dans la soirée.

GUSTAV ADOLF : Tu ne repasseras pas du tout.

HÉLÉNA : Tu seras la bienvenue, même si c'est tard.

ALMA : Calme-toi, Gusten, sinon tu vas avoir une attaque. Tu es tout rouge.

Ils s'en vont en se chamaillant. Gustav Adolf répète un résumé de ses arguments, Alma lui reproche son langage grossier, sa nature dictatoriale et sa voix criarde. Mademoiselle Vega vient jusqu'à la porte pour demander si elle peut servir. Madame Héléna la remercie et répond qu'elle n'a pas faim, que mademoiselle Vega pose une bouteille de porter et un sandwich avec du rôti de veau et un cornichon près de son lit. On parle ensuite de la guêpe de mademoiselle Vega en particulier et du danger des guêpes en général. Une fois ce sujet épuisé, mademoiselle Vega se retire et s'installe sur le banc du coucher de soleil, sous le grand chêne, en compagnie de mademoiselle Ester. La pluie a cessé, un vent tiède du soir passe dans la verdure qui s'assombrit. On entend Petra qui joue du piano, les fenêtres sont ouvertes, laissant entrer les moustiques et les rayons du couchant. La musique tremble dans la lumière du soir. Madame Héléna est retournée sous la véranda, elle n'a pas la patience de s'occuper des photographies d'Oscar, mais ni ses livres, ni son jeu de patience, ni ses travaux d'aiguille ne la tentent. Le chagrin et l'inquiétude montent et s'apaisent au rythme de sa respiration. (Quelque chose d'horrible est en train de se passer et je suis là, impuissante.)

Elle entend des voix et des pas. C'est Carl et Lydia qui viennent pour leur visite du soir. Madame Héléna soupire d'ennui. Je n'en peux plus de ces gens-là. Elle les aperçoit dans l'allée du jardin. Ils ont monté la côte trop vite et Carl est obligé de s'arrêter pour reprendre son souffle. Lydia est à côté de lui, les mains dans le dos, la tête en avant.

LYDIA : Ne compte pas sur moi, je ne dirai rien.

CARL : Si tu ne dis rien, qui dira quelque chose ?

LYDIA : En tout cas, pas moi.

CARL : Et pas moi non plus.

LYDIA : Tu ne peux pas exiger de moi que je dise quelque chose.

CARL : Maman n'a pas confiance en moi, tu le sais. Elle n'a pas confiance en moi et c'est de ta faute. C'est pourquoi je ne peux pas dire…

LYDIA : Si elle n'a pas confiance en moi, mein Carlchen, je ne comprends vraiment pas, comment, moi, je pourrais dire quoi que ce soit.

CARL : Il faut que tu lui dises que je suis désespéré.

LYDIA : Tu le lui diras mieux toi-même, mein Carlchen.

CARL : Tu es une triple idiote. Tu dois lui faire comprendre que j'ai des velléités de suicide.

LYDIA (pleure) : C'est vrai ? Nous pouvons vivre ensemble pauvres. Je veux travailler…

CARL : Idiote. Imbécile. Crétine. On dit je *vais* travailler.

LYDIA : Que veux-tu que je dise, mein Carlchen ?

CARL : Tu n'as donc aucune imagination ? Bêtasse. Dis que tu vois que je suis malheureux. Que je ne mange plus. Que je ne dors plus.

LYDIA : Tu restes couché sans pouvoir t'endormir, tout à fait insomniaque.

CARL : Bien sûr que je suis insomniaque. Dis que je suis devenu taciturne. Que je ne ris plus jamais. Que si je ris, ça fait une impression terrible, tu comprends ? Une conversation entre femmes. Tu ne le dis pas directement, mais tu laisses entendre que j'ai parlé de suicide.

LYDIA : Ne prononce pas ce mot terrible, mein Carlchen, sinon je pleure.

CARL : Quelle connasse !

LYDIA : Tu penses vraiment à te suicider, mein Schatz ?

CARL : Uniquement lorsque je te vois.

LYDIA : Pourquoi es-tu si méchant ?

CARL : Ne pars pas, bon dieu (il siffle). Où veux-tu aller ?

LYDIA : Je ne parlerai *pas* à ta mère. Je rentre. Du bist böse. Il faut que je pleure. Tu ne comprends pas que je t'aime. Maintenant, je pleure et j'en ai pour un moment.

CARL : Dieu du ciel ! Pourquoi faut-il que je participe toujours à cette farce idiote. Lydia ! Ne cours pas ! Attends !

Lydia tend les bras par-dessus sa tête, elle pleure bruyamment et se prend les pieds dans sa jupe. Carl tire pour la faire s'arrêter, mais il n'y arrive pas et tombe à plat ventre. Lydia pousse un petit cri, elle est tout de suite là, elle l'aide à se relever et l'époussette. Ils disparaissent bientôt derrière la tonnelle de lilas.

Madame Héléna se retourne. Jenny est dans la pièce, bras et jambes nus, blonde, ronde et hâlée par le soleil. Elle porte une chemise de nuit à fleurs aux couleurs fanées, elle regarde attentivement sa grand-mère, elle tient quelque chose dans son dos.

HÉLÉNA : Ne devrais-tu pas être au lit depuis longtemps ?

JENNY : Je me suis sauvée.

HÉLÉNA : Que va dire ta mère ? Tu y penses ?

JENNY : Elle n'en saura rien. À moins que tu ne mouchardes, bien sûr.

HÉLÉNA : Qu'attends-tu de ta vieille grand-mère ?

Jenny fait un pas en avant, encore un pas, elle pose devant madame Héléna un brin d'herbe où sont enfilées des fraises des bois, elle sourit et s'éloigne en courant.

8

La mère est couchée sur le lit d'Amanda. Elle n'a pas enlevé son manteau. Alexandre s'est recroquevillé tout près d'elle, la tête contre son bras. Fanny est assise au pied du lit, Amanda occupe une position stratégique près de la porte du couloir. Un long silence. La nuit tombe. On entend les pas de l'Évêque. Il ouvre la porte sans frapper, s'arrête sur le seuil.

EDVARD : Bienvenue à la maison, Émilie. Tu as beaucoup tardé. (Un silence.) Nous commencions presque à nous inquiéter. (Un silence.) Madame Tander demande si tu veux manger quelque chose.

ÉMILIE : Je n'ai pas faim.

EDVARD : Je vais le lui dire. (Un silence.) Tu vas bientôt venir te coucher ? (Un silence.) Il est tard.

ÉMILIE : Je viendrai quand les enfants se seront endormis.

EDVARD : Je m'installe dans la bibliothèque, je vais lire en attendant. Ne tarde pas trop, tu seras gentille. (Un silence.) Bonne nuit, les enfants. Nous étions convenus qu'Alexandre passerait la nuit au grenier, mais je vois que cette décision a été modifiée.

ÉMILIE : Oui. (Un silence.) Elle a été modifiée.

EDVARD : Je t'en prie. Ça sera peut-être mieux ainsi. Bonne nuit, Fanny.

FANNY : Bonne nuit, oncle Edvard.

EDVARD : Bonne nuit, Amanda.

AMANDA : Bonne nuit, oncle Edvard.

EDVARD : Bonne nuit, Alexandre.

ALEXANDRE ne répond pas.

EDVARD : Il dort.

ALEXANDRE : Non, je ne dors pas.

EDVARD : Alors, tu peux me répondre, toi aussi, quand je te souhaite une bonne nuit.

ALEXANDRE : Je ne peux pas.

EDVARD : Tu ne peux pas ? (Il sourit.) Qu'est-ce que c'est que ces bêtises, Alexandre !

ALEXANDRE : Alexandre ne souhaite pas une bonne nuit à l'Évêque.

EDVARD (rit) : Tu as de l'humour, Alexandre, j'aime ça.

Il rit encore plus et referme la porte, ses pas s'éloignent. Mère et enfant demeurent couchés, sans dire un mot, chacun dans ses pensées.

Une seule lampe est allumée près du fauteuil de l'Évêque. L'immense pièce est dans le noir. Il fait nuit. Edvard Vergérus lit une revue ecclésiastique. Il trace des notes en marge avec un crayon. Il porte des lunettes à monture d'or et une veste de fumeur. Un mince filet de fumée monte de sa pipe. Il a étendu ses jambes sur un tabouret assorti au fauteuil. Émilie est assise à la grande table couverte de livres et de journaux. Elle n'a toujours pas enlevé son manteau, mais son chapeau a disparu en route.

EDVARD : Tu as rencontré ta belle-mère et ta famille ? Cela a été une bonne visite ? Il pleuvait ? Ici, il a plu et il a fait de l'orage toute la journée. Eh bien, un peu d'eau, ça ne fait pas de mal. Du moins pour les paysans. Alexandre et moi avons eu, cet après-midi, une petite confrontation. L'histoire habituelle. Il a de la peine à distinguer l'imaginaire et la réalité. Mais nous avons mis cela au clair. Du moins partiellement. Alexandre n'est pas bête, mais il est rancunier (il rit). Alexandre ne souhaite pas une bonne nuit à l'Évêque ! C'est vraiment superbe ! Au fond, j'ai une certaine estime pour son caractère. C'est tout simplement un petit original. Tu ne dis rien, Émilie. (Un silence.) Tu es fâchée pour quelque chose ? Tu n'as absolument aucune raison de l'être. C'est plutôt moi qui aurais lieu de te reprocher une chose et l'autre.

ÉMILIE (après un silence) : T'es complètement détraqué.

EDVARD (souriant) : Je dois avouer que je te trouve moins d'attraits lorsque tu t'efforces à la vulgarité. Comme je le disais, je pourrais te poser quelques questions, mais je ne recherche pas la bagarre, donc je me tais.

ÉMILIE : Tu enfermes les enfants.

EDVARD : Simple précaution. Je voulais une garantie quant à ton retour.

ÉMILIE : Tu as brutalisé Alexandre.

EDVARD : Tu t'exprimes bien dramatiquement, ma chère Émilie. Je l'ai puni. C'est mon devoir d'éducateur. D'ailleurs, comparée à la faute, la punition était douce.

ÉMILIE : Il saigne, sa peau a été arrachée…

EDVARD : Pardonne-moi si je t'interromps, mon amie. Je lui ai donné quelques coups. Ça fait mal aux fesses pendant quelques jours, mais c'est une douleur saine. Ce jeune homme réfléchira à deux fois avant de se rendre coupable de nouveaux mensonges ou de nouveaux fantasmes, si tu préfères les appeler ainsi.

ÉMILIE : Et l'humiliation ?

EDVARD : Dieu nous fait courber la tête sous la punition. Cela peut paraître humiliant, mais c'est nécessaire. De plus, Émilie : une correction donnée par amour ne peut jamais être humiliante au sens profond. L'amour et les égards n'ont rien de commun et le langage de l'amour peut être assez rude.

ÉMILIE : Toi, parler d'amour !

EDVARD : Tu te permets de ricaner. (Un silence.) Nous allons mettre un terme à cette conversation et aller nous coucher.

ÉMILIE : Tu l'as enfermé au grenier.

EDVARD : Évidemment. Il avait besoin d'être seul.

ÉMILIE : Tu sais qu'il a peur dans le noir.

EDVARD : Les nuits sont claires en cette saison et si on a la conscience tranquille, on n'a rien à craindre.

ÉMILIE : Je pourrais te tuer.

EDVARD : Tu nuis à l'enfant en ayant de pareilles pensées.

ÉMILIE : Notre enfant ne naîtra jamais.

EDVARD : Fais attention à ce que tu dis, Émilie. (Un silence.) Une mère qui par haine maladive de son mari veut tuer son enfant. Que fait-on d'une telle mère ? (Un silence.) L'asile d'aliénés, Émilie.

ÉMILIE : Tu ne me fais pas peur.

EDVARD : Je suis obligé de te faire peur. Je le fais en ayant le cœur bien lourd, puisque malgré tout, je t'aime. (Il se lève et va vers elle.) Il faut que tu comprennes enfin que tu dois m'obéir, que tu dois te soumettre, que tu comprennes tes devoirs d'épouse et de mère. Tu n'es pas forte, Émilie, et la grossesse épuise tes forces. À partir de maintenant, tu vas demeurer dans une chambre que nous allons t'arranger de la façon la plus confortable. Henrietta et ma mère se relaieront pour te soigner. Ta liberté sera momentanément un peu restreinte. Il faut être très prudents. (Un silence.) Il faut que tu saches aussi que la moindre tentative de révolte de ta part ou de contact avec le monde extérieur agira par contrecoup sur le bien-être de tes enfants. Tu es pâle de haine et de colère, Émilie. Je te conseille le calme et le courage. Tu as vécu dans un monde artificiel, engluée dans des sentiments artificiels. Il faut que je t'apprenne comme à tes enfants à vivre dans la réalité. Ce n'est pas de ma faute si la réalité est un enfer. C'est dans ce monde, Émilie, dans cette réalité que Jésus-Christ a été torturé et a été tué. (Un silence.) Par ton comportement irresponsable, tu m'obliges à prendre, moi, la responsabilité, pas seulement de tes enfants, mais aussi de toi. C'est lourd et je ressens une affreuse solitude.

ÉMILIE étouffe un cri.

EDVARD (avec tendresse) : Je suis un homme ordinaire avec de nombreux défauts, mais j'ai une charge importante. La charge est toujours plus grande que celui qui l'assume. L'homme qui vit dans sa charge est l'esclave de la charge. Il n'a pas le droit d'avoir des goûts personnels. Il n'existe que pour les autres, que pour son prochain, il ne vit que dans la soumission. Son esclavage est sa liberté. Je t'aime, Émilie, je t'aime plus qu'aucun être au monde, Dieu m'en est témoin. Mais tu menaces ma charge par tes folles et dangereuses tentatives de fuite et tes sempiternels discours sur le divorce. Tout cela doit être réprimé, Émilie. Il faut que tu apprennes à te courber avec humilité devant la puissance que tous les deux nous servons.

ÉMILIE hurle.

EDVARD la frappe à la bouche.

ÉMILIE : Je te maudis. Je maudis l'enfant que je porte. Je le sortirai de mes propres mains et l'écraserai comme on écrase une bête venimeuse. Chaque jour, chaque heure, je souhaiterai ta mort et j'inventerai une souffrance qui sera plus épouvantable que tout ce que l'esprit humain peut concevoir.

EDVARD : Nous traversons une vallée de larmes, Émilie. Nous traversons la vallée de larmes et nous l'enrichissons de sources vives.

Les démons

1

Par un jour de septembre torride, une charrette entre dans la cour de l'Évêché. Isak Jacobi est assis à côté du cocher en chapeau et pardessus d'hiver. Deux jeunes gars sont allongés sur le plateau. Ils halètent de chaleur et boivent de la bière. Le juif ordonne à l'équipage d'attendre, il entre dans la maison et frappe à la porte de l'Évêque. Mademoiselle Henrietta vient ouvrir. Elle jette un regard de dégoût sur le visiteur.

HENRIETTA : Bonjour, monsieur Jacobi.

ISAK : Bonjour, mademoiselle Vergérus. J'espère que je ne…

HENRIETTA : De quoi s'agit-il ?

ISAK : Je voudrais savoir si Monseigneur l'Évêque est…

HENRIETTA : Il est en train de travailler à son sermon et on ne peut pas le déranger.

ISAK : Peut-être serait-il alors possible de parler avec Madame.

HENRIETTA : Madame est un peu fatiguée, elle se repose dans sa chambre.

ISAK : Et on ne peut pas la déranger ?

HENRIETTA : Ma mère est sortie, quant à moi, je n'ai pas le temps.

ISAK : Je ne suis pas sûr que…

HENRIETTA : Je regrette, monsieur Jacobi.

ISAK : Il se pourrait que Monseigneur soit fâché s'il m'était refusé l'occasion de lui présenter…

HENRIETTA : De quoi s'agit-il ?

ISAK : Il y a quelques mois, en novembre, plus précisément, Monseigneur a eu l'amabilité de me proposer une affaire.

HENRIETTA : Vraiment ? Je ne m'en souviens pas.

ISAK : Mais bien sûr, mademoiselle Vergérus. Il va de soi que Monseigneur épargne à ses proches des soucis d'une telle trivialité.

HENRIETTA : Quels soucis mon frère pourrait-il avoir qui vous concernent, monsieur Jacobi ?

ISAK : Ah, mademoiselle Vergérus, ne me forcez pas à être vulgaire.

HENRIETTA : Vous êtes quelqu'un de désagréable, monsieur Jacobi et en plus, vous avez un ton insinuant et offensant. Je n'ai ni le temps ni l'envie d'engager une conversation avec vous. Maintenant, cela suffit. Adieu, monsieur Jacobi.

ISAK : Des soucis d'argent.

HENRIETTA : Pardon ?

ISAK : Votre frère, Monseigneur l'Évêque avait des soucis d'argent. Puis-je entrer ?

HENRIETTA entrouvre la porte.

ISAK (entre) : Je vous remercie de votre amabilité. Permettez-moi de vous faire tous mes compliments pour votre robe, mademoiselle Vergérus. Ce n'est pas, assurément, un tissu bon marché. Il vient sans aucun doute de Paris.

HENRIETTA : Quelles affaires avez-vous avec mon frère, monsieur Jacobi ?

ISAK : Est-ce que je peux m'asseoir ?

HENRIETTA : Asseyez-vous là. Non, pas là. Là.

ISAK : Curieusement et j'ignore pourquoi, j'ai de l'estime pour votre franchise.

HENRIETTA : Et moi, monsieur Jacobi, je n'ai aucune estime pour votre ton patelin. Quelles affaires avez-vous avec mon frère ?

ISAK : Je n'ai, que je sache, aucune affaire du tout.

HENRIETTA : Cette fois, j'en ai assez de vos énigmes. Dites-moi ce que vous avez à dire et allez-vous-en.

ISAK : D'abord, je dois parler avec Monseigneur.

HENRIETTA : Il m'a défendu de le déranger.

ISAK : Si vous voulez bien avoir l'amabilité de me montrer le chemin, je me charge de le déranger. (Il sourit et chuchote.) Il s'agit d'argent, mademoiselle Vergérus. De beaucoup d'argent.

HENRIETTA : Mon frère vous doit de l'argent ?

ISAK (comme effaré) : Au contraire, ma chère enfant ! Au contraire. Voici de quoi il s'agit, mademoiselle Vergérus. En novembre dernier, Monseigneur voulait emprunter de l'argent. Le juif que je suis a malheureusement certains principes, comme, par exemple, de ne jamais prêter d'argent à des gens d'Église. Cela peut comporter certains risques, disons, à longue échéance. Monseigneur m'a alors proposé de lui acheter quelque chose. Je pouvais lui acheter un superbe coffre et une très belle armoire pour un prix raisonnable. J'ai refusé.

HENRIETTA : Vraiment. Eh bien ! Vous avez refusé.

ISAK : J'ai été assez sot pour refuser, mais je m'en suis bien repenti. Je n'ai pas aujourd'hui de plus grand désir que de pouvoir acheter ces meubles. Je dirais presque à n'importe quel prix. (Il chuchote.) Presque.

HENRIETTA (au bout d'un long moment) : Je vais chercher mon frère.

Elle s'éloigne. Isak Jacobi bondit de sa chaise et se faufile à toute vitesse, à travers plusieurs pièces, ses bottines craquent, il arrive dans le grand couloir dallé, tâte les portes l'une après l'autre, en trouve une fermée à clef, il sort un trousseau de clefs aux formes bizarres. On entend la voix de l'Évêque, au loin, dans la maison. « Je t'ai défendu de me déranger. » Henrietta marmonne quelque chose et l'Évêque répond : « Ah oui, bon, bon, il s'incruste comme de la vermine. » Isak essaie les clefs, la porte s'ouvre presque aussitôt. Amanda, Fanny et Alexandre sont là, dans cette pièce, ils lèvent un regard stupéfait vers Isak qui est maintenant très pressé.

ISAK : Restez là où vous êtes. Je vais venir vous chercher dans quelques instants. Enlevez vos chaussures.

Il referme la porte et revient en courant dans l'entrée. L'Évêque le contemple d'un regard sombre. Derrière lui, on entrevoit Henrietta.

ISAK : Excusez-moi. Les petits ennuis inhérents à l'âge. Excusez-moi. Bonjour, Monseigneur.

EDVARD : Vous voulez acheter le coffre et l'armoire ?

ISAK : Exactement.

EDVARD : Et vous payez combien ?

ISAK (sort une feuille de sa poche) : C'est écrit sur ce papier.

EDVARD : Apparemment, vous vous êtes sérieusement repenti.

ISAK : J'ai peut-être un acheteur.

EDVARD : La somme est trop faible.

ISAK : En ce cas, je regrette. (Il va pour repartir.) Au revoir, Monseigneur. Au revoir, mademoiselle Vergérus.

EDVARD : Vous avez une idée derrière la tête. Des gens comme vous ont toujours une idée derrière la tête.

ISAK : Au revoir. Je vous présente toutes mes excuses.

EDVARD : Ces meubles valent au moins le double.

ISAK : Vous prêchez un convaincu, Monseigneur. On ne peut que regretter qu'un pauvre antiquaire de province n'ait pas les moyens de payer le véritable prix.

EDVARD : Vous me roulez.

ISAK : Monseigneur peut parfaitement dire non et dans ce cas, il ne sera pas roulé. Je vous remercie de cet entretien et je me retire. J'espère que je ne vous ai pas dérangé trop longtemps.

EDVARD : Vous avez l'argent sur vous ?

ISAK : L'argent ? Ah oui, l'argent… de l'achat. Mais bien sûr, Monseigneur ! La somme inscrite sur la feuille que je vous ai montrée se trouve dans la poche de ma veste. Voici les gros billets.

EDVARD : Donnez-moi cet argent, monsieur Jacobi.

ISAK : Mais naturellement. Mais tout de suite. Seulement, que Monseigneur veuille bien avoir l'amabilité de signer cet acte de vente. N'est-ce pas ? (Il remet l'argent.)

EDVARD : Je le signerai, monsieur Jacobi. Je le signerai.

Il s'éloigne en lisant l'acte. La porte se referme.

ISAK : Nous autorisez-vous, très honorée mademoiselle Vergérus, à procéder immédiatement au déménagement de ces meubles ? Puis-je demander à mes hommes de monter les prendre ?

HENRIETTA (hausse les épaules) : Je n'y vois pas d'inconvénient.

Isak court à la fenêtre. Il appelle ses hommes qui obéissent aussitôt. Mademoiselle Henrietta reste quelques secondcs, le doigt sur la bouche, elle regarde Isak qui s'incline devant elle.

HENRIETTA : Excusez-moi, mais je dois prendre congé.

ISAK : Je vais vous regretter, mademoiselle Vergérus.

HENRIETTA : Je compte sur vous pour n'emporter que ce qui vous appartient.
ISAK : Les soupçons retombent sur celui qui les conçoit.

Henrietta a envie de répondre, mais elle se domine, elle quitte la pièce avec un grand mouvement de jupe, passe par la salle à manger et le salon et la voilà soudain disparue. Isak Jacobi se précipite dans le couloir dallé, il ouvre violemment la porte de la chambre des enfants et leur fait signe de se dépêcher. Ils se lèvent, leurs chaussures à la main, et ils le regardent, incertains.

ISAK (chuchote) : Dépêchez-vous. Il faut que ça aille vite.

Il prend Amanda par la main et l'entraîne. Les autres suivent. Les voici dans la salle des fêtes de l'Évêché. Isak ouvre un grand coffre et murmure aux enfants de sauter dedans. La porte s'ouvre au même moment. L'Évêque entre. Isak referme le coffre, les enfants sont en sécurité.

ISAK : Je comprends que Monseigneur veuille s'assurer que je n'emporte que ce qui me revient. (Il ouvre le coffre.) S'il vous plaît.
EDVARD : Mais je vous en prie. Je voulais simplement vous rendre l'acte de vente signé.

Isak repose le couvercle et s'assied dessus. Les trois hommes ont commencé par emporter l'armoire après avoir décroché les portes et enlevé la corniche. L'Évêque rabat les pans de sa robe de chambre sur ses jambes et s'assied à côté d'Isak. Il sourit aimablement. Isak Jacobi lui rend son sourire.

EDVARD : Que dites-vous de ce tableau, là-bas ?
ISAK : Un authentique van Meertens, à ce que je peux voir.
EDVARD : Il vous intéresserait ?
ISAK : Un très beau travail. Je ne suis malheureusement pas marchand de tableaux.
EDVARD : Un bon prix ?
ISAK : Mes moyens ne me le permettent pas pour le moment. Comment va madame Vergérus ?
EDVARD : Je vous remercie de votre aimable sollicitude. Madame Vergérus est souffrante. Cette brusque chaleur ne lui vaut rien.
ISAK : Ne serait-il pas possible que je lui présente personnellement…
EDVARD : Je regrette.
ISAK : Je comprends. Voici une lettre pour elle, de la part de la vieille madame Ekdahl.
EDVARD : Je la lui remettrai.
ISAK : Trop aimable.
EDVARD : Sale youpin. (Il prend Isak par le col.) Immonde, répugnant youpin. Tu croyais pouvoir me rouler. Mais tu vas t'en mordre les doigts, sale bête puante.

Avec une force fantastique, il soulève Isak du coffre et le jette à terre. Puis il se lève et ouvre brusquement le couvercle. Il regarde dans le coffre.

Le coffre est vide. Il court après les déménageurs pour les arrêter. L'armoire est béante, vide, sans portes. Isak reste par terre, assis, et il ramasse ses lunettes qui ont été brisées dans sa chute. Une porte s'ouvre sur une pièce adjacente et madame Blenda apparaît. Derrière elle, violemment éclairée par le soleil couchant, l'énorme Elsa Bergius se vautre parmi ses coussins.

ELSA BERGIUS (crie) : Qu'est-ce qui se passe ? Qu'est-ce qui se passe ? Qu'est-ce qui se passe ?
MADAME BLENDA : Qu'est-ce qui se passe ?
EDVARD (furieux) : C'est ce porc qui essaie de me voler mes enfants.
HENRIETTA : Ce n'est pas possible. C'est moi qui ai la clef de leur chambre.

L'évêque ouvre la porte de la chambre des enfants avec violence. Amanda, Fanny et Alexandre sont couchés, recroquevillés par terre, comme s'ils dormaient. Dans la lueur du soleil couchant, leurs visages sont pâles. L'évêque se penche sur eux, peut-être sont-ils morts ? Il lève la main pour toucher le front d'Alexandre.

ÉMILIE : Ne les touche pas !

Elle se tient près de l'escalier, alourdie par sa grossesse avancée, en sueur, négligée, dans une robe de chambre tachée. Ses cheveux pendent de chaque côté de son visage émacié, ses lèvres saignent d'avoir été trop mordues, mais le regard est calme et froid. Une Ophélie vieillissante qui a malheureusement renoncé à cueillir des fleurs le long de la rivière.

ÉMILIE : Si tu les touches, je te tue.

Isak Jacobi s'est relevé. Il essuie son manteau noir, fait des gestes apaisants. Les trois hommes emportent l'armoire. L'Évêque ferme les poings, les serre, retourne dans son bureau et ferme sa porte. Madame Blenda donne à manger à Elsa Bergius qui grogne. Henrietta soulève le couvercle du coffre. Il est toujours vide. Elle s'affaisse sur une chaise, appuie son bras contre le dossier et regarde méchamment Émilie. Le vieux juif sourit, l'air absent, mais paraît un peu fatigué. Il va en chancelant jusqu'à Émilie. Il s'appuie au mur et essaie ses lunettes cassées. Les trois hommes emportent le coffre. Il est lourd.

2

Après avoir déposé le coffre dans l'arrière-boutique, sombre et encombrée, les hommes s'éloignent. Isak Jacobi baisse les rideaux déchirés, ferme la porte extérieure et soulève le couvercle. Les enfants sortent, sales et tout ébranlés, mais sains et saufs. Le juif pose un doigt sur ses lèvres et leur fait signe de le suivre dans un escalier en colimaçon qui monte à travers deux étages envahis par tous les objets qu'on puisse imaginer. L'escalier aboutit à une entrée étroite qui s'ouvre sur une salle à manger sombre et délabrée, encombrée de meubles vieillots. La table est mise et les candélabres allumés. Un jeune homme d'une vingtaine d'années les salue, sans dire un mot, il est pâle, il a un doux regard.

ISAK : Mon neveu, Aron.

Aron s'incline avec courtoisie, il se hâte vers la cuisine et revient en portant une grande terrine de potage de viande qui fume. Tout le monde s'assied, Isak Jacobi distribue le pain et sert le potage. Personne ne rompt le silence. Une mouche bourdonne contre la vitre sale. Quelque part, loin, on entend une voix d'homme qui chantonne une mélodie monocorde, aux intervalles inhabituels.

ALEXANDRE : L'Évêque peut-il nous reprendre ?

ISAK (secoue la tête) : Dans quelques jours, il va entamer des pourparlers avec vos oncles. Il n'y a pas de danger pour le moment.

FANNY : Je veux maman.

ISAK (lui caresse les cheveux) : De la patience, mademoiselle Ekdahl. De la patience.

AMANDA : Combien de temps allons-nous devoir rester ici ?

ISAK : Certainement pas toute la vie.

ALEXANDRE : Je voudrais dormir.

ISAK : Nos hôtes sont fatigués, Aron ! As-tu fait le ménage et les lits ? As-tu bien aéré et mis des fleurs ?

ARON : J'ai fait tout ce que vous m'aviez ordonné, mon oncle.

Ils se lèvent et prennent un long couloir obscur qui semble traverser toute la maison.

ISAK : Ismael a-t-il mangé ?
ARON : Je lui ai apporté son dîner à trois heures.
ISAK : Derrière cette porte habite mon deuxième neveu, Ismael. Il est malade. C'est pour cela qu'on est obligé de l'enfermer. Cette porte doit toujours demeurer fermée. Souviens-t'en, Alexandre. Souvenez-vous-en, Fanny et Amanda.

Tristes et silencieux, les enfants hochent la tête. Isak caresse la joue d'Amanda et à son tour, il hoche gravement la tête.

ISAK : Parfois, il chante. Même la nuit. Il ne faut pas s'en occuper. Vous vous habituerez.

Il leur fait un signe et ils reprennent leur marche dans le long couloir, qui débouche sur une grande pièce sans autres meubles qu'une dizaine de chaises placées en deux rangées sur un tapis persan usé. Au fond de la pièce, un théâtre de marionnettes. Des poupées en habits multicolores sont accrochées partout, sur la scène et le long des murs. Elles regardent ceux qui entrent de leurs yeux fixes et noirs, dans des visages mystérieusement pâles. La lumière grise du jour, filtrant à travers des rideaux à moitié tirés, donne à leurs corps, à leurs membres, à leurs visages et à leurs gestes quelque chose de puissant, d'impérieux.

ISAK : Le théâtre de marionnettes d'Aron. Si vous lui demandez bien gentiment, il vous invitera certainement un soir à une représentation.

Ils traversent un salon rouge : tapisseries rouges, tapis rouge, canapés rouges, fauteuils rouges et lourds rideaux. Plafonds décorés en stuc, lustre de cristal enveloppé dans du tulle. Au-delà de ce salon, un cabinet chinois, murs tapissés de papiers de riz, meubles noirs laqués et statuettes. Tout est usé, poussiéreux, décoloré, comme mourant. Aron ouvre une porte dérobée peinte en noir, elle donne accès à une petite pièce aux larges lames de parquet, fenêtre haute découvrant un arbre automnal, deux lits étroits avec des couvertures blanches et rebondies, papiers peints clairs, rideaux dentelle et une multitude de tout petits tableaux aux murs. Dans un coin, derrière un paravent abîmé, un lavabo. Trois chaises blanches, une table branlante complètent l'ameublement. Une haute lampe à pétrole surveille la table, par terre de longs et étroits tapis. On sent une bonne odeur de lessive. La fenêtre est ouverte et sur une petite commode, une coupe remplie de pommes répand un agréable parfum.

ISAK : Ceci sera votre maison pour l'avenir le plus immédiat. J'espère que vous allez vous plaire ici. La nuit, fermez votre porte de l'intérieur et n'ouvrez à personne. Allez vous coucher, maintenant. Aron va vous aider à fermer la fenêtre. Si vous désirez quelque chose, appelez dans ce tube. D'abord, vous sifflez, puis vous parlez d'une voix bien claire. Ça ne sert à rien de crier. On n'entendrait pas ce que vous dites. Bonne nuit Amanda. Bonne nuit, Fanny. Bonne nuit, Alexandre. N'oubliez pas votre prière du soir.

ALEXANDRE : Ne t'en va pas.

ISAK : Tu veux que je reste un peu ?

ALEXANDRE : Oui, s'il te plaît.

ISAK : Alors, je m'assieds sur cette chaise.

ARON : Je vais voir Ismael. Bonne nuit.

LES ENFANTS : Bonne nuit...

ARON : Aron. Je m'appelle Aron. Mon frère s'appelle Ismael. Nos parents sont morts quand nous étions tout petits.

Il sourit avec courtoisie et disparaît sans bruit. Les enfants se sont assis sur un des lits, on dirait des petits oiseaux ébouriffés et fatigués qui ont perdu la branche sur laquelle ils avaient l'habitude de passer la nuit. Isak les regarde longuement.

ISAK : Eh bien ? Est-ce Fanny et Amanda qui ont ensemble des secrets parce qu'Alexandre est un garçon ? Ou est-ce Fanny et Alexandre qui jouent aux mêmes jeux et trouvent qu'Amanda ne s'intéresse qu'à sa danse ? ou est-ce Alexandre et Amanda qui trouvent que Fanny est encore un bébé ? C'est comment ?

ALEXANDRE : On est ensemble. Tous les trois.

ISAK : À la bonne heure.

FANNY : Amanda doit entrer à l'école de danse de l'Opéra.

AMANDA : Notre beau-père veut m'interdire de danser.

ALEXANDRE : Il ne le peut pas, puisque grand-mère a décidé qu'Amanda sera danseuse.

FANNY : Quand grand-mère décide quelque chose, c'est décidé.

ALEXANDRE : Elle nous fatigue quelquefois un peu, avec sa danse, mais quand même, on trouve que c'est triste qu'elle s'en aille. Depuis la mort de papa…

ISAK (après un silence) : … eh bien, quoi ?

ALEXANDRE : Rien.

AMANDA : On ne peut pas faire confiance aux grandes personnes.

FANNY : Les grands sont complètement fous.

AMANDA : Maman doit être folle.

Tout à coup, les enfants se taisent. Ils sont fatigués, incertains et tristes. Isak ne veut pas troubler le silence. Il allume sa pipe et sort, de la poche trouée de sa veste, un gros livre de petit format. Les pages du livre sont très minces et couvertes d'une écriture serrée, imprimée dans une langue étrangère.

ALEXANDRE (poliment) : Quel est ce livre ?

ISAK (lève les yeux) : C'est un livre qui contient des histoires, des pensées, des maximes et des prières. Il est écrit en hébreu.

FANNY : Vous comprenez cette langue, oncle Isak ?

ISAK (hoche la tête) : Voulez-vous que je vous lise quelque chose ?

ALEXANDRE : Oncle Isak !

ISAK : Oui.

ALEXANDRE : C'est sûr, absolument sûr que Monseigneur ne peut pas venir nous chercher ?

ISAK : Tu peux être tranquille, Alexandre.

FANNY : Alors, lis-nous quelque chose !

ISAK : Cela va être peut-être un peu cahoteux, car je suis obligé de traduire. (Il feuillette son livre, se racle la gorge et commence à lire.) « Tu avances sur une route qui n'en finit pas, en compagnie de beaucoup d'autres personnes. Des voitures, traînées par de grands chevaux, passent à vive allure et obligent ceux qui vont à pied ou bien les troupeaux à s'écarter sur le bord de la route ou dans les profonds fossés. La route traverse une plaine caillouteuse, où rien ne pousse. Le feu du soleil brûle du matin au soir, tu ne trouves nulle part la fraîcheur ou l'ombre. Un vent lancinant souffle. Avec la foule, les voitures et le bétail, il soulève de formidables nuages de poussière qui remplissent tes yeux, ta gorge et ta bouche. Une incompréhensible inquiétude te pousse en avant et tu souffres d'une soif brûlante. Parfois, tu te demandes ou tu demandes à l'un de tes compagnons de voyage quel est le but de cette marche, mais la réponse est incertaine, hésitante. (Un silence.) Soudain, te voilà dans une forêt. Le soir tombe, tout est calme, tu entends peut-être le pépiement ensommeillé de quelque oiseau, tu entends peut-être le bruit du vent qui, au coucher du soleil, passe dans les grands arbres. Étonné, tu demeures plein d'inquiétude et de méfiance. Tu es seul. Tu es seul et tu n'entends rien, puisque tes oreilles sont bouchées par la poussière de la route. Tu ne vois rien, puisque tes yeux sont enflammés par l'impitoyable lumière du jour. Ta bouche et ton gosier sont asséchés par ta longue marche et tes lèvres crevassées sont closes sur des malédictions et des paroles dures. (Un silence.) Voilà pourquoi, tu n'entends pas le bruissement d'eaux vives, voilà pourquoi tu ne vois pas le reflet de la lumière dans l'eau, au crépuscule. Aveuglé, tu restes au bord de la source et tu ne sais pas qu'elle existe. Pareil à un somnambule, tu cherches ton chemin entre les miroirs des eaux. Ton habileté d'aveugle est remarquable, bientôt te voilà de retour sur la route bruyante, dans la lumière brûlante et sans ombres, parmi des bêtes qui beuglent, des voitures qui roulent et des hommes furieux. Étonné tu te dis : Ici, sur la route, je me sens en sécurité. Dans la forêt, j'étais livré à moi-même, elle était terrifiante de solitude. (Un silence.) Mais le soir reflète la clarté de son œil dans le crépuscule de la forêt. L'eau chante sans se fatiguer, elle coule à travers les bois, devient ruisseaux, fleuves, lacs profonds. “D'où vient toute cette eau ?” interroge le jeune homme. “Elle vient d'une haute montagne”, répond le Vieillard. “Elle vient d'une montagne dont la cime est couverte par un puissant nuage.” “Quel nuage ?” interroge le jeune homme. Mais le Vieillard répond : “Chaque homme porte en lui espoir, peur, désir, chaque homme crie son désespoir, certains prient un dieu précis, d’autres adressent leurs cris au vide. Ce désespoir, cet espoir, ce rêve d’une rédemption, tous ces cris s’accumulent pendant mille et mille années, toutes ces larmes, tous ces sacrifices, tout ce désir s’accumulent et forment un incommensurable nuage autour d’une haute montagne. Du nuage la pluie descend sur la montagne. Ainsi se forment les ruisseaux, les cours d’eau, les fleuves, ainsi se forment les sources profondes où tu pourras étancher ta soif, où tu pourras laver ton visage, où tu pourras rafraîchir tes pieds couverts de plaies. Tous les hommes ont entendu parler un jour des sources, de la montagne et du nuage, mais la plupart demeurent sur la route poussiéreuse, de peur de ne pas arriver à quelque but inconnu avant que la nuit tombe.” »

3

Des pourparlers diplomatiques s’ouvrent quelques jours plus tard entre l’Évêque et les ex-beaux-frères d’Émilie. Ils se déroulent dans la bibliothèque de l’Évêché. Edvard Vergérus porte sa redingote de pasteur et sa croix en or. Les deux frères sont en complet-veston. On sert du xérès et des gâteaux secs. La lumière du soleil d’automne traverse le crépuscule poussiéreux, tombe sur les visages des trois hommes et donne une coloration cireuse à leur teint.

EDVARD : On s'assoit ? Mon cher Carl, je te recommande le fauteuil, Gustav Adolf sera mieux sur le canapé. Encore une goutte de xérès ? Non ? Un petit gâteau aux amandes ? C'est la spécialité de ma sœur. Non plus. Moi, je m'installe dans mon vieux fauteuil. Il me suit depuis mes premières années, quand j'étais un jeune pasteur dans la paroisse d'Amsberg, en Dalécarlie du Sud.

L'Évêque n'a pas autre chose à dire. Les visiteurs se taisent. Les grains de poussière tourbillonnent dans les rayons du soleil. Un gros chat noir traverse paresseusement le tapis, sa queue dressée toute droite ondule comme un serpent. Ces messieurs regardent le chat.

EDVARD : Je veux que les enfants reviennent ici. La ville est petite. Les bavardages vont déjà bon train.

Nouveau silence. Les frères échangent des regards. Quand Carl Ekdahl prend la parole, il est très concentré. Gustav Adolf accompagne son intervention de brefs hochements de tête. Le chat noir a sauté sur la table et s'est installé au soleil. Il observe la rencontre les yeux grands ouverts, les oreilles baissées en avant, sa queue remue lentement. On entend un puissant ronronnement qui monte de son ventre.

CARL : Je crains que notre cher ami ait mal compris le motif de notre visite. Nous sommes ici pour te convaincre, de la part de notre famille, de rendre leur liberté à Émilie et aux enfants. Nous ne prétendons pas connaître avec exactitude ce qui s'est passé. Nous savons seulement que notre chère Émilie est extrêmement malheureuse et que les enfants ne se plaisent pas à l'Évêché.

GUSTAV ADOLF : La famille comprend, bien sûr, qu'un divorce est un pas douloureux à franchir pour un éminent serviteur de l'Église et nous sommes volontiers disposés à dédommager notre cher frère de cette perte. J'ai eu un entretien préliminaire avec notre mère, nous sommes prêts à engager une somme considérable. Une somme que vous pourrez, cela va de soi, utiliser pour des œuvres de bienfaisance, quelque fondation ou n'importe quelle œuvre vous tenant à cœur. Nous sommes entièrement d'accord avec vous que cela doit être négocié dans la plus grande discrétion ; ma mère se déclare prête à entreprendre un voyage en Italie avec Émilie et à rester absente au moins un an.

EDVARD : D'abord, laissez-moi dire que j'apprécie à sa juste valeur le respect et la générosité que la famille Ekdahl est prête à me témoigner dans un moment difficile. En même temps, il m'est extrêmement douloureux, mais nécessaire, de m'exprimer clairement. Les enfants ont abandonné le domicile familial. Ils doivent sans aucune condition et sans retard être reconduits chez leurs parents selon la loi. Tout atermoiement nous causera et causera surtout à la mère, d'indicibles souffrances. Quand les enfants seront de retour, je suis prêt à écouter les éventuelles propositions que me fera la famille Ekdahl. Pour éviter toute perte de temps et tout malentendu, je veux cependant souligner qu'un divorce est hors de question.

CARL : Je vous suis très reconnaissant de votre prise de position précise et sans ambiguïté. En même temps, je suis obligé de vous informer que les enfants ne seront jamais ramenés à l'Évêché pour y être soumis aux épreuves qui les ont, jusqu'à ce jour, frappés. Peut-être faut-il ajouter que sur ce point, la famille Ekdahl est absolument unanime. L'affaire n'est donc pas négociable. Les trois enfants sont nés dans notre famille et nous nous estimons responsables de leur bien-être et de leur devenir.

EDVARD : Il m'est douloureux de constater que la famille Ekdahl dicte ses conditions. Surtout qu'en tant que beau-père des enfants, j'ai la loi pour moi. De plus, j'ai, en tant qu'homme d'Église, la supériorité morale.

GUSTAV ADOLF (rit) : Mais nous avons les enfants, mon cher.

EDVARD : Je suis heureux de constater que vous trouvez une occasion de sourire dans cette pénible affaire. Une procédure juridico-policière sera, peut-être, malgré tout inévitable.

GUSTAV ADOLF : J'en doute, mon cher Edvard ! Tu chieras dans ton pantalon plutôt que d'accepter l'affront des vieilles de ta paroisse te sifflant entre leurs fausses dents. Possible que tu aies la morale et le droit de ton côté, mon bonhomme. Mais il va te falloir compter avec mon alliance avec l'immoralité. Même si tu parvenais à une victoire en cour d'appel, nous aurons, nous qui sommes l'immoralité, fabriqué d'ici là un tel nombre de rumeurs incroyables sur ta personne, tes mœurs, ta maison, ta sœur, tes servantes, ta raison, tes débauches sexuelles, tes faux cheveux, ton hypocrisie, ton hypocondrie, ta malhonnêteté que tu seras à tout jamais tenu à te chercher un poste parmi les païens et les esquimaux. Je ne dis pas cela pour te faire peur, mon cher. Je le dis uniquement pour que nous jouions cartes sur table. Maintenant, laisse-moi entendre que tu as repris ta raison, si tu en as une, bien entendu.

EDVARD : Vos tours de clown sont amusants et je serais disposé à en rire, si vos bavardages ne contenaient pas ce que je voudrais appeler une réelle, une authentique menace.

GUSTAV ADOLF : Mon cher et éminent ami, je vais te dire quelque chose, quelque chose que tu n'as peut-être pas tout à fait compris : je t'ai percé à jour. Tu es un salaud de dimensions peu communes.

CARL : Ferme ta gueule, mon cher Gusten. Pense à ta tension. (S'adressant à l'Évêque :) Je vous prie de nous excuser, mon cher Edvard. Même si nous avons des positions très divergentes en ce qui, pour le moment, apparaît comme un conflit insoluble, nous devons nous comporter en gens de bonne éducation. Je me désolidarise entièrement des expressions et des attitudes de mon frère et je vous prie d'être assuré qu'il ne représente personne d'autre que lui-même. Il n'exprime absolument pas les points de vue de notre famille considérée dans son ensemble.

L'Évêque fait une révérence silencieuse en direction du professeur, puis il s'appuie au dossier de son fauteuil et tambourine des doigts de sa longue main, étroite et osseuse, sur l'accoudoir. Son regard bleu se fixe quelque part derrière l'oreille de Gustav Adolf. Un mince sourire apparaît à la commissure de ses lèvres.

EDVARD : Oui, oui. (Un silence.) Oui, oui.

GUSTAV ADOLF (avec peine) : Je vous prie de m'excuser. Je vous présente mille excuses. Je suis un lourdaud, du moins, c'est ce que dit ma femme. Je n'ai pas le sens de la qualité intérieure des êtres. Je bois trop. Je suis confus. Je vous demande pardon.

EDVARD : N'en parlons plus. Je suis même prêt à estimer l'avis sincère d'un homme sincère, même s'il s'exprime d'une façon, nous dirons, directe. (Il sourit.) Puis-je vous servir un peu de xérès ? Je vous assure qu'il est bon.

GUSTAV ADOLF (dompté) : Je vous remercie. Merci. (Il boit.) Vraiment, je suis désolé. Je l'adore cette stupide actrice ! Émilie, nous l'adorons, toute notre famille l'adore. Et voilà que notre frère Oscar meurt. Nous ne nous sommes pas assez occupés d'elle. Nous avons beaucoup de choses à nous reprocher. On est tellement paresseux, tellement égocentrique. Je l'ai dit à Alma ce matin : si nous n'avions pas été aussi paresseux et aussi égocentriques, cela n'aurait jamais…

Il s'interrompt et se mord la moustache. Carl lui fait signe de faire attention. L'Évêque paraît absent, les ombres s'accumulent sous le haut plafond, le rayon du soleil s'éteint, les murs tapissés de livres s'éloignent dans les ténèbres. Le chat noir ronronne.

CARL : Je ne crois pas que dans les circonstances actuelles nous puissions parvenir à un accord. Considérons donc cette conversation, confiante et sincère sur un plan général, comme un prudent sondage.

EDVARD : Je crains de ne pas partager votre prudent optimisme. J'estime nos pourparlers rompus et me vois dans l'obligation de préciser mes positions. Les enfants doivent être ramenés à leur foyer dans les vingt-quatre heures. Sinon, je serai obligé — bien que cela soit contraire à ma nature et à mes principes — de saisir la police et le procureur général.

CARL : Est-il envisageable, au cas où les enfants seraient rendus, d'engager un entretien informel concernant les rapports des enfants et de leur mère avec leurs cousins et parents ?

EDVARD : Je suis un ami des règles fixes et des principes, et ce fait n'est nullement en contradiction avec mon amour sincère et passionné de la liberté. C'est une des pierres angulaires de ma foi chrétienne.

CARL : Puis-je entendre ce que vous venez de dire comme une promesse indirecte d'un futur entretien au sujet de la délicate question de la liberté de mouvements d'Émilie et des enfants ?

EDVARD (avec un sourire las) : La déchirure de notre vie consiste pour sa plus grande part en liens rompus entre des personnes qui ont toutes les dispositions pour se respecter et s'aimer. Un mystère cruel et difficile à pénétrer.

GUSTAV ADOLF (qui se met en colère) : Dire que moi, avec mes cent kilos, ma barbe et ma raison déjà faite, je dois rester sur cette chaise ridicule et inconfortable pour écouter parler ce parfait hypocrite. « La déchirure de notre vie ! » Mais baise-moi là où mon dos change de nom. Maintenant, Carl, ta gueule. Ta gueule pendant que je parle et que je dis à cet incohérent masturbateur d'âme ce que nous lui gardons en réserve. Écoute-moi bien, Edvard Vergérus : *J'ai racheté toutes tes reconnaissances de dettes.* Ça, tu n'en savais rien, n'est-ce pas ? Eh bien, oui, mon ami. Cent mille thalers de dettes. C'est donc moi qui dicte les conditions. Te voilà tout pâle ! Regarde, Carl ! (Il rit.) Le saint homme a pâli ! Je crois aussi que son nez, ma foi, s'est allongé. Tu es une sacrée charogne, Edvard Vergérus, mais il y a une chose que j'ai apprise dans mon métier, c'est à reconnaître l'odeur de la viande avariée, même si la charogne porte une redingote de pasteur. Et je sais aussi comment la traiter ! Il faut la traiter en charogne. Accorde immédiatement son divorce à notre petite Émilie, sinon je me verrai dans l'obligation de mettre sa Sainteté dans une faillite qui n'aura rien de chrétien.

Gustav Adolf doit s'interrompre. Il est dans une telle fureur qu'il respire avec peine, ses joues ont pris une mauvaise couleur. Mais il est quand même de bonne humeur et rit aux éclats. Puis, il se calme et remarque avec malaise que la pièce est devenue très silencieuse. Carl s'est enfoncé dans son coin de canapé, il regarde ses ongles noirs. Le sourire de l'Évêque s'est fait un peu plus large, mais l'expression de ses yeux d'un bleu profond se perd très loin dans le crépuscule. Le chat s'est levé et il fait ses griffes sur la reliure d'un livre avec un léger bruit.

CARL : Imbécile !
GUSTAV ADOLF : Hein ?
CARL : J'ai dit imbécile. Tu es un imbécile.
GUSTAV ADOLF : Je trouve qu'il est plus honnête de lui dire qu'il n'a aucune chance.
CARL : Il y a des moments, Gustav Adolf, où tu me fatigues.
GUSTAV ADOLF : Vraiment. Eh bien. Qu'est-ce que j'ai encore fait comme bêtise ?
CARL : Tu ne vas pas tarder à le savoir.

L'Évêque revient lentement à la conscience et à ses visiteurs. Il les regarde tout à coup avec une certaine bienveillance et presque cordialement.

EDVARD : Nous parlions tout à l'heure de l'avantage à jouer cartes sur table. Je me permettrai de revenir dans un moment à cette métaphore. À monsieur Ekdahl, je dirai que je le plains. Sa conception du monde est pauvre, sa vue des hommes étroite. Il souffre de l'idée erronée, mais répandue, que l'homme est régi par ses besoins. Il croit que l'on peut tout acheter et tout vendre. Monsieur Ekdahl est le fils d'une des grandes artistes de ce pays. Malgré cela, il ne comprend rien au pouvoir illimité de l'esprit sur la matière. Il est un pauvre Caliban qui de ses mains maladroites cherche ses outils émoussés. Je le plains. Je ressens pour lui une sincère compassion. (S'adressant à Carl :) Mon cher ami, je te remercie d'un entretien correct et digne à tous égards. Je regrette que nous ne soyons pas tombés d'accord. J'appréciais mes contacts avec la famille Ekdahl et je me réjouissais de la chaleur et de la bienveillance avec lesquelles j'y avais été accueilli. Tout cela est maintenant fini. (Un silence.) Essaie d'expliquer un jour à ton frère — non, d'ailleurs, il ne comprendrait pas — qu'il existe des gens qui n'ont pas de besoins, qui sont indifférents à l'argent, qui rejettent les biens de ce monde. Qui avec joie se laissent calomnier et couvrir de boue, puisque leurs consciences sont pures devant le Dieu Tout-Puissant. (Un petit silence.) Et maintenant, nous voici à la partie de cartes dont a parlé avec tant d'esprit monsieur Ekdahl. Permettez-moi de poser la dernière carte. Excusez-moi un instant.

L'Évêque s'incline légèrement devant les deux frères qui se sont levés. Il s'éloigne rapidement, traversant le vaste tapis et disparaît dans la pénombre. Le chat qui, dans un saut, a quitté son poste d'observation, vient se frotter en ronronnant contre la jambe de Carl.

GUSTAV ADOLF : Cet homme, c'est le diable en personne. As-tu jamais vu une ordure aussi glaciale.

CARL : Si tu ne t'étais pas comporté comme…

GUSTAV ADOLF : … un imbécile. Je l'avoue. Je suis désespéré. Non, ce n'est pas le mot juste. Je suis diablement désolé.

CARL : Chut. Il revient. Ferme ta gueule.

GUSTAV ADOLF : Je le jure.

On tire un rideau et l'Évêque entre. Il conduit Émilie par la main. Elle porte une robe ample, avec de nombreux plis, une robe qui la met en beauté. Ses cheveux sont bien peignés et nattés. Elle s'approche des deux frères, un sourire heureux sur les lèvres, elle les embrasse, les larmes lui montent aux yeux, elle presse leurs mains.

ÉMILIE : Mon cher, mon cher Gustav Adolf, mon cher Carl. Comme c'est gentil à vous de venir jusqu'ici nous aider dans nos problèmes. Edvard vient de tout me raconter, il m'a rendu compte de votre entretien. Je ne peux vous dire combien je vous suis reconnaissante de vos attentions et de votre tendresse. Merci, merci. Malheureusement, vous vous êtes complètement mépris sur la situation. Isak Jacobi a enlevé les enfants de sa seule initiative et de sa seule autorité. C'est horrible et c'est incompréhensible. Ici, nous sommes très bien, nous sommes en sécurité. Edvard est bon avec nous et nous sommes très heureux. Je vous supplie de tout mon cœur de ramener les enfants.

Émilie a les yeux pleins de larmes. Elle s'arrête un instant, presse un petit mouchoir bordé de dentelles contre ses lèvres, se détourne. Les deux frères demeurent les bras pendants, les visages vides d'expression. L'Évêque regarde sa femme avec tendresse. Le chat s'est assis, il a enroulé sa queue autour de ses pattes. Il semble se désintéresser de la situation.

ÉMILIE : Il est vrai que j'ai été anxieuse et malheureuse. Il est vrai que je suis allée à Eknäset pour parler avec tante Héléna. Il est vrai que les enfants ont eu de la peine à s'adapter à leur nouveau milieu. Il est vrai que dans cette maison, nous vivons une vie plus rigide et plus austère qu'à la maison. Mais je suis heureuse et sereine. Edvard est la bonté même. Il faut me croire. Je vous en prie de tout mon cœur : ramenez les enfants ! Je ne peux pas vivre sans eux. Chers, chers amis. Faites ce que je vous dis. Tout ça est un épouvantable malentendu.

4

Cette même nuit, Alexandre connaît trois expériences étranges et bouleversantes que jamais, plus tard, il ne racontera. Vers quatre heures du matin, il se réveille — en entendant l'horloge de la Cathédrale, elle n'est pas aussi proche et familière qu'à la maison, pas aussi tonitruante et effrayante qu'à l'Évêché, mais étrangère et lointaine, comme dans un rêve. Il constate aussitôt qu'il a une violente envie de faire pipi. La veille, accablé de fatigue, il s'est endormi en oubliant sa bonne habitude et maintenant, c'est sérieux. Alexandre a une particularité. Il parle tout seul, surtout dans les situations critiques. Et voici une situation critique.

ALEXANDRE : J'ai envie de faire pipi, il faut que je me trouve un pot de chambre.

Il sort de dessous les couvertures, vêtu de la chemise de nuit trop longue d'Aron et il se met à chercher fébrilement dans la pièce, mais il n'y a pas de pot.

ALEXANDRE : Il n'y a pas de pot de chambre, il faut que je trouve les cabinets.

Assailli dans ses derniers retranchements, il s'en va à travers cet appartement étranger. La lumière de l'aube entre par la fenêtre. Une lumière sans ombres.

ALEXANDRE : Espérons qu'il n'y a pas de fantômes…

Tout est troublant : les couloirs, des chambres inattendues, partout un bric-à-brac de meubles, de statues, de tableaux, de vaisselle, de vieux vêtements, de bibelots, de livres. Il entend de sourds ronflements, une porte est entrebâillée. Dans un lit, haut sur pattes, l'oncle Isak repose comme un roi dans son sarcophage, et de puissantes notes montent de son intérieur. C'est terrifiant. L'oncle Isak n'est pas celui qu'il connaît, mais un ennemi lointain et menaçant qui mène une vie secrète au-delà de murs infranchissables. Alexandre le regarde avec dégoût et quelque crainte. Au pied du catafalque, un lit de camp est posé en travers, Aron y repose, replié sur lui-même, le visage cireux dans la lumière fluide. La bouche est ouverte, des ombres noires se dessinent sous les cils tremblants, les cheveux noirs sont humides. Alexandre médite sur tout ça, mais son besoin se fait sentir avec violence et le tire de ses pensées.

ALEXANDRE : C'est maintenant une question de vie ou de mort. À moins que je ne fasse pipi sur le palmier. Il paraît tout sec et tout jaune, il a peut-être besoin d'être arrosé.

Il y a là, en effet, un palmier jauni dans un pot rebondi. Alexandre pisse longuement et avec volupté. Isak Jacobi ronfle, Aron repose comme mort. Tout en pissant, Alexandre comprend avec lucidité qu'il ne retrouvera plus le chemin de sa chambre et qu'il s'est perdu.

ALEXANDRE : Maintenant, il s'agit de revenir sur mes pas. Ça ne va sûrement pas être facile.

Il ouvre une porte. Il sait qu'il avance dans la mauvaise direction. Un sentiment frileux de malaise l'incite à s'asseoir sur la chaise la plus proche. Il remonte ses pieds nus, passablement salis, il ferme les yeux très fort pour retenir sa panique ou ses larmes. Quand il ouvre les yeux, son père est en face de lui et le contemple d'un regard à la fois bienveillant et soucieux. Alexandre ne s'effraie pas, mais il n'est pas non plus particulièrement heureux. Il détourne le regard. Oscar s'assied avec beaucoup de précautions sur un petit fauteuil, il devient ainsi plus petit que son fils.

OSCAR : Ce n'est pas de ma faute si tout est allé de travers. Je suis impuissant, Alexandre. C'est horrible d'assister à vos souffrances. Je ne sais pas quels péchés j'ai commis dans la vie pour être obligé de vivre un tel enfer.

ALEXANDRE : Tu n'as qu'à te tenir à l'écart, comme tous les autres.

OSCAR : La plupart le peuvent. Pas moi.

ALEXANDRE : Tu disais toujours que lorsqu'on mourait, on allait chez Dieu. Ce n'était donc pas vrai ?

OSCAR : Je n'arrive pas à vous quitter.

ALEXANDRE : Comme de toute façon, tu ne peux pas nous aider, ce serait beaucoup mieux que tu penses à toi et que tu files au ciel ou là où tu dois aller.

OSCAR : J'ai vécu toute ma vie avec vous, les enfants et Émilie. La mort ne fait pas de différence.

ALEXANDRE : Ce ne sont vraiment pas mes affaires.

OSCAR : Pourquoi es-tu si en colère, Alexandre ?

ALEXANDRE : Bah !

OSCAR : Je ne t'ai fait aucun mal.

ALEXANDRE : C'est bien possible que je t'aie aimé quand tu étais vivant, du moins, je le crois. Fanny et Amanda t'aimaient plus que moi, parce que tu leur faisais sans cesse des cadeaux.

OSCAR : À toi aussi, je t'ai fait des cadeaux.

ALEXANDRE : Je veux bien, oui. Mais tu faisais tellement l'obligeant, papa. Tu courais à droite et à gauche, en faisant l'obligeant. Maman et grand-mère décidaient de tout. Et toi, tu te rendais ridicule et on avait honte de toi, tu allais à droite, tu allais à gauche en demandant conseil à tout le monde. Tu ne disais jamais ce que tu pensais, toi. Après, tu es mort. Et maintenant tu cours partout comme lorsque tu étais vivant. Tu dis que tu as pitié de nous. Mais ce n'est que du vent, papa. Pourquoi ne vas-tu pas voir le Bon Dieu pour lui dire qu'il faut qu'il tue l'Évêque, c'est dans son pouvoir, ça, non ? À moins que le Bon Dieu se foute de toi ! Peut-être bien qu'il se fout de nous tous. D'ailleurs, est-ce que tu l'as *vu*, le Bon Dieu, là, de l'autre côté ? Je jurerais que tu ne t'es même pas renseigné pour savoir quelles possibilités il y a d'approcher Dieu. Tu n'as fait que courir de droite et de gauche, en te faisant du souci pour nous et pour maman.

OSCAR : Mon père aussi me trouvait pitoyable.

Oscar dit ça d'une petite voix, en détournant le visage. De grandes larmes coulent sur ses joues rondes. Alexandre s'apprête à ajouter quelque chose, mais il s'interrompt. Furieux, il se tait. Finalement, il parle sans s'adresser à personne.

ALEXANDRE : Pas un qui ait la moindre idée dans la tête.

OSCAR : Fais attention aux humains, Alexandre.

ALEXANDRE : Des idiots. Presque tous.

OSCAR : Plus tard, tu comprendras.

ALEXANDRE : Je ne crois plus à ces balivernes : « Plus tard, tu comprendras. » Qu'est-ce que ça veut dire : plus tard ? Je vois clair. Les hommes sont ridicules et je ne les aime pas.

Il ferme les yeux. Quand il les ouvre de nouveau, le père a disparu. La lumière de l'aube est froide. Il a froid.

5

Cette même nuit, à la même heure, à l'Évêché. L'horloge de la Cathédrale sonne à nouveau. Quatre coups retentissants. L'aube froide se lève lentement derrière la masse de briques de la Cathédrale. Émilie est assise dans la salle à manger, au petit bout de la table. Elle a, devant elle, une tasse à thé pleine de bouillon. Son corps est déformé par la grossesse. Ses joues sont pâles et creuses, ses lèvres sèches et tendues. Elle s'est laissée aller à d'étranges pensées et imaginations, son regard est dirigé vers la lumière instable du matin. Une lampe à pétrole glauque brille. On entend des pas, une porte s'ouvre.

EDVARD : Tu ne viens pas te coucher ? Quatre heures viennent de sonner.

ÉMILIE : Je ne peux pas dormir.

EDVARD : Moi non plus.

ÉMILIE : Je viens d'aller voir Elsa. Elle est très mal. Nous devrions appeler le Docteur Fürstenberg.

EDVARD : On l'appellera demain matin.

ÉMILIE : Elle meurt.

EDVARD : Que la volonté de Dieu soit faite. (Un silence.) Qu'est-ce que tu bois ?

ÉMILIE : Je me suis fait une tasse de bouillon chaud, c'est bon contre l'insomnie.

EDVARD : Tu permets ?

ÉMILIE (avec un sourire) : Je t'en prie, mon ami.

Elle pousse la tasse vers l'évêque qui en boit une gorgée. Il passe sa main sur son front et sur ses joues. Ses yeux sont enflammés et ternis par les larmes et l'insomnie.

EDVARD : Tu ne peux pas me pardonner ?
ÉMILIE : Mais je demeure chez toi.
EDVARD : Ce brusque abandon. Je ne comprends pas.
ÉMILIE : Bois, pendant que c'est chaud.
EDVARD : Et si tu m'empoisonnais ?
ÉMILIE : Serait-ce incompréhensible ?
EDVARD : Non.

Il boit une profonde gorgée, pose la tasse, passe de nouveau sa main sur son visage. Il pose ensuite sa main sur la table et tend ses doigts. C'est une main large et blanche avec des articulations noueuses et une peau ridée.

ÉMILIE : Tu exiges que les enfants reviennent ?
EDVARD : Oui.
ÉMILIE : Alors, c'est irrémédiable.
EDVARD : Je ne me soucie pas de ce qui est irrémédiable ou non. Je ne me soucie que de ce qui est juste.
ÉMILIE : J'ai eu l'impression d'entendre Elsa qui appelait.
EDVARD : Reste ici. Je vais la voir.

Il traverse la pièce dans sa robe de chambre grossière et usée, ses pas sont lourds et maladroits, une ombre qui piétine, un désespoir qui couve, un condamné à mort deux heures avant son exécution. Rien n'est plus comme il le faudrait, mais il ne se plaint pas. Il est impossible d'en rejeter la faute sur Dieu, Émilie ou les circonstances. L'Évêque en rejette la faute sur lui-même. Il ouvre la porte de la chambre d'Elsa. Elle repose, comme une baleine gonflée, sur une montagne de coussins, son visage d'une teinte maladive est couvert de plaies, ses yeux exorbités, sa bouche grande ouverte.

EDVARD : Vous avez appelé, Elsa ?
ELSA : Oui.
EDVARD : Puis-je vous aider ?
ELSA : Il fait si noir.

Edvard prend la lampe à pétrole allumée et la pose près du lit, pour que mademoiselle Bergius puisse la voir et l'atteindre de sa main. Il se penche sur elle et respire la puanteur de son angoisse de mort. Il la quitte brusquement, en laissant la porte entrouverte. Elle geint doucement, comme avec soumission, elle lève la main droite avec effort et la pose sur l'abat-jour brillant et brûlant de la lampe. (Il n'existe pas un avocat qui, verbalement ou par écrit, aurait le courage de plaider la cause de mademoiselle Elsa Bergius. Elle est répugnante, elle pourrit, c'est un parasite, un monstre. Son rôle sera bientôt terminé, cela ne vaut pas la peine de gaspiller sa pitié sur un pain aussi raté de la grande fournée universelle.)

Émilie est assise sur son lit dans une chemise de nuit sale, elle a enveloppé ses épaules d'un châle, ses mains reposent sur ses cuisses. À la fenêtre, Edvard Vergérus termine la tasse de bouillon.

ÉMILIE : Peux-tu voir l'heure qu'il est ? Ma montre s'est arrêtée.
EDVARD : Il sera bientôt quatre heures et demie.
ÉMILIE : Quelle longue nuit !
EDVARD : Tu devrais essayer de dormir un peu.
ÉMILIE : J'ai mal aux jambes. Elles sont enflées et me font mal.

Mari et femme se taisent. Immobilité totale. Les secondes et les minutes passent en rampant dans la pièce. Ici, c'est le point final.

EDVARD : J'ai entendu dire que l'espace se dilate. Les astres se quittent avec une vitesse vertigineuse. L'univers explose et nous voici au moment même de l'explosion.
ÉMILIE se tait, elle le regarde.
EDVARD : « Comprendre. » C'est un mot dont on a abusé. Je comprends. Je comprends ce que tu veux dire. Je comprends ce que tu ressens. Un mot mensonger.
ÉMILIE se tait, elle le regarde.
EDVARD : Tu as dit un jour que tu changeais sans cesse de masques, au point de ne plus savoir qui tu étais. (Un silence.) Moi, je n'ai qu'un seul masque. Mais il reste collé à ma chair et si j'essaie de l'arracher…
ÉMILIE se tait, elle le regarde.

Edvard Vergérus s'assied sur son côté de lit. Émilie lui tourne le dos, toujours immobile, comme dans une tension asphyxiante.

EDVARD : J'ai toujours cru que les gens m'aimaient. Moi-même, je me trouvais sage, large d'esprit et juste. Je ne me doutais pas que quelqu'un serait en état de me haïr.
ÉMILIE : *Moi*, je ne te hais pas.
EDVARD : Ton fils me hait.
ÉMILIE : C'est vrai.
EDVARD : Il me fait peur.

6

Peut-être Alexandre a-t-il dormi quelques instants, peut-être dort-il encore, peut-être que tout ceci est un rêve ? Il se peut aussi qu'il ait seulement fermé les yeux, que tout ce qui suit ne soit nullement imaginaire ou rêvé, mais réel. Quand parfois, pas trop souvent, il repense à ses trois expériences, il ne peut toujours pas décider s'il doit les minimiser ou les considérer comme capitales. Quoi qu'il en soit, ces réflexions sont vaines, elles n'apparaîtront pas sur la bande du film. Voilà pourquoi les deux autres expériences seront racontées exactement comme elles ont été enregistrées par la conscience d'Alexandre.

Qu'il ait dormi, qu'il dorme encore ou qu'il ait tout simplement fermé les yeux, cela est égal. Il entend un vague bruit comme quelque chose qui traîne par terre et là, ses yeux, il les ouvre. Très loin, à l'autre bout de la pièce, une porte s'est entrouverte. Une main d'une taille terrifiante repose sur la poignée, cette main se poursuit par un poignet démesuré qui disparaît dans une vaste manche en épaisse étoffe rouge sombre. Alexandre entend aussi une puissante et calme respiration derrière la porte. Il comprend qu'un géant se cache là dehors, dans l'obscurité du couloir. Il est paralysé par une peur élémentaire, ses cheveux se dressent, son cœur ne bat plus, ses lèvres se glacent, son visage se fige.

La porte craque légèrement et s'ouvre un peu plus. Il entrevoit quelque chose de rouge et d'informe qui flotte dans l'air, la main blanche sur la poignée de la porte est comme une grosse bête mourante. Maintenant, une autre porte s'ouvre et il voit derrière cette porte une lumière vacillante qui coule tout naturellement sur le seuil tandis qu'un rire en cascade monte vite vers le plafond. Loin, au fond de la lueur, il entrevoit un visage de fille qui rit, un visage encadré de cheveux roux. La lumière s'éteint soudain et le personnage disparaît.

ALEXANDRE : C'en est fait de moi. N'est-ce pas ?

Un faible rire, à plusieurs voix, retentit sous le plafond, sortant des coins obscurs. La main blanche se déplace dans un demi-cercle, la chose rouge, informe, flotte.

ALEXANDRE : Qui est derrière la porte ?

LA VOIX : C'est Dieu qui est derrière la porte.

ALEXANDRE : Tu ne pourrais pas te montrer ?

LA VOIX : Aucun être vivant ne peut voir la face de Dieu.

ALEXANDRE : Que me veux-tu ?

LA VOIX : Je veux seulement prouver que j'existe.

ALEXANDRE : J'en suis très reconnaissant. Merci.

LA VOIX : Tu n'es pour moi qu'un grain de poussière sans importance. Le savais-tu ?

ALEXANDRE : Non.

LA VOIX : D'ailleurs, tu es méchant avec tes sœurs et avec tes parents, effronté avec tes professeurs et tu as de mauvaises pensées. Au fond, Alexandre, je ne comprends pas pourquoi je te laisse vivre.

ALEXANDRE : Non.

LA VOIX : Le *Sacré* ! Alexandre !

ALEXANDRE : Comment ?

LA VOIX : Le Sacré ! Le chat qui croque la souris, la souris qui ronge la corde, la corde au cou du boucher et cætera. Tu comprends ce que je veux dire.

ALEXANDRE : Je ne crois pas.

LA VOIX : Dieu est le monde et le monde est Dieu. Ce n'est pas plus compliqué que ça.

ALEXANDRE : J'en demande mille fois pardon, mais si c'est comme tu le dis, moi aussi je suis Dieu.

LA VOIX : Pas du tout, tu n'es pas Dieu, tu n'es qu'une petite crotte orgueilleuse.

ALEXANDRE : Je prétends que je ne suis pas plus orgueilleux que Dieu. Je serais reconnaissant à Dieu s'il voulait bien prouver le contraire.

LA VOIX : *L'Amour !* Alexandre !

ALEXANDRE : Quel amour ?

LA VOIX : Je parle de *Mon* Amour. L'Amour de Dieu. L'Amour de Dieu pour les hommes. (Un silence.) Alors ?

ALEXANDRE : Oui, on a entendu parler de cet amour-là.

LA VOIX : Y a-t-il quelque chose de plus grand que l'Amour ?

ALEXANDRE : Ce serait, en ce cas, la bite dressée de Monseigneur l'Évêque, je ne trouve pas autre chose, puisque je n'ai que dix ans et peu d'expérience.

LA VOIX : Bien répondu, même si c'est plutôt insolent. Peut-être veux-tu que je fasse un miracle ?

ALEXANDRE : Quel genre de miracle peux-tu faire ?

LA VOIX : Je suis tout-puissant. L'as-tu oublié ?

ALEXANDRE : Je ne l'ai pas oublié, mais je n'y crois pas puisque tu n'arrêtes pas de nous rebattre les oreilles de ta toute-puissance. Si vraiment tu étais tout-puissant, la chose serait évidente et ni toi ni l'Évêque, n'auriez besoin, tous les dimanches, de la prouver, ta toute-puissance !

La chose rouge derrière la porte ondule davantage, la main se tend, les doigts bougent, ça paraît inquiétant. Un bruit sourd se répand dans les planches. La porte s'ouvre en grand. Un énorme personnage au visage enflé tombe sur le plancher depuis un trou qui est dans le plafond, Aron saute. Le voilà aux pieds d'Alexandre. Il rit.

ARON : Tu y as cru ?

ALEXANDRE : J'ai bien vu depuis le début que c'était une poupée.

ARON : Tu n'as rien vu du tout. Tu avais peur.

ALEXANDRE : Non. Je n'avais pas peur du tout.

ARON (l'imitant) : « C'en est fini de moi, n'est-ce pas ? »

Aron éclate de rire. Furieux, Alexandre le frappe au visage. Un bref combat, mais un combat acharné s'ensuit et quelques minutes plus tard, Alexandre est allongé sur le sol, Aron est assis sur son ventre.

ALEXANDRE : Je me rends. (Avec tristesse :) Je me rends.

Soudain, Aron sourit et lui caresse la joue.

ARON : Ne chiale pas, Alexandre. Je n'avais pas l'intention de te faire peur, du moins, à peine. J'ai travaillé toute la nuit à cette marionnette — c'est un directeur de cirque en Angleterre qui adore nos poupées. J'ai entendu ensuite que tu te promenais. (Il écoute.) Chut. Mon frère Ismael s'est réveillé. Tu entends ? Il chante. Pauvre Ismael. Il ne supporte pas les hommes. Il lui arrive parfois de devenir furieux et alors il est dangereux. Viens, tu vas lui dire bonjour. Les médecins estiment que son intelligence est infiniment supérieure à la normale, il lit du matin au soir, il est d'une science incroyable et sait tout par cœur. Tu veux une tasse de café, Alexandre ?

Ou un morceau de pain ? Tu veux que je te chauffe un peu de lait ?

ALEXANDRE : Tu as dit que tu étais resté debout toute la nuit. Mais je t'ai vu dormir dans la chambre de ton oncle.

ARON : Il y a beaucoup de choses bizarres, qu'on ne peut pas expliquer. On remarque ça surtout quand on s'occupe de magie. As-tu vu notre momie ? Regarde bien, Alexandre ! Tu vois qu'elle respire ? Elle est morte depuis plus de quatre mille ans, mais elle respire et maintenant, je vais éteindre toute lumière dans cette pièce. Que vois-tu ?

ALEXANDRE : La momie brille.

ARON : Exactement. Et personne ne sait pourquoi elle est phosphorescente. Il est venu tout un tas de bonshommes, tous plus savants les uns que les autres, ils ont examiné la vieille dame sur toutes les coutures, mais ils n'arrivent pas à expliquer pourquoi elle luit. L'incompréhensible rend les hommes furieux. C'est pourquoi, il vaut bien mieux rejeter la faute sur les appareils, les miroirs et les projections. Les gens se mettent alors à rire et c'est beaucoup plus sain, sous tous les rapports, principalement du point de vue économique. Mon père et ma mère avaient un théâtre de magie à Pétersbourg. Je sais donc de quoi je parle. Un soir, au beau milieu de la représentation, un véritable spectre s'est présenté, une tante de mon père, morte deux jours avant. Le spectre s'est égaré parmi les machines et les projecteurs. Cela a été un vrai fiasco et mon père a dû rembourser les billets.

ALEXANDRE : Je sais pas mal de choses sur les fantômes.

ARON : Oncle Isak prétend que nous sommes entourés de réalités différentes, l'une sur l'autre, en couches successives. Il dit que ça grouille de spectres, d'esprits, de dibbouks, d'âmes, de revenants, de démons, d'anges et de diables. Il prétend que le moindre caillou a sa vie propre. (Il s'interrompt.) Veux-tu encore un peu de café, Alexandre ?

ALEXANDRE : Oui, merci.

ARON (sert du café) : Tout est vivant, tout est Dieu ou la pensée de Dieu, pas seulement le bien, mais aussi le plus cruel. Toi-même, qu'est-ce que tu crois ?

ALEXANDRE : S'il existe un dieu, c'est un dieu de merde à qui j'ai envie de botter les fesses.

ARON (poliment) : Je trouve ta théorie très intéressante, mon cher Alexandre, en outre, elle paraît assez bien motivée. Pour ma part, je suis athée. Si on a reçu une éducation de magicien et si on en a appris tous les trucs dès l'enfance, on n'a aucune envie d'une ingérence extraterrestre ! En tant que magicien, je préfère produire le compréhensible, aux spectateurs de produire l'incompréhensible. Veux-tu qu'on porte son déjeuner à Ismael ? Viens, Alexandre ! Vraiment, tu n'es pas si sot que ça, surtout si l'on pense que tu n'as que neuf ans.

ALEXANDRE : J'en aurai onze en novembre.

7

À cet instant précis de cette étouffante aube de septembre, Edvard comprend qu'il a bu un somnifère. Il est toujours assis sur le bord du lit, vêtu de sa grosse robe de chambre, le visage tourné vers la fenêtre. Émilie, immobile, se tient près de la porte.

ÉMILIE : Ta sœur m'a donné un tube de tablettes de bromure parce que je ne dormais pas. J'avais mis trois tablettes dans le bouillon. Je n'avais pas l'intention de te le faire boire. Quand tu es allé voir Elsa, j'en ai remis trois autres tablettes dans la tasse.

EDVARD : Satan.

ÉMILIE : Tu vas dormir bien profondément. Lorsque tu te réveilleras, je serai partie. D'abord, je me lave, puis je me coiffe et je m'habille tranquillement. Je descends ensuite les escaliers, j'ouvre la porte de la cour. Et je retourne auprès de mes enfants, je retourne au Théâtre, à ma maison, à ma famille.

EDVARD : Je t'aime.

ÉMILIE : Dans quelques minutes tu dormiras. Lorsque tu te réveilleras, tu souffriras de désir et de solitude. Mais, Edvard, ce sont des sentiments qui passent.

EDVARD : Je changerai et tu reviendras.

ÉMILIE : Jamais. Je ne reviendrai jamais.

EDVARD : Je te poursuivrai de ville en ville. J'empoisonnerai ton existence, je ruinerai l'avenir de tes enfants.

ÉMILIE : Mon pauvre Edvard, tu ne sais plus ce que tu dis.

EDVARD : Je suis réveillé. Terriblement réveillé.

Furieux, à moitié aveugle, il se lève et cherche à tâtons à attraper son bras. Elle s'écarte. Il la cherche du regard, des sanglots sourds et convulsifs le secouent, des flots de larmes noient ses yeux enflammés.

EDVARD : Aide-moi au moins à aller jusqu'au lit. Je n'y vois plus. La tête me tourne.

Les mains tendues en avant, les yeux fermés, il est debout au milieu de la pièce, éclairée par l'aube étouffante. Un instant, Émilie oublie ses griefs, elle fait quelques pas pour l'aider, mais soudain elle s'arrête, hors de son atteinte.

EDVARD : Tu es là ? Je ne te vois pas. Je n'y vois pas.

ÉMILIE : Je suis là.

EDVARD : Aide-moi.

ÉMILIE : Je n'ose pas t'aider.

Ces pleurs sourds, déchirants, ces yeux aveugles, cette bouche entrouverte, cette bave, ces mains tendues, ce corps penché, vacillant, cette tête en avant. Ces lits sombres et leurs édredons gonflés, ce crucifié grimaçant de douleur, ces lourds rideaux, ces fauteuils usés, cette lumière maladive d'une aube couleur de plomb, une aube qui n'est ni ombre ni jour. Émilie voit tout cela, toute sa vie elle verra cet instant précis, elle entendra ces pleurs, ces halètements, son propre pouls qui bat, elle sentira cette odeur de poussière et cette sueur froide de la peur, oui, toute sa vie elle reverra cette image précise, cet instant précis.

8

Aron ouvre la porte interdite. Alexandre pénètre dans une pièce tout en longueur avec au bout, une fenêtre sans rideaux. Des étagères le long des murs, des étagères remplies de livres, de journaux et de piles de papier. Sur un lit de camp aux draps sales, un garçon d'environ seize ans est allongé. Il a un visage rond, pâle, des cheveux d'un roux pâle et des yeux étroits, bleu pâle, ses mouvements ont la grâce de ceux d'une jeune fille, sa voix est claire, un peu rauque. Il porte un costume noir étriqué, sans gilet ni cravate, sa chemise est tachée. Ses mains sont rondes avec des doigts courts. Il n'a pas de chaussures, mais de grosses socquettes grises. Il regarde ses visiteurs d'un air amusé, il ne bouge pas de son lit.

ARON : Bonjour, Ismael. On vient t'apporter ton déjeuner. Voici mon ami Alexandre Ekdahl.

D'un bond, Ismael se lève et s'approche d'Alexandre, il pose une main sur son épaule et le regarde de ses yeux bleu pâle. Puis il hoche la tête et sourit sans sourire.

ISMAEL : Même un idiot pourrait voir qu'Alexandre ne va pas bien. Laisse-nous seuls, Aron, et ne t'inquiète pas, je ne vais pas le manger bien qu'il soit appétissant. N'oublie pas de fermer la porte de l'extérieur, tu pourras revenir dans une demi-heure. Va, Aron.

Ismael prononce ces derniers mots avec une soudaine impatience et d'une voix dure, même si ses lèvres sourient toujours de leur mince sourire.

ARON : Oncle Isak n'aimerait pas que…
ISMAEL : Oncle Isak est un vieux bouc et il n'aura jamais vent de la visite d'Alexandre ! Allez, va-t'en !

Aron s'en va d'un pas traînant, il referme la porte derrière lui. Ismael plonge ses lèvres dans le café brûlant, il tend le bol à Alexandre.

ALEXANDRE : Non, merci.
ISMAEL : Je m'appelle Ismael, tu le sais déjà. « Il sera comme un âne sauvage : sa main sera contre tous et la main de tous sera contre lui. » On me considère comme dangereux, c'est pourquoi on me tient enfermé. En soi, je n'ai rien à objecter à ça.

ALEXANDRE : En quoi es-tu dangereux ?

ISMAEL : J'ai des talents gênants.

ALEXANDRE : Gênants ?

ISMAEL : Écris ton nom sur ce papier, c'est un papier d'emballage ordinaire, voici le crayon, il n'est malheureusement pas très bien taillé, mais ça ira quand même. Voilà, Alexandre Ekdahl, lis toi-même ce que tu as écrit.

ALEXANDRE : Il y a écrit Ismael Retzinsky.

ISMAEL : Peut-être sommes-nous la même personne, peut-être n'a-t-on pas de limites, peut-être se traverse-t-on comme des eaux mêlées. Tu portes en toi d'horribles pensées, c'est presque pénible de se trouver auprès de toi, en même temps, c'est très tentant. Tu sais pourquoi ?

ALEXANDRE : Je ne sais pas si je veux savoir.

ISMAEL : La mauvaise pensée a un pouvoir d'attraction considérable. La plupart des hommes ne savent pas la matérialiser et c'est sans doute une chance pour l'humanité. Tout cela est d'ailleurs primitif et barbare ! On fabrique, par exemple, l'image de quelqu'un qu'on déteste et on plonge des épingles dans cette image. C'est une méthode vraiment assez grossière si on songe aux chemins rapides et directs que la mauvaise pensée peut emprunter.

ALEXANDRE : Je crois que je n'ai pas envie de parler de ça avec toi.

ISMAEL : Quel étrange petit bonhomme tu fais, Alexandre. Tu ne veux pas parler de ce à quoi tu penses sans cesse.

ALEXANDRE : Si c'est ainsi… eh bien, oui, c'est vrai.

ISMAEL : Dis-moi à quoi tu penses.

ALEXANDRE se tait, il fait simplement non de la tête.

ISMAEL : Tu portes en toi la mort d'une autre personne. Attends un instant. Ne dis rien. Je sais à qui tu penses. Tu penses à un homme de haute taille, il a des cheveux clairs et grisonnants, de la barbe… si je me trompe, il faut me corriger… des yeux bleus, bleu clair et un visage bosselé, il est large d'épaules… il faut me corriger si je me trompe… en ce moment, il dort, il dort et il rêve qu'il tombe à genoux devant un autel, le prophète crucifié est accroché au-dessus de cet autel. Dans son rêve, il se lève, il se lève et crie dans l'immense cathédrale : « Saint, Saint est le Seigneur Zébaoth, toute la terre est pleine de sa gloire. » Cela se passe dans la nuit, là-bas, et personne ne lui répond, même pas un rire.

ALEXANDRE : Je ne veux pas que tu parles comme ça.

ISMAEL : Ce n'est pas moi qui parle, c'est toi. J'exprime à voix haute tes visions. Je répète tes pensées. La vérité sur le monde est la vérité sur Dieu. Maintenant, n'hésite pas. Il dort d'un sommeil pesant, torturé par ses cauchemars, donne-moi ta main, Alexandre, au fond, ce n'est pas nécessaire, mais c'est plus sûr. Les portes vont s'ouvrir… un cri va retentir dans toute la maison.

ALEXANDRE : Je ne veux pas. Je ne veux pas.

ISMAEL : C'est trop tard. Je connais ton souhait. (Il rit.) Un petit garçon comme toi qui porte une telle haine, des souhaits aussi épouvantables ! (Il raille.) Ta petite poitrine pourrait en éclater. Ne crains rien, Alexandre. Il s'agit seulement de ne pas hésiter au moment final, c'est pour cela que je te tiens dans mes bras. Tu n'as qu'un seul chemin à suivre et je t'accompagne, je m'efface, j'entre en toi, n'aie pas peur, mon petit garçon, je suis près de toi, je suis ton Ange qui te protège. Il est cinq heures du matin. Le soleil vient de se lever. Les portes s'ouvrent… non, attends. D'abord, un cri, un cri épouvantable qui traverse la maison, une figure informe, une figure en flammes avance sur le parquet… une figure qui hurle…

ALEXANDRE : Je ne veux pas. Lâche-moi, *lâche-moi.*

Alexandre essaie de se dégager des bras d'Ismael, mais il ne peut pas bouger, il ne peut même pas crier — maintenant, il voit distinctement la figure en flammes qui vacille et qui hurle.

9

ÉMILIE : Que s'est-il donc passé ?

LE COMMISSAIRE DE POLICE : Monseigneur l'Évêque, votre mari, est décédé ce matin dans des circonstances épouvantables. Nous croyons pouvoir vous en expliquer, en détail, le déroulement. Mademoiselle Elsa Bergius qui était gravement malade se trouvait dans son lit. Il y avait une lampe à pétrole allumée sur sa table de chevet. Par un terrible hasard, la lampe est tombée sur le lit, mettant le feu aussi bien aux cheveux de mademoiselle Bergius et à sa chemise qu'à ses draps. Flambant comme une torche, la malade a couru à travers la maison, elle est entrée inopinément dans la chambre à coucher de Monseigneur. Selon mademoiselle Henrietta Vergérus, la sœur de Monseigneur, celui-ci dormait profondément après avoir absorbé un somnifère que vous, madame Vergérus, vous lui aviez donné un peu plus tôt dans la nuit, avant de quitter à quatre heures vingt votre domicile, après une vive altercation avec votre mari. Mademoiselle Bergius s'est jetée sur votre mari endormi, mettant ainsi le feu à la fois à ses draps et à sa robe de chambre. Monseigneur s'est réveillé, il a réussi à se dégager de la mourante, qui était toujours la proie des flammes, mais il n'a pas pu étouffer le feu qui maintenant le dévorait à son tour. La vieille madame Vergérus a trouvé son fils le torse brûlé et le visage carbonisé. Il donnait de faibles signes de vie, il a crié, à plusieurs reprises, que ses souffrances étaient intolérables. Le médecin et l'ambulance étaient sur place dix minutes plus tard, mais Monseigneur était déjà délivré de ses souffrances et il avait expiré. Bien que je ne puisse négliger le fait que le somnifère que vous lui avez donné, madame Vergérus, a éventuellement aggravé l'accident, je ne peux pas y attacher non plus une trop grande importance et je dois dire que ce qui vient d'arriver est un concours de circonstances particulièrement malheureuses. Je vous présente donc, Madame, mes plus sincères condoléances.

10

Deux jours après le terrible décès de l'Évêque, Émilie et ses enfants viennent en visite au Théâtre. Ils sont en deuil, la veuve porte un grand voile. Nous sommes au début de l'après-midi et quelques rayons de soleil d'automne filtrent à travers les fentes des hauts volets fermés. Seule l'ampoule de travail au-dessus de la scène brille d'une lumière somnolente. La salle se trouve plongée dans l'obscurité.

Les comédiens se déplacent comme des ombres qui tâtonnent dans la pénombre poussiéreuse.

HARALD MORSING : Madame, hier j'ai eu l'honneur de vous rendre visite, mais votre servante m'a congédié avec des paroles blessantes.

HANNA SCHWARTZ : Marquis, j'ai honte de votre indiscrétion et il me faut regretter que mes serviteurs n'aient pas eu, ce matin encore, la possibilité de vous congédier. Vous dites que vous m'aimez, Marquis. Alors, ayez la bonté de m'épargner votre présence qui, je vous le dis franchement, n'éveille en moi que l'indignation, pour ne pas dire la colère, au souvenir des humiliations que vous m'avez infligées en présence de Sa Majesté la Reine.

MIKAEL BERGMAN (entre) : Voyons, Marquis, que nous vaut l'honneur d'une visite aussi matinale ?

FILIP LANDAHL (en aparté) : Une surprise désespérée, en vérité ! Je suis curieux du dénouement.

HARALD MORSING : Comte !

MIKAEL BERGMAN : Marquis !

HARALD MORSING : Comte, seule la pensée du sang que vous avez répandu pour votre roi, m'empêche de vous rejeter aussitôt au visage et de toutes mes forces, l'infamie que vous avez commise envers la Marquise. Épargnez à cette noble dame la honte…

LE SOUFFLEUR (se mouche) : … que vous avez attirée sur ma maison.

HARALD MORSING : … que vous avez attirée sur ma maison. (S'adressant à Filip Landahl :) Ça ne suffit pas que ce soit la pire des saloperies écrites en français, mais de plus, la traduction est très mauvaise, monsieur Landahl, je vous le dis franchement, bien que je sache que vous vous êtes donné beaucoup de peine.

FILIP LANDAHL : Je sais, monsieur Morsing, que c'est du travail bâclé, mais nous sommes en crise.

HARALD MORSING : Autrefois, nous jouions Shakespeare, monsieur. Nous jouions le grand Molière, nous avions même l'audace de laisser Henrik Ibsen s'exprimer.

FILIP LANDAHL : Le goût du public, monsieur Morsing ! On ne veut plus entendre les chants des géants, on se contente des ritournelles des nains. Plus personne ne s'intéresse à notre théâtre, ni le public ni la famille Ekdahl. La caisse se vide, nos comédiens vivent mal.

Tristes, Hanna Schwartz et Mikael Bergman se sont assis, sur un haut banc en bois, sans accoudoirs. Ils se tiennent la main et demeurent ainsi, sans ressort.

ÉMILIE (chuchote) : Hanna !

Hanna découvre Émilie et les enfants dans l'ombre de la coulisse. Elle pousse un cri de joie. Les deux messieurs interrompent leur dispute et se retournent. Mikael Bergman s'est levé, l'air surpris. Les voilà tous debout. Émilie ouvre les bras et Hanna l'embrasse. On pleure d'excitation, on s'embrasse, on se caresse les mains et les joues, on rit et on parle tout bas comme si on avait peur de faire fuir cet instant.

FILIP LANDAHL : Je reste sans mots, je reste sans mots !

HARALD MORSING : Chère madame Ekdahl, chère, chère madame Ekdahl.

MIKAEL BERGMAN : Je ne comprends pas pourquoi je suis aussi ému.

HANNA SCHWARTZ : Cette fois, tu ne nous quittes plus, n'est-ce pas ?

Épilogue

Au cours de l'hiver, Émilie et Maj mettent chacune au monde un enfant de sexe féminin, pour la plus grande joie, non seulement des mères, mais aussi des frères et des sœurs, des demi-frères et des demi-sœurs, de Gustav Adolf, immensément fier et surtout de madame Héléna qui, contrairement à son habitude, a été malade et quelque peu mélancolique durant l'automne. Avec un sens purement ekdahlien de la fête, on décide de célébrer le double baptême à la saison des lilas.

Enfin l'hiver est vaincu et voici l'été dans son premier éclat. Le jour resplendit après une douce pluie, pour ce baptême qui se passe dans l'appartement d'Émilie, les mères portent elles-mêmes leurs enfants. Le baptême est donné par un vieux pasteur corpulent. Acheté par Gustav Adolf, il ferme les yeux sur l'origine incertaine d'un des deux enfants. Bien sûr, toute la famille est là. Les comédiens du Théâtre ont également été invités.

Les dames portent de grands chapeaux avec

des fleurs, les messieurs des costumes de ville. Alexandre est à la torture dans un costume blanc de marin. Mademoiselle Vega et mademoiselle Ester se pavanent dans des robes de soie grise, neuves, les autres servantes de la maison se sont arrangées selon leur goût et leurs moyens. Avant même que la cérémonie n'ait eu lieu, on a bu du champagne et l'atmosphère est joyeuse, presque frivole. Le dîner est servi dans la très grande salle à manger de Héléna. L'immense table est recouverte d'une nappe rouge parsemée de fleurs, les candélabres en argent et les lustres en cristal scintillent à la lumière du soleil, l'orchestre du Théâtre joue des valses et les deux héroïnes de ces festivités reposent dans leurs lits sur une estrade spéciale décorée de lilas et de roses roses. Plusieurs personnes dans l'assistance se sentent appelées à faire un discours, surtout Gustav Adolf qui en prononce deux.

GUSTAV ADOLF : Mes chers, mes précieux amis, je suis terriblement ému. Chers amis, chère maman, Alma mon épouse bien-aimée, mon Émilie adorée plus belle que jamais, Petra et Jenny mes merveilleuses enfants et sa grâce, ma petite demoiselle Héléna Viktoria qui dort là, gentiment, dans son lit et ma petite Maja que j'aime tant ! Et mon incomparable frère Carl et sa douce épouse et mon très estimé ami Isak Jacobi, qui a rendu d'immenses services à notre famille, chère mademoiselle Vega et chère mademoiselle Ester et vous tous, mes bons amis, vous tous qui nous aidez si fidèlement dans les rudes épreuves de la vie. Enfin, mais non des moindres, chers artistes, artistes admirés, hautement talentueux et géniaux, monsieur Landahl, mademoiselle Schwartz, monsieur Morsing, monsieur Bergman, si je pouvais tous vous serrer sur mon cœur en une formidable embrassade, je poserais un baiser de tendresse sur vos fronts, un baiser qui mieux que tous les mots vous dirait ma joie et mon amour. Nous voici de nouveau réunis, notre monde miniature s'est refermé sur nous avec sérénité, sagesse et ordre après un temps de peur et de désarroi. Les ombres de la mort se sont dissipées, l'hiver a été chassé, voici la joie revenue dans nos cœurs. Il faut que maintenant, je prenne ma petite demoiselle Héléna Viktoria dans son lit. Est-ce permis ? Oui, je savais que c'était permis. Amanda va chercher la petite Aurora et pose-la sur tes genoux, il ne faut pas qu'elle se sente oubliée en ce jour de bonheur, ce jour qui est le plus beau de ma vie. Je vais maintenant faire un discours, regardez, elle rit, oui, ma fille Héléna Viktoria, tu peux rire de ton vieux père, ne t'occupe pas de ce qu'il raconte. Ce ne sont que des bêtises ! (Il a les yeux pleins de larmes.) Ma sagesse est simple et sans doute existe-t-il des gens pour la mépriser. Mais je m'en fous, excuse-moi, maman, je vois que tu lèves ton sourcil droit, tu trouves que ton fils cadet parle trop, sois tranquille. Je vais être bref. Donc et en conséquence : nous autres, Ekdahl, nous ne sommes pas venus dans ce monde pour percer à jour ses secrets, ne croyez pas ça. Nous ne sommes pas équipés pour ce genre de découvertes. Autant envoyer balader les grands systèmes. Nous devons vivre dans le petit, le monde miniature. Nous devons y rester, le cultiver et en faire ce que nous pouvons. Car soudain, la mort frappe, l'abîme s'ouvre, la tempête rugit, la catastrophe est sur nous, tout cela nous le *savons*. Mais nous ne voulons pas penser à ces choses désagréables. Nous autres, Ekdahl, nous adorons ce qui se laisse appréhender et nous aimons aussi nos échappatoires. Enlevez à un homme ses échappatoires, il devient fou et se met à frapper autour de lui. (Il rit.) On devrait quand même pouvoir comprendre les autres, sans cela on n'ose ni les aimer ni en dire du mal. Le monde et la réalité devraient pouvoir être appréhendés pour que nous puissions nous plaindre, avec bonne conscience, de leur monotonie. Chers, magnifiques artistes, acteurs et actrices, nous avons, vous le savez bien, quand même *besoin* de vous. C'est vous qui nous donnez nos frissons extra-terrestres et, mieux encore, nos plaisirs en ce monde. Le monde est un repère de brigands et la nuit tombe. Bientôt viendra l'heure des voleurs et des assassins. Le mal brise ses chaînes et court dans le monde comme un chien enragé. Le poison nous atteint tous, sans exception, nous les Ekdahl, comme les autres. Personne n'en réchappe, pas même Héléna Viktoria ou la petite Aurora, là, dans les bras d'Amanda. (Il pleure.) Voilà ce qui peut arriver. C'est pour cela qu'il y a lieu d'être heureux quand le bonheur est là, il faut être gentil, généreux, tendre et bon. C'est pour cela qu'il est nécessaire et pas du tout honteux de se réjouir de notre *microcosme*, de la bonne chère, d'un tendre sourire, des arbres en fleurs et des valses. Maintenant, bien-aimés amis, chers frères et sœurs, j'ai fini et vous pouvez interpréter ça comme vous voudrez : soit les épanchements sentimentaux d'un directeur de restaurant sans grande culture, soit le radotage d'un vieillard gâteux. Je m'en moque, c'est comme vous le voulez. Je tiens dans mes bras une petite impératrice. Voilà une chose que l'on peut appréhender et qui pourtant est immense. Un jour, elle prouvera que je me trompe, un jour elle ne régnera pas seulement sur notre *microcosme*, mais sur le tout ! Le Grand Tout !

Il soulève Héléna Viktoria comme si elle était une coupe et pose un baiser sur son ventre.

Ce même jour, vers dix heures du soir, les festivités se calment un peu et Émilie se retire pour donner le sein à sa fille. Elle est confortablement assise dans un fauteuil moelleux, ses jambes sont posées sur un pouf. Elle porte une ample robe de chambre verte. La nurse attend timidement près de la porte. C'est une jeune fille de vingt ans, mince comme un fil, avec une épaisse chevelure brune et de grands yeux noirs. Elle s'appelle Rosa.

Émilie soulève Aurora, elle la pose sur son épaule et lui tapote légèrement les fesses.

ÉMILIE : Elle s'endort toujours au cours de ce repas. (Elle babille avec sa fille.) Voilà mon bébé ! Sois mignonne que maman puisse aller se coucher. Je me demande quand même si tu n'as pas fini de téter.

ROSA : Je vais la prendre.

ÉMILIE : Merci, Rosa.

ROSA : Bonne nuit, madame Ekdahl.

ÉMILIE : Bonne nuit, Rosa. Tu te plais ici ?

ROSA : Je n'ai jamais été aussi bien de toute ma vie. Tout le monde est très gentil. Surtout le directeur. Ce doit être un véritable ami de l'humanité, le directeur.

ÉMILIE : C'est sûrement un ami de l'humanité et plus encore des jeunes filles, alors, sois prudente, Rosa.

ROSA (avec ambiguïté) : Eh bien !

ÉMILIE : Bonne nuit, Rosa !

Émilie va chez ses enfants pour leur souhaiter une bonne nuit. Elle traverse l'appartement, contemple la lumière du soir et le calme qui règne. Gustav Adolf, un peu éméché, est assis dans le salon devant une fine à l'eau.

ÉMILIE : Tu ne vas pas te coucher ?

GUSTAV ADOLF : Hahahaha !

ÉMILIE : Éteins la lampe en t'en allant.

GUSTAV ADOLF (fait le salut militaire) : À vos ordres, mon colonel. Hahahaha !

Dans la chambre des enfants, on s'active mystérieusement. Les stores sont baissés, des couvertures sont étendues par terre, quelques bougies brûlent devant les couvertures, il y a des paravents sur les côtés. Amanda traverse la pièce enveloppée d'un drap par-dessus sa chemise de nuit. Fanny et Jenny sont juchées sur deux chaises et se tiennent par la main. Alexandre, un mouchoir sur le visage, est allongé par terre.

FANNY : Salut, roi grandissime, empereur de tous les mondes (elle fait une révérence en direction d'Amanda).

JENNY (d'une voix de fausset) : Tu ne le trouves pas un peu pâle ?

FANNY : On dirait qu'il est transparent.

JENNY : Si je peux donner mon avis, je trouve qu'il a l'air ennuyeux. Et alors, qu'est-ce qu'il pue !

ALEXANDRE (sous le mouchoir) : Je meurs !

FANNY : Maintenant, je vois ses orbites vides. Ouh !

JENNY (d'une voix de fausset) : Il a certainement le crâne vide ! Ouh !

Émilie regarde sans être vue l'horrible spectacle. Amanda s'arrête et sans perdre sa dignité elle explique à sa mère qu'ils répètent une pièce qu'Alexandre a écrite et qu'ils ne veulent pas qu'on les dérange.

ÉMILIE : Faites seulement attention aux bougies et ne tardez pas trop.

Elle referme doucement la porte, elle entend un horrible gargouillis qui provient du mort et les cris d'effroi que poussent les vivants. La Mort vient de prendre corps dans la chambre des enfants.

Émilie repasse par la salle à manger. Alma vient d'aider Gustav Adolf à se remettre sur pieds et ils se chamaillent gentiment. Lui, assure qu'il n'est pas saoul du tout, du tout et elle met ses déclarations en doute. Lui ne veut pas aller se coucher et juge qu'on devrait terminer les festivités de ce jour avec une bouteille de champagne. Elle lui assure qu'à cette heure du soir personne n'a envie de boire du champagne, mais qu'elle va lui donner un sandwich au jambon et un verre de bière s'il revient avec elle jusqu'à leur appartement.

GUSTAV ADOLF : Émilie a sûrement envie d'une coupe de champagne et nous allons boire à la santé de nos filles.

ÉMILIE : Maintenant, Gusten, va te coucher.

GUSTAV ADOLF : Je suis tellement heureux !

ALMA : C'est bien, Gusten, mais demain aussi, il fera jour. Et toi, tu auras mal à la tête.

GUSTAV ADOLF : Maintenant que nous sommes à nouveau réunis.

ÉMILIE (à Alma) : Je vais demain à la campagne, parler avec les ouvriers. As-tu besoin de quelque chose ? Je resterai jusqu'à jeudi.

ALMA : Alors, j'essaierai de venir mardi.

GUSTAV ADOLF : Tu ne trouves pas que j'ai la meilleure femme du monde ?

ÉMILIE : Bien meilleure que tu ne le mérites.

GUSTAV ADOLF : Et la plus mignonne des maîtresses. Un vrai cornet de sucre.

ALMA : Tu pars de bonne heure, demain ?

ÉMILIE : Pas avant deux heures.

ALMA : Bonne nuit, Émilie. (Elle l'embrasse.)

ÉMILIE : Bonne nuit, Alma. (Elle l'embrasse.)

GUSTAV ADOLF : Quand je te vois, j'ai envie de pleurer de joie. Dire que tu es de retour parmi nous.

ÉMILIE : Bonne nuit, Gusten. Sois gentil, pense à Alma qui a besoin de dormir.

GUSTAV ADOLF : Je sais bien de quoi Alma a besoin.

Tout en riant et en bavardant avec bruit, ils disparaissent dans l'escalier. Ça résonne et ça tape. Émilie laisse la porte d'entrée ouverte pour chasser l'odeur du cigare de Gustave Adolf. Quand elle revient dans sa chambre, elle découvre deux visiteuses. Ce sont Petra et Maj. Graves et tendues, elles se sont assises en l'attendant.

PETRA : Nous voulons déménager, nous voulons aller à Stockholm.

MAJ : Une amie de Petra…

PETRA : Tu sais, Marianne Égerman.

MAJ : … va fonder une maison de couture…

PETRA : Elle veut que nous venions l'aider.

MAJ : et nous, nous le voulons bien…

PETRA : nous le voulons même vraiment beaucoup..

MAJ : mais nous avons un problème…

PETRA : papa veut acheter cette pâtisserie à Maj.

MAJ : Il est tellement gentil (elle se met à pleurer).

PETRA : Maj n'en peut plus de la tutelle de papa.

MAJ : Il est si gentil, c'est sans espoir.

PETRA : Maj veut vivre sa propre vie et décider pour elle-même et son enfant.

MAJ : Je ne sais pas comment faire.

PETRA : Nous avons parlé avec grand-mère, elle pense comme nous.

MAJ : Nous avons aussi parlé avec Alma.

PETRA : D'abord, maman s'est indignée très fort, elle a dit qu'on ne pouvait pas agir ainsi avec papa…

MAJ : Après, elle s'est calmée, elle a dit que la vie devait suivre son cours et qu'on n'avait pas le droit de forcer ses enfants.

PETRA : … mais elle a eu beaucoup de chagrin à cause de papa. Seulement, Maj doit d'abord penser à elle. En fait, papa est vieux. N'est-ce pas, tante Émilie ?

ÉMILIE : Allez vous coucher. Je vais en parler avec grand-mère.

Les filles s'en vont en chuchotant. Petra tendrement consolatrice. Maj en pleurant. Sa tête rousse et crépue repose sur la forte poitrine de Petra. Dehors, il fait encore très clair, un merle s'exerce à chanter. Émilie veut baisser son store pour trouver enfin la nuit, mais elle reste le regard dirigé vers le ciel pâle et les mains jointes sur le ventre. « Voilà, se dit-elle à elle-même. Voilà. »

ÉMILIE : Pauvre Gustav Adolf. Pauvre vieux bêta. Il n'a qu'à s'en prendre à lui et encore doit-il le faire, vraiment ? Existe-t-il une seule personne qui ne puisse s'en prendre qu'à elle-même ou devons-nous tous nous en prendre à nous-même ? (Un petit rire triste.) Une nuit de mai et je me promène en me parlant toute seule et j'aurai quarante et un ans la semaine prochaine. Quand ma mère avait quarante ans, elle avait les cheveux tout blancs et un rhume chronique. Voilà, au milieu de la vie on est déjà vers la fin.

Elle fait une grimace de mécontentement dans la glace et elle la trouve assez réussie, cela la confirme dans sa décision de retourner au théâtre ; elle fouille dans son petit secrétaire, trouve un petit livre rouge à tranche dorée, elle passe sa robe de chambre, jette un châle sur ses épaules et emprunte la porte dérobée de la salle à manger pour aller chez Héléna.

ÉMILIE : Je voudrais te demander conseil.

HÉLÉNA : C'est grave ? Oh, je sais. Les filles veulent aller à Stockholm. Qu'en penses-tu ?

ÉMILIE : Inutile de me le demander.

HÉLÉNA : Bien que pour l'instant je ne roule pas sur l'or — qu'est-ce que ce sacré Théâtre a pu nous coûter cet hiver ! bien que pour l'instant mes affaires ne soient pas mirobolantes — Carl et Lydia m'ont dépouillée jusqu'à l'os, il n'arrête pas de dire qu'il va se suicider et quand même, je suis sa mère, mon dieu, alors, que faire ? — donc, bref, la caisse n'est pas pleine, mais j'ai promis aux filles de les entretenir la première année, pas royalement, mais bien. Elles ont besoin de se faire une nouvelle garde-robe, elles ont l'air de deux petites roses de province, des roses mignonnes, mais pas très bien mises.

ÉMILIE : Maj se fait du souci pour Gustav Adolf.

HÉLÉNA : Voyez-moi ça ! Monsieur mon fils s'est bien servi des bonnes choses de la vie, il va enfin devoir comprendre que désormais il n'en est plus au temps des fredaines.

ÉMILIE : Encore une chose.

HÉLÉNA : Oui, tu as parfaitement raison. Sur son lit de mort Oscar t'a demandé de t'occuper du Théâtre. Moi-même, j'étais présente, je me souviens très bien.

ÉMILIE : Gustav Adolf va être très vexé.

HÉLÉNA : Je ne comprends pas cette sensiblerie quand il s'agit de Gustav Adolf. C'est lui qui a dirigé le Théâtre depuis ton mariage et il l'a si bien dirigé qu'il est en train de tomber en ruines. Gusten est un excellent homme d'affaires, mais il n'a jamais rien compris à l'art. C'est ton Théâtre, ma chère Émilie, il est temps que nous fassions entendre à notre cher Napoléon de province qu'il en est à son Waterloo.

ÉMILIE : Et nous avons encore le problème d'Amanda.

HÉLÉNA : Quel problème ?

ÉMILIE : Elle ne veut plus aller à l'école de ballet de l'Opéra. Elle veut rester ici et passer son baccalauréat.

HÉLÉNA : Vraiment. Ça alors !

ÉMILIE : Elle ne t'en a rien dit ?

HÉLÉNA : Non.

ÉMILIE : Elle veut être médecin, tu comprends.

HÉLÉNA : Tu prendras bien un peu de liqueur, malgré tout.

ÉMILIE : Juste une goutte.

HÉLÉNA : Ça alors ! La petite Amanda Ekdahl veut devenir médecin.

ÉMILIE : Penses-tu que nous devons soutenir son projet ?

HÉLÉNA : Cette petite maigrichonne. (Elle rit.) Ça alors !

ÉMILIE : J'étais un peu incertaine et je voulais te demander conseil.

HÉLÉNA : Incertaine ! Toi ?

ÉMILIE : Je ne suis pas vraiment habituée à prendre des décisions.

HÉLÉNA : Écoute, Émilie.

ÉMILIE : Oui.

HÉLÉNA : Tu connais le chancelier des universités, non ?

ÉMILIE : Tu veux parler d'Esaias Ekberg. C'est un homme très aimable qui s'intéresse beaucoup au théâtre.

HÉLÉNA : Tu ne pourrais pas lui dire un mot ?

ÉMILIE : Tu ne crois pas que Carl aura ses crédits de recherche ?

HÉLÉNA : Si, je le crois, mais on n'est jamais sûr.

ÉMILIE : Esaias vient la semaine prochaine. Je l'inviterai à dîner.

HÉLÉNA : À Eknäset, toutes les maisons doivent être réparées. Elles sont toutes délabrées. On n'a rien fait depuis la mort d'Oscar. On n'a jamais eu d'eau cet été.

ÉMILIE : J'y vais demain. (Elle lui montre le livre à la reliure rouge.) J'aimerais que tu lises une nouvelle pièce d'August Strindberg.

HÉLÉNA : Cet affreux misogyne.

ÉMILIE : Je pose le livre là.

HÉLÉNA : Tu as un projet ?

ÉMILIE : J'ai pensé que nous pourrions jouer toutes les deux.

HÉLÉNA : Jamais de la vie. Je ne suis pas remontée sur une scène depuis…

ÉMILIE : Raison de plus, Héléna.

HÉLÉNA : Vraiment.

ÉMILIE : Il faut prendre soin de notre Théâtre.

HÉLÉNA (soupire) : Eh oui.

ÉMILIE : Maintenant, c'est l'heure de dormir. Bonne nuit, chère.

HÉLÉNA : Bonne nuit, ma petite fille. (Elles s'embrassent.)

Émilie sort. Héléna reste un instant à regarder par la fenêtre, puis elle tend la main pour prendre ses lunettes, elle feuillette le livre, bâille, commence à lire la première page.

HÉLÉNA (lit) : Tout peut arriver, tout est possible et vraisemblable. Temps et espace n'existent plus. À partir d'une base réelle, insignifiante, l'auteur donne libre cours à son imagination…

Fårö, le dimanche 8 juillet 1979

DU MÊME AUTEUR

Aux Éditions Gallimard

SCÈNES DE LA VIE CONJUGALE (Folio nº 2409).

FACE À FACE.

L'ŒUF DU SERPENT.

SONATE D'AUTOMNE.

CRIS ET CHUCHOTEMENTS *suivi de* PERSONA *et de* LE LIEN (Folio nº 2620).

DE LA VIE DES MARIONNETTES.

FANNY ET ALEXANDRE.

LATERNA MAGICA (Folio nº 2238).

IMAGES.

LES MEILLEURES INTENTIONS (Folio nº 2621).

ENFANTS DU DIMANCHE.

LE CINQUIÈME ACTE.

ENTRETIENS PRIVÉS.

COLLECTION FOLIO

Dernières parutions

2847. Jean-Marie Laclavetine — *Le Rouge et le Blanc.*
2848. D.H. Lawrence — *Kangourou.*
2849. Francine Prose — *Les petits miracles.*
2850. Jean-Jacques Sempé — *Insondables mystères.*
2851. Béatrix Beck — *Accommodements avec le ciel.*
2852. Herman Melville — *Moby Dick.*
2853. Jean-Claude Brisville — *Beaumarchais, l'insolent.*
2854. James Baldwin — *Face à l'homme blanc.*
2855. James Baldwin — *La prochaine fois, le feu.*
2856. W. R. Burnett — *Rien dans les manches.*
2857. Michel Déon — *Un déjeuner de soleil.*
2858. Michel Déon — *Le jeune homme vert.*
2859. Philippe Le Guillou — *Le passage de l'Aulne.*
2860. Claude Brami — *Mon amie d'enfance.*
2861. Serge Brussolo — *La moisson d'hiver.*
2862. René de Ceccatty — *L'accompagnement.*
2863. Jerome Charyn — *Les filles de Maria.*
2864. Paule Constant — *La fille du Gobernator.*
2865. Didier Daeninckx — *Un château en Bohême.*
2866. Christian Giudicelli — *Quartiers d'Italie.*
2867. Isabelle Jarry — *L'archange perdu.*
2868. Marie Nimier — *La caresse.*
2869. Arto Paasilinna — *La forêt des renards pendus.*
2870. Jorge Semprun — *L'écriture ou la vie.*
2871. Tito Topin — *Piano barjo.*
2872. Michel Del Castillo — *Tanguy.*
2873. Huysmans — *En route.*
2874. James M. Cain — *Le bluffeur*
2875. Réjean Ducharme — *Va savoir.*
2876. Matthieu Lindon — *Champion du monde.*
2877. Robert Littell — *Le sphinx de Sibérie.*
2878. Claude Roy — *Les rencontres des jours 1992-1993.*
2879. Danièle Sallenave — *Les trois minutes du diable.*
2880. Philippe Sollers — *La Guerre du Goût.*
2881. Michel Tournier — *Le pied de la lettre.*

2882. Michel Tournier — *Le miroir des idées.*
2883. Andreï Makine — *La confession d'un porte-drapeau déchu.*
2884. Andreï Makine — *La fille d'un héros de l'Union Soviétique*
2885. Andreï Makine — *Au temps du fleuve Amour.*
2886. John Updike — *La Parfaite Épouse.*
2887. Defoe — *Robinson Crusoé.*
2888. Philippe Beaussant — *L'archéologue.*
2889. Pierre Bergounioux — *Miette.*
2890. Pierrette Fleutiaux — *Allons-nous être heureux ?*
2891. Remo Forlani — *La déglingue*
2892. Joe Gores — *Inconnue au bataillon*
2893. Félicien Marceau — *Les ingénus*
2894. Ian McEwan — *Les chiens noirs*
2895. Pierre Michon — *Vies minuscules*
2896. Susan Minot — *La vie secrète de Lilian Eliot*
2897. Orhan Pamuk — *Le livre noir*
2898. William Styron — *Un matin de Virginie*
2899. Claudine Vegh — *Je ne lui ai pas dit au revoir*
2900. Robert Walser — *Le brigand*
2901. Grimm — *Nouveaux contes*
2902. Chrétien de Troyes — *Lancelot ou le chevalier de la charrette*
2903. Herman Melville — *Bartleby, le scribe*
2904. Jerome Charyn — *Isaac le mystérieux*
2905. Guy Debord — *Commentaires sur la société du spectacle*
2906. Guy Debord — *Potlatch.*
2907. Karen Blixen — *Les chevaux fantômes* et autres contes.
2908. Emmanuel Carrère — *La classe de neige.*
2909. James Crumley — *Un pour marquer la cadence.*
2910. Anne Cuneo — *Le trajet d'une rivière.*
2911. John Dos Passos — *L'initiation d'un homme.*
2912. Alexandre Jardin — *L'île des Gauchers.*
2913. Jean Rolin — *Zones.*
2914. Jorge Semprun — *L'Algarabie.*
2915. Junichirô Tanizaki — *Le chat, son maître et ses deux maîtresses.*
2916. Bernard Tirtiaux — *Les sept couleurs du vent.*
2917. H.G. Wells — *L'île du docteur Moreau.*
2918. Alphonse Daudet — *Tartarin sur les Alpes.*

2919.	Albert Camus	*Discours de Suède.*
2921.	Chester Himes	*Regrets sans repentir.*
2922.	Paula Jacques	*La descente au paradis.*
2923.	Sibylle Lacan	*Un père.*
2924.	Kenzaburô Oé	*Une existence tranquille.*
2925.	Jean-Noël Pancrazi	*Madame Arnoul.*
2926.	Ernest Pépin	*L'Homme-au-Bâton.*
2927.	Antoine de St-Exupéry	*Lettres à sa mère.*
2928.	Mario Vargas Llosa	*Le poisson dans l'eau.*
2929.	Arthur de Gobineau	*Les Pléiades.*
2930.	Alex Abella	*Le massacre des saints.*
2932.	Thomas Bernhard	*Oui.*
2933.	Gérard Macé	*Le dernier des Égyptiens.*
2934.	Andreï Makine	*Le testament français.*
2935.	N. Scott Momaday	*Le chemin de la montagne de pluie.*
2936.	Maurice Rheims	*Les forêts d'argent.*
2937.	Philip Roth	*Opération Shylock.*
2938.	Philippe Sollers	*Le Cavalier du Louvre. Vivant Denon.*
2939.	Giovanni Verga	*Les Malavoglia.*
2941.	Christophe Bourdin	*Le fil.*
2942.	Guy de Maupassant	*Yvette.*
2943.	Simone de Beauvoir	*L'Amérique.*
2944.	Victor Hugo	*Choses vues I.*
2945.	Victor Hugo	*Choses vues II.*
2946.	Carlos Fuentes	*L'oranger.*
2947.	Roger Grenier	*Regardez la neige qui tombe.*
2948.	Charles Juliet	*Lambeaux.*
2949.	J.M.G. Le Clézio	*Voyage à Rodrigues.*
2950.	Pierre Magnan	*La Folie Forcalquier.*
2951.	Amos Oz	*Toucher l'eau, toucher le vent.*
2952.	Jean-Marie Rouart	*Morny, un voluptueux au pouvoir.*
2953.	Pierre Salinger	*De mémoire.*
2954.	Shi Nai-an	*Au bord de l'eau I.*
2955.	Shi Nai-an	*Au bord de l'eau II.*
2956.	Marivaux	*La Vie de Marianne.*
2957.	Kent Anderson	*Sympathy for the Devil.*
2958.	André Malraux	*Espoir – Sierra de Teruel.*
2959.	Christian Bobin	*La folle allure.*
2960.	Nicolas Bréhal	*Le parfait amour.*

2961.	Serge Brussolo	*Hurlemort.*
2962.	Hervé Guibert	*La piqûre d'amour* et autres textes.
2963.	Ernest Hemingway	*Le chaud et le froid.*
2964.	James Joyce	*Finnegans Wake.*
2965.	Gilbert Sinoué	*Le Livre de saphir.*
2966.	Junichirô Tanizaki	*Quatre sœurs.*
2967.	Jeroen Brouwers	*Rouge décanté.*
2968.	Forrest Carter	*Pleure, Géronimo.*
2971.	Didier Daeninckx	*Métropolice.*
2972.	Franz-Olivier Giesbert	*Le vieil homme et la mort.*
2973.	Jean-Marie Laclavetine	*Demain la veille.*
2974.	J.M.G. Le Clézio	*La quarantaine.*
2975.	Régine Pernoud	*Jeanne d'Arc.*
2976.	Pascal Quignard	*Petits traités I.*
2977.	Pascal Quignard	*Petits traités II.*
2978.	Geneviève Brisac	*Les filles.*
2979.	Stendhal	*Promenades dans Rome.*
2980.	Virgile	*Bucoliques. Géorgiques.*
2981.	Milan Kundera	*La lenteur.*
2982.	Odon Vallet	*L'affaire Oscar Wilde.*
2983.	Marguerite Yourcenar	*Lettres à ses amis et quelques autres.*
2984.	Vassili Axionov	*Une saga moscovite I.*
2985.	Vassili Axionov	*Une saga moscovite II.*
2986.	Jean-Philippe Arrou-Vignod	*Le conseil d'indiscipline.*
2987.	Julian Barnes	*Metroland.*
2988.	Daniel Boulanger	*Caporal supérieur.*
2989.	Pierre Bourgeade	*Éros mécanique.*
2990.	Louis Calaferte	*Satori.*
2991.	Michel Del Castillo	*Mon frère L'Idiot.*
2992.	Jonathan Coe	*Testament à l'anglaise.*
2993.	Marguerite Duras	*Des journées entières dans les arbres.*
2994.	Nathalie Sarraute	*Ici.*
2995.	Isaac Bashevis Singer	*Meshugah.*
2996.	William Faulkner	*Parabole.*
2997.	André Malraux	*Les noyers de l'Altenburg.*
2998.	Collectif	*Théologiens et mystiques au Moyen-Age.*
2999.	Jean-Jacques Rousseau	*Les Confessions (Livres I à IV).*

3000.	Daniel Pennac	*Monsieur Malaussène.*
3001.	Louis Aragon	*Le mentir-vrai.*
3002.	Boileau-Narcejac	*Schuss.*
3003.	LeRoi Jones	*Le peuple du blues.*
3004.	Joseph Kessel	*Vent de sable.*
3005.	Patrick Modiano	*Du plus loin de l'oubli.*
3006.	Daniel Prévost	*Le pont de la Révolte.*
3007.	Pascal Quignard	*Rhétorique spéculative.*
3008.	Pascal Quignard	*La haine de la musique.*
3009.	Laurent de Wilde	*Monk.*
3010.	Paul Clément	*Exit.*
3011.	Léon Tolstoï	*La Mort d'Ivan Ilitch.*
3012.	Pierre Bergounioux	*La mort de Brune.*
3013.	Jean-Denis Bredin	*Encore un peu de temps.*
3014.	Régis Debray	*Contre Venise.*
3015.	Romain Gary	*Charge d'âme.*
3016.	Sylvie Germain	*Éclats de sel.*
3017.	Jean Lacouture	*Une adolescence du siècle : Jacques Rivière et la* NRF.
3018.	Richard Millet	*La gloire des Pythre.*
3019.	Raymond Queneau	*Les derniers jours.*
3020.	Mario Vargas Llosa	*Lituma dans les Andes.*
3021.	Pierre Gascar	*Les femmes.*
3022.	Penelope Lively	*La sœur de Cléopâtre.*
3023.	Alexandre Dumas	*Le Vicomte de Bragelonne I.*
3024.	Alexandre Dumas	*Le Vicomte de Bragelonne II.*
3025.	Alexandre Dumas	*Le Vicomte de Bragelonne III.*
3026.	Claude Lanzmann	*Shoah.*
3027.	Julian Barnes	*Lettres de Londres.*
3028.	Thomas Bernhard	*Des arbres à abattre.*
3029.	Hervé Jaouen	*L'allumeuse d'étoiles.*
3030.	Jean d'Ormesson	*Presque rien sur presque tout.*
3031.	Pierre Pelot	*Sous le vent du monde.*
3032.	Hugo Pratt	*Corto Maltese.*
3033.	Jacques Prévert	*Le crime de Monsieur Lange. Les portes de la nuit*
3034.	René Reouven	*Souvenez-vous de Monte-Cristo.*
3035.	Mary Shelley	*Le dernier homme.*
3036.	Anne Wiazemsky	*Hymnes à l'amour.*
3037.	Rabelais	*Quart livre.*
3038.	François Bon	*L'enterrement.*

3039. Albert Cohen — *Belle du Seigneur.*
3040. James Crumley — *Le canard siffleur mexicain.*
3041. Philippe Delerm — *Sundborn ou les jours de lumière.*
3042. Shûzaku Endô — *La fille que j'ai abandonnée.*
3043. Albert French — *Billy.*
3044. Virgil Gheorghiu — *Les Immortels d'Agapia.*
3045. Jean Giono — *Manosque-des-Plateaux* suivi de *Poème de l'olive.*
3046. Philippe Labro — *La traversée.*
3047. Bernard Pingaud — *Adieu Kafka ou l'imitation.*
3048. Walter Scott — *Le Cœur du Mid-Lothian.*
3049. Boileau-Narcejac — *Champ clos.*
3050. Serge Brussolo — *La maison de l'aigle.*
3052. Jean-François Deniau — *L'Atlantique est mon désert.*
3053. Mavis Gallant — *Ciel vert, ciel d'eau.*
3054. Mavis Gallant — *Poisson d'avril.*
3056. Peter Handke — *Bienvenue au conseil d'administration.*
3057. Anonyme — *Josefine Mutzenbacher : Histoire d'une fille de Vienne racontée par elle-même.*
3059. Jacques Sternberg — *188 contes à régler.*
3060. Gérard de Nerval — *Voyage en Orient.*
3061. René de Ceccatty — *Aimer.*
3062. Joseph Kessel — *Le tour du malheur I : La fontaine Médicis. L'affaire Bernan.*
3063. Joseph Kessel — *Le tour du malheur II : Les lauriers roses. L'homme de plâtre.*
3064. Pierre Assouline — *Hergé.*
3065. Marie Darrieussecq — *Truismes.*
3066. Henri Godard — *Céline scandale.*
3067. Chester Himes — *Mamie Mason.*
3068. Jack-Alain Léger — *L'autre Falstaff.*
3070. Rachid O. — *Plusieurs vies.*
3070. Ludmila Oulitskaïa — *Sonietchka.*
3072. Philip Roth — *Le Théâtre de Sabbath.*
3073. John Steinbeck — *La Coupe d'Or.*
3074. Michel Tournier — *Éléazar ou la Source et le Buisson.*

3075.	Marguerite Yourcenar	*Un homme obscur – Une belle matinée.*
3076.	Loti	*Mon frère Yves.*
3078.	Jerome Charyn	*La belle ténébreuse de Biélorussie.*
3079.	Harry Crews	*Body.*
3080.	Michel Déon	*Pages grecques.*
3081.	René Depestre	*Le mât de cocagne.*
3082.	Anita Desai	*Où irons-nous cet été ?*
3083.	Jean-Paul Kauffmann	*La chambre noire de Longwood.*
3084.	Arto Paasilinna	*Prisonniers du paradis.*
3086.	Alain Veinstein	*L'accordeur.*
3087.	Jean Maillart	*Le Roman du comte d'Anjou.*
3088.	Jorge Amado	*Navigation de cabotage. Notes pour des mémoires que je n'écrirai jamais.*
3089.	Alphonse Boudard	*Madame... de Saint-Sulpice.*
3090.	Pline	*Histoire naturelle (choix).*
3091.	William Faulkner	*Idylle au désert et autres nouvelles.*
3092.	Gilles Leroy	*Les maîtres du monde.*
3093.	Yukio Mishima	*Pèlerinage aux trois Montagnes.*
3094.	Charles Dickens	*Les Grandes Espérances.*
3095.	Reiser	*La vie au grand air 3.*
3096.	Reiser	*Les oreilles rouges.*
3097.	Boris Schreiber	*Un silence d'environ une demiheure I.*
3098.	Boris Schreiber	*Un silence d'environ une demiheur II.*
3099.	Aragon	*La semaine sainte.*
3100.	Michel Mohrt	*La guerre civile.*
3101.	Anonyme	*Don Juan (scénario de Jacques Weber).*
3102.	Maupassant	*Clair de lune et autres nouvelles.*
3103.	Ferdinando Camon	*Jamais vu soleil ni lune.*
3104.	Laurence Cossé	*Le coin du voile.*
3105.	Michel del Castillo	*Le sortilège espagnol.*
3106.	Michel Déon	*La cour des grands.*
3107.	Régine Detambel	*La verrière.*

Composition Interligne.
Impression Société Nouvelle Firmin-Didot
à Mesnil-sur-l'Estrée, le 15 octobre 1998.
Dépôt légal : octobre 1998.
Numéro d'imprimeur : 44559.

ISBN 2-07-040564-8/Imprimé en France.

86573